# 朱自清传

黄汉昌 著

中国文史出版社

**图书在版编目（CIP）数据**

朱自清传 / 黄汉昌著 . -- 北京 : 中国文史出版社 , 2022.12

（历史文化名人传记小说丛书）

ISBN 978-7-5205-3766-7

Ⅰ . ①朱… Ⅱ . ①黄… Ⅲ . ①传记小说—中国—当代 Ⅳ . ① I247.5

中国版本图书馆 CIP 数据核字（2022）第 180004 号

责任编辑： 徐玉霞

出版发行：中国文史出版社

社　　　址：北京市海淀区西八里庄路 69 号院　　　邮　　编：100142

电　　　话：010-81136606　81136602　81136603（发行部）

传　　　真：010-81136655

印　　　装：廊坊市海涛印刷有限公司

经　　　销：全国新华书店

开　　　本：16 开

印　　　张：21.25

字　　　数：300 千字

版　　　次：2023 年 5 月第 1 版

印　　　次：2023 年 5 月第 1 次印刷

定　　　价：62.00 元

# 目 录

# 引　子

## 青灯有味是儿时

1898年，即农历戊戌年。这年深秋，正是晚清王朝的多事之秋。1894年甲午海战战败，接着便是举子们公车上书，特别是从6月11日开始的"戊戌变法"失败，以致光绪帝被囚，康有为、梁启超等变法人士被通缉，六君子血洗菜市口，这一个个汹涌的惊涛骇浪，使日薄西山的大清王朝摇摇欲坠。

然而，在江苏北部的东海县，县承审朱则余的宅邸里，却是红烛高照，喜气盈门。前来贺喜的高朋来往不断，厅堂里欢声笑语不绝于耳。不说县承审朱则余全家，人人喜悦之情溢于言表，就连来帮忙的邻里，也是笑逐颜开，脚步轻快，关不住心中的喜悦之情。

朱家之所以这样热闹，因在这天，即1898年11月22日（清光绪二十四年十月初九），朱则余的儿媳周氏又生下一个男婴，老朱喜添孙子了！

朱则余在东海县任承审，已经有十多年了。因他为人谨慎，性格谦和，做了多年县府承审，上下关系十分融洽，四邻对他也颇为敬重。

本来，儿媳周氏早先已经生了大贵和小贵两个儿子，但都不幸夭折。这对饱读儒书的老夫子来说，犹如晴天霹雳，打击不小。赵岐《十三经注疏》中，有"于礼有不孝者三，事谓阿意曲从，陷亲不义，一不孝也；家贫亲老，不为禄仕，二不孝也；不娶无子，绝先祖祀，三不孝也。三者之中无后为大"。

每当他看到这些，总是默默无言地坐在那里发呆。

这也难怪，一连夭折了两个孙子，怎么不让他痛心疾首呢？现在好了，儿媳不负众望，给他又生下一个孙子，期盼得到满足，可谓不亦乐乎！

其实，老先生他本姓余，号菊坡。原籍浙江绍兴，因承继朱氏，遂改姓朱。因他家从先祖在江苏东海做小官，全家才从绍兴迁到东海。

东海县城虽不大，却因地处近海，位于津要，向为历代重镇。远在隋时，已受到了格外重视，一直为州一级的治所，号为海州。元时改为海宁州。明初复为海州，属淮安府。镇北的于公、白沟等名浦，向以产盐著称。清时仍为州治，直到辛亥革命后，方改名东海，降为县治。

朱则余的儿子朱鸿钧，字小坡，他也是在书香门第中长大，饱受儒学思想熏陶，对媳妇生男生女，较为看重。他觉得，只有生下男丁，家族才有香火继承人。

儿子的降生，给朱鸿钧带来很大希望。他像父亲一样，也是个勤奋实在的读书人，希望儿子将来胜过自己，于是抱出一堆经典古本，引经据典地替儿子取名。当他看到苏东坡诗"腹有诗书气自华"句，便给儿子取名"自华"。谁知后来给儿子起八字时，算命先生说儿子五行缺火，便又取了个"秋实"的名字。因"秋"字半边是"火"，取"春华秋实"之意。

朱自华本来是老三，却成了长子，得到全家人的呵护。为了好养，按乡下习俗，特地替他在耳上穿孔，并戴上金耳环。

在朱自华3岁那年，即1901年，父亲朱鸿钧离开东海，到高邮邵伯镇做了个小官。为了能够好好地照顾家小，他把全家接到了邵伯镇，住在万寿宫里。万寿宫的院子很大，也很安静，门前不远就是运河。

邵伯镇很小，但举世闻名的大运河从小镇旁经过。河坎很高，那浑黄的河水，日夜不息地流淌着，给古老而寂静的邵伯镇增添几分生机与活力。

在邵伯镇住下来后，朱鸿钧不忘儿子读书的事，便开始给小自华启蒙识字，不久又把他送到一家私塾读书。

因为镇小，街上没有什么好玩的地方。小自华读完书后，便来到大运河边，站在高高的河坎上，兴味盎然地看着滔滔河水奔向远方。有时兴起，便往河里扔瓦片玩。那飘飞的瓦片，像只轻盈的小燕，灵巧地在水面上掠起一串涟漪。

河面的点点白帆，缓慢地移动着，有时还传来舵工的号子声。过了片时，河边出现了几条渔船，当他看到渔网从渔人手中抛出，那网立即张开成一个圆形落到水中后，渔人便站在船头，悠然自得地慢慢收着网。在夕阳的反衬下，给渔人脸面上一道道的皱褶镀上了金色，如同一幅优美的版画，在他那幼嫩的心灵里，留下了深刻的记忆。

他最开心的时候，是父亲的当差带他到铁牛湾去玩。那里有个铁牛，身子特别大，当差把他抱在铁牛背上骑着的时候，他想象自己是骑在一头雄俊的战马上，威武极了。

朱鸿钧是个读书人，所以对儿女教育非常严格。尽管他曾到江西九江做过盐务官，离扬州千里迢迢，但对儿子的学习从未松懈。自华在上学之前，就坚持阅读经籍《古文观止》和唐诗宋词。朱自清的古典文学基础之所以扎实，还是要感谢父亲的严厉管束。

他在私塾结识的小朋友中，与一个叫作江家振的同学最为要好。朱自华常到江家振家去玩，傍晚便一起坐在他家荒园里的一根横倒的枯树干上说话，他俩好像有说不完的话。直到时间不早了，小自华才依依不舍地离开。

江家振身体瘦弱，每次出去玩，朱自华总是关照着他。"这是我第一个好朋友，可惜他未成年就死了；记得他瘦得很，也许是肺病罢？"（朱自清《我是扬州人》）

朱自华在邵伯镇生活了两年，但这短短的两年生活，却给他留下了深刻的印象而始终未忘。

1903年，朱自华6岁时，便随父亲从邵伯镇迁到扬州。

美丽繁华的扬州，位于长江下游北岸，南临大江，北踞蜀冈，平畴千顷，河渠纵横，大运河纵贯南北，是一座具有2400年历史的古城，文化底蕴十分深厚。

"春风十里扬州路，卷上珠帘总不如。"自隋炀帝以来，历代文人骚客，喜欢在这里发思古之幽情。特别是唐宋诗人，为扬州写下了不少脍炙人口的瑰丽诗篇。如诗仙李白的"故人西辞黄鹤楼，烟花三月下扬州""自是客星辞帝坐，元非太白醉扬州"；张祜的"人生只合扬州老，禅智山光好墓田"；等等，数不胜数。此外，还有虽没有直接点名扬州，但分明是写扬州的诗词，那就更多了："十里长街市井连，月明桥上看神仙""二十四桥明月夜，玉人何处教吹箫""两堤花柳全依水，一路楼台直到山""二十四桥仍在，波心荡、冷月无声"……假如没来过扬州的人念了这些唐诗宋词，心里的扬州简直就是海市蜃楼一般美丽。要是念过《扬州画舫录》一类的书，那更是不得了，更会向往这个享有盛誉的"淮左名都"。

朱鸿钧把家安在靠近天宁门城门楼，这是一幢三进的古式房屋。一进大门，有门楼过道，较为宽敞，二道门有八扇屏门。后来，父亲菊坡公休后，也到这里定居，儿子国华和小女玉华都是在这里出生的。

朱鸿钧生怕荒疏了儿子的学业，在天宁门把家安顿下来后，便把自华送到私塾，接受传统教育，读经籍、古文和诗词。他对儿子的学习要求得很严，不久又把他送到初等小学学习。他没有等儿子读到毕业，又把儿子送到张子秋老先生的私塾学作古文。朱自清后来回想自己读书的经过，曾深有感触地说，我的国文是跟他老人家作通的。

朱自华黄昏放学回来，一家人围着饭桌吃晚饭，父亲饭前喜欢喝几杯烧酒。但菜很简单，只有花生和豆腐干。他一手端着酒杯，一手拿着儿子的作文本，饶有兴趣地低吟着儿子写的作文。特别是看到作文后面有老师的好评，就高兴地点头称是，于是兴奋地一仰头，把杯中的酒喝得精光。若是看到儿子的作文中的句子用红圈圈去了不少，后面的评语带有责备，朱鸿钧就生气地把酒杯一推，便埋怨起儿子来，动气时，还把文章丢到火炉里。这下，小自华便忍不住哭了起来。

朱鸿钧对子女也很慈爱。在寒冷冬天的晚上，为了让屋里暖和，便点起洋灯，架上小洋锅（铝锅）煮起豆腐来。热气腾腾的洋锅里，一块块白嫩的豆腐在水里煮得热腾腾的，吃起来嫩而滑。朱鸿钧也和儿女们围坐在桌旁，因"洋炉子"太高，朱鸿钧常常站起来，微笑着往洋锅里看，筷子往氤氲的热气里伸进去，夹起煮白的豆腐，一一地放在儿女面前的酱油碟里。有时兄妹们想自己动手，但炉子实在太高了，只能坐享其成。

朱自清和弟妹们，都喜欢这种白水煮豆腐，一上桌就眼巴巴地望着那锅，等着父亲用筷子从热气里夹豆腐出来。

室外天寒地冻，室内温暖如春。看到孩子们有滋有味地吃着热气腾腾的豆腐，朱鸿钧心里充满天伦之乐。

15岁那年，朱自华考入安徽旅扬公学高等小学。

随着年岁的增长，朱自华高小毕业后，又考入了江苏省两淮中学（后改名为江苏省立第八中学）。他个子不高，坐在第一排。他在老师们的眼里，是一个脸儿圆圆的、胖胖的、身子结实、学习很认真的学生。

在中学时期，自华形成了他特有的性格：不苟言笑，学习认真，做事踏实，一副少年老成的样子。他喜欢看小说，对文学有着浓厚的兴趣，曾自命为"文学家"。由于品行与学业俱优，毕业时，校方还授予他品学兼优的奖状。

到了民国初，朱自清对扬州的印象就复杂了。

民国五年（1916），他在读中学时，就亲眼看到扬州的"甩子团"横行无忌。"甩子"是扬州的方言，多数是绅宦家子弟，仗着家里有钱有势，或仰仗"帮"里的势力，胡作非为，在公共场所闹"标劲"，在各种公共场所闹事。如看戏不买票，包揽词讼，调戏妇女，聚众起哄。

还有更奇怪的，大乡绅的仆人，竟可以指挥警察区的区长为他们效力，这让他深恶痛绝。虽然民国政府已经取代了清王朝，然而，扬州的黑暗社会并没有好转。少年朱自华目睹这些现状，虽说义愤填膺，但他也知自己人微言轻，有气也只能憋在心里。

他特别讨厌扬州人的小气和虚气，小是眼光如豆，虚是虚张声势。例如已故的扬州某中央委员，坐包车在街上，除了拉车的外，车后还有四五个跟班，推着车子在大街上跑。满街的行人，纷纷向街两边让开，唯恐避之不及，简直就是飞扬跋扈。

尽管扬州有不如意的地方，但扬州毕竟是个不折不扣的名城。只是衰落了，经济上也一落千丈，那些没精打采的盐商就是最好的佐证。在上海，城里人称扬州人"江北佬"，这种称呼有看低扬州人的意味。为了不受上海人欺负，于是一些扬州人学着讲不三不四的上海话来冒充上海人，这就体现出了扬州人的自卑心理。

朱自清却算得上是个江北佬，讲的却是扬州话。他却不愿做上海人，他觉得上海人太狡猾了。他自己祖籍是绍兴，但他对绍兴又很陌生。虽然他曾到绍兴去过两回，但每次只住了一天。现在，家里除了祖母外，没有一个人会说绍兴话。在对绍兴模糊的印象中，只有花雕和兰亭。除了这些他几乎不知道绍兴别的情形，于是他只好承认自己是假绍兴人。

扬州最著名的是茶馆，不论是早上去还是下午去，里面都是满满的人。

小吃更是有特色，蒸、煮、炸、烧，花样繁多。朱自华喜欢茶馆小吃。城北门外一带，有条街叫作下街，因一面临河，船从这里经过时，茶客与船上的乘客可以打声招呼，说上几句话。船上人若高兴时，也可以向茶馆要壶茶，或要来一两种"小笼点心"，在船上美美地吃着喝着谈着。回来时再将茶壶、小笼连钱一起交给茶馆。

那里的茶馆不仅多，店名也很风雅。如香影廊、绿杨村、红叶山庄等。绿杨村的幌子，挂在绿杨树上，随风飘展，使人想起"绿杨城郭是扬州"的名句。里面还有水池、丛竹、茅亭，景物最是幽美。

来到茶馆坐下来后，茶房便来沏上茶，卖零碎的揽着个小柳筐，走到身边，柳筐里摆满了蒲包，分放着瓜子、花生、炒盐豆之类小吃，用柔软的扬州话热情地揽生意。那些炒白果的，担子上放口小铁锅爆着白果。不过，要想吃小白果，你得先告诉他，才给你炒。当他用小铲把炒得露出黄亮果仁的熟果送到面前时，便闻到一股馋人的甜香。还可以买五香牛肉，抓起牛肉，摊在干荷叶上，叫茶房拿出一点好麻油和酱油来，拌上慢慢地吃。还可以向卖零碎的买些白酒。普通的扬州人喝白酒，喝着喝着，再让茶房烫点干丝就酒，烫干丝是扬州最有名的。特别是那最为可口的小笼点心，有肉馅的、蟹肉馅的、笋肉馅的，还有菜包子、干菜包子、菜烧卖，蒸得白生生的，热气腾腾的，到了嘴里便融化，吞下后满口余香。扬州的小吃色香味美，给朱自清留下很深的印象。

扬州游览以水为主，城里城外古迹甚多。朱自华也喜欢扬州明媚的山水。扬州夏日的好处也在水上。就说著名的"瘦西湖"吧，妩媚的瘦西湖在城西北，湖水蜿蜒曲折，大大小小的绿屿散落其中，山环水抱，展现出了古典园林秀丽雅致的风姿，有"园林之盛，甲于天下"之誉。然而，美丽的瘦西湖，朱自华却认为它是"假西湖之名以行，'雅得这样俗'，老实说，我是不喜欢的"。

下船的地方便是护城河，蔓延开去，曲曲折折的，直到平山堂，有七八里河道，还有许多枝枝丫丫的支流。长堤边的春柳与桃树相间，红绿交映，颜色颇为热烈，但还是非常幽静。它与别处不同的，正是这些曲折和幽静，增添了几分神秘。

沿河最著名的是小金山。法海寺、五亭桥、二十四桥等胜迹，散布在窈窕曲折的一湖碧水两岸，如同一位身段柔美的玉人，佩戴着玲珑的饰物。小金山在水中央，那里的水最好，赏月自然也不错。下河的人，十之八九是冲着这里来的。法海寺有全塔，据说是乾隆皇帝下江南时，盐商们连夜督促匠人们建成的。法海寺之所以这样出名，自然是多亏了这座塔。五亭桥如名字所示，是五个亭子连成的桥。桥是拱形的，中间一亭最高，两边四亭参差相称，最宜远看。因桥洞较多，乘小船穿来穿去，别有一番风味。如果从宁天门或北门下船，经过蜿蜒的城墙，便可以看到城墙倒映在水里苍黝的影子，小船便从影子上悠然地撑过去，岸上的喧扰像没有似的。

秋色如春，明媚的阳光洒在湖面上。波心荡漾处，一圈圈的波纹扩大开来，盈盈有声。莲花桥、白塔，还有山亭水榭、游廊曲桥、飞檐斗角……远远近近，若虚若实，如同海市蜃楼一般。

父亲朱鸿钧客居扬州，在这里没有什么亲戚，又曾到远离扬州的江西做过几年盐务官，朱自华和二弟曾经在那里住了一年。因父亲在省外当差事的时候多，所以与扬州的贤豪长者没有多少交往。有脸面的雅事，如访胜、吟诗、赌酒、书画、烹调，全没有份儿。特别是1912年，祖父菊坡逝世，家里的收入减少，人口渐多，家道一日不如一日，出头露面的机会更少。

不仅如此，因他家没有显赫的靠山和举足轻重的社会关系，还受到恶势力的欺凌。辛亥革命那年，父亲在家里休养时，就被乡绅敲去一笔钱。

家庭落寞，生活单调，便养成了朱自华沉着倔强、疾恶如仇、洁身自好的性格。他少年气盛，血气方刚，不满社会上的黑暗现象和市井俗气。

"飞去的梦便是飞去的生命，留下的是十二分的惋惜"，"飞去的梦因为飞去的缘故，一例是甜甜蜜蜜而又酸溜溜的，这便合成了别一种滋味，就是所谓的惆怅"（朱自清《忆》跋），回想到"儿时的梦"，朱自华无不感慨万千。其中"酸溜溜"又带着"惆怅"的滋味，让他刻骨铭心。

每当他回忆儿时在扬州的生活，曾情不自禁地说过，童年的记忆最单纯、感情最真切、影响最深久，种种悲欢离合，回想起来最有意思。青灯有味是儿时，其实不止青灯，儿时的一切都是有味的。他在扬州长大，在扬州接受教育，在扬州定下终身。他在扬州生活了 13 年，扬州是他人生旅途第一驿站，扬州永远是藏在他内心的"青灯"，"我是扬州人"！

1916 年夏，经父亲朱鸿钧一手培养大的朱自华，不负老人家的厚望，考取了北京大学预科。北京大学是全国著名的高等学府，这下，朱家博得许多人钦佩。为了准备他上学，全家人忙乱了一阵儿。到了 8 月，朱自华告别了祖母及父亲母亲，依依不舍地告别生活了 13 年的扬州，上了火车，北上京城。

随着隆隆的车声，朱自华怀着美好的愿望，奔向人生的旅途。

# 第一章　诗的呐喊

# 向往光明

——愿望与追求的心曲

朱自华考入北京大学时，正好赶上民主教育家蔡元培出任校长。

北京大学创办于1898年。原是在马神庙干隆四女和嘉公主府中的空闲府第开办的。1896年6月，刑部左侍郎李端棻在给清政府的奏折中，第一次正式提出，在京师设立大学堂。1898年6月戊戌变法中，光绪皇帝在《定国是诏》中，强调京师大学堂"尤应首先举办"。于是由梁启超草拟京师大学堂章程，规定了"中学为体，西学为用，中西并用，观其会通"的办学方针，还规定"各省学堂皆归大学堂统辖"。这样一来，京师大学堂不仅是全国的最高学府，而且也是全国最高教育行政机关。

辛亥革命后，京师大学堂改名为北京大学，严复为第一任校长。1915年，北京大学没有校长，由工科学长胡仁源兼代校长。文科学长是夏锡祺。当时的学系以下称为"门"。文科有四个门，即中国哲学、中国文学、中国历史和英文。

蔡元培走马上任，没有开会发表演说，也没有发表什么文告来宣传自己的办学宗旨和方针，只发了一个通告说：兹聘任陈独秀为文科学长。

陈独秀任文科学长？师生们全明白了，聘任他，什么话也用不着解释了，新校长竭力倡导新文化运动。

陈独秀走马上任后，把创办的刊物《青年》编辑部从上海迁到北京，并改为《新青年》，使刊物不仅成为团结新文化战士共同作战的阵地，而且也吹响了反对封建思想文化，提倡"民主"与"科学"新文化和文学革命的号角，得到了广大青年的热烈响应。

正当新文化运动在北京风起云涌的时候，朱自清来到这座到处是西式建筑群，且名人荟萃、"雄视一方"的高等学府。他耳闻目睹了如火如荼的新文化运动，这一切都让他感到新鲜，仿佛走进了另一个世界，也是一个非常陌生又非常有吸引力的全新世界。

《新青年》连续几期，发表了陈独秀、胡适、刘半农、钱玄同等人撰写的，讨论新文学问题的文章和文学作品。这些作者多半是北京大学的教师，身边的人，写的是共同关注的事，使朱自清读起来感到非常亲切。在新文化的滋润下，朱自清对新文化的热情开始释放，文学的种子在他年轻的心灵里开始萌芽。

也许是新文化强大的魅力，使他整天往图书馆跑。有时不知不觉到了深夜，他全然不知，直到工作人员向他提醒。

朱自华成长于一个传统家庭，从小接受的是传统文化教育。现在，他耳濡目染的这些陌生的新的词汇、新的思想、新的人物，对他的思想产生了强烈震撼。他看到同学们高举"科学与民主"的横幅，高呼"崇尚科学，发扬民主"的口号，他对这些新名词见所未见，闻所未闻，却强烈地震撼着他的心灵，点燃了他青春的激情。

有一天，他看到同房姓查的同学，翻阅伊文思书馆寄来的书目，一眼看到一张"睡吧，小小的人"的画片，朱自清感觉到这幅画"很可爱"，便向姓查的同学借过画片，捧在手中仔细读画。画片上是一个西洋女子，哼着《摇篮曲》哄婴儿睡觉。窗外，一轮明月洒下温柔的光辉，微风掀动着她额前的一绾头发。花园鲜花的幽香，随着轻风飘了进来，沁人肺腑。画中的寓意，激起了他强烈的冲动，仿佛胸中有很多话，不吐不快。在创作灵感的驱使下，于是他铺开稿纸，提笔挥毫，一首新诗《睡吧，小小的人》，在他的笔下一气呵成。

睡吧，小小的人。

明明的月照着，
微微的风吹着——
一阵阵花香，
睡魔和我们靠着。
……

他举起略显幼稚的手，叩响了"文学殿堂"神圣的大门。他在这首诗里，不追求对画面的描摹，而是注重内心情感的抒发。开头第一句"睡吧，小小的人"，是母亲心灵深处对爱子的安抚，仿佛让读者也听到了那情意绵绵的哼曲声。

他在诗中，把自己追求光明的情感，向往自然的愿望，尽情地抒发，与诗的意境相辅相融，让读者感受到他这颗年轻的心强劲的张力。他以"余捷"为笔名，把这首处女作寄给北京《时事新报》副刊《学灯》。

稿子寄出后，感到自己的意识得到了释放，身心格外轻松。

但是，正当朱自清在人生旅途上迈出可喜一步的时候，国内外的政治形势却发生了急剧变化。

第一次世界大战的胜利，对于一向在"强权"的桎梏下被人宰割的中国人民来说尤为振奋。民族要独立，国家领土应该完整，这是国际公理，是全国民众最大的愿望。中国作为战胜国把"公理"必定能够战胜"强权"的良好愿望寄托于巴黎和会上。

1919年1月8日，巴黎和会召开了，没想到作为战胜国的中国，在和会上还是被任意宰割的对象。

在和会上，中国要求索回德国强占的山东半岛的主权，但英、法、意主张将德国的利益转送给日本，后由美国总统和英国首相提议交给英、法、意、美、日五国共管，又遭到日本拒绝。对此，中国代表团向和会提出两项提案：取消帝国主义在中国的特权；取消日本强迫中国承认的《二十一条》，收回山东的权益，被大会否决了。在美、英等国的默认和要挟下，完全满足了日本帝国主义的要求，使中国外交在巴黎和会上彻底失败。

巴黎和会的不公，使坚信"公理一定能战胜强权"的中国人民，终从梦幻中惊醒过来并强烈抗议。连日来，学生、工人和广大市民纷纷上街游行，他们久积在胸中的怒火，像火山吐焰一样爆发出来，整个北京沸腾了。

5月3日晚，北京大学学生群情激奋，与高师、工专、法政等校学生代表1000多人，聚集在北京大学法学科礼堂，讨论如何拯救祖国、挽回经济损失及领土主权等问题。会上作出四条决定：一是联合各界一致斗争；二是急电参加巴黎和会的中国代表，坚持拒签和约；三是通电各省，于5月7日举行示威游行；四是定于5月4日齐集天安门，举行学界大会示威。

5月4日下午，北京大学等13所大专学校，3000多名学生在天安门前集会，随后举行示威游行，高呼着"还我青岛""收回山东主权""取消二十一条""外争国权，内惩国贼"等口号，强烈要求政府拒绝在和约上签字、惩办亲日派官僚曹汝霖（曾任签订"二十一条"时的外交次长，现任交通总长）、陆宗舆（曾任签订"二十一条"时的驻日公使，现任币制局总裁）和章宗祥（现任驻日公使）。

学生们的游行队伍由天安门广场出发，出中华门，向东交民巷使馆区走去。在东交民巷西口，游行队伍受到巡捕阻拦，于是便从东交民巷向北，来到赵家楼胡同曹汝霖住宅前。愤怒的学生们高喊罚办亲日派卖国贼曹汝霖、章宗祥、陆宗舆的口号，并冲入曹宅。正好曹汝霖在家与驻日大使章宗祥一起。众怒之下，学生们痛打了这两个卖国贼，还觉得不解心中的愤恨，于是向曹宅丢去一把火。

赵家楼升起了滚滚浓烟，那红色的冲天火焰腾空而起，照亮了黑暗长空。如同为这场争取民族独立、保卫领土完整的神圣斗争画上了一个巨大的、横贯长空的红色感叹号！

这也是一道不灭之光，把那些祸国殃民的黑暗势力，暴露在光天化日之下。

讨伐黑暗势力，激怒了北洋军阀。他们出动武装军警镇压，示威学生中有32名被逮捕（其中有北京大学学生20名）。

为了抗议反动政府的镇压，营救被捕学生，北京各大学的学生从5月5日起进行总罢课。社会各界也纷纷举行罢市、罢工，以支持学生们的爱国行动。在群众运动的强大压力下，7日，被捕的32名学生全部获释。9日，北京大学校长蔡元培因同情学生而被迫辞职出走。

蔡校长不能走！北京大学学生强烈要求政府挽留蔡元培。为了支援北京大学学生们提出的要求，各校教职员也同学生一起参加斗争。19日，北京专科以上学校的学生再一次举行总罢课。

天安门城楼前如涛的吼声，赵家楼的冲天大火，让这位深受传统教育的哲学系青年学生朱自清，看到了中国人民的巨大力量。

朱自清那颗平静的心难以平静了，他踊跃汇入了"五四"爱国斗争的洪流。他亲身感受到，这场震撼中外的爱国运动，犹如寒光闪闪的利剑，向封建王国的愚昧和黑暗刺去。也是横贯长空的火炬，使充满阴云的天宇，终于爆出了一丝光明，使他的灵魂深受震撼。

现在，身边的同学陷入黑手，他亲身感受到了斗争的残酷。但他没有退缩，没有怯懦。强烈的正义感，激励着他那颗纯净的心灵。爱国斗争的觉醒，激发了他向往光明，用新诗发出正义的呐喊。

他每当做完功课后，就沉浸在艺术的殿堂里，决意拿起诗歌这管号角，让思辨与想象齐飞，于1919年秋冬，他创作了《光明》《新年》，倾泻自己对现实感受的激情。1923年他创作《细雨》等多首诗歌。

他在《光明》这首诗里，将幻化的情景和艺术的想象尽情发挥：一个茫茫的黑夜，细雨伴着狂风，他一个人走在村边的那条久未流过水的小河旁，那里已有了发黄的枯草，柳叶都落光了，剩下那光秃秃的枝条在秋风中摇摆着。光明在何方，将往哪里走？他向茫茫黑夜中的大地振臂呼唤着：

> 风雨沉沉的夜里，
> 前面一片荒郊。
> 走尽荒郊，
> 便是人们的道。
> 呀！黑暗里歧路万千，
> 叫我怎样好走？

封建政府，就是黑暗社会根源，只有光明能够将它刺穿。可是，夜沉沉，路漫漫，光明在哪里？他思索着：在这风雨沉沉的暗夜，如何去获得"光明"？黑暗的歧路万千，哪里才是光明的路向？这些，他虽不十分明确，但态度是积极的，决心要做一个无愧于时代的青年，对光明有着强烈的追求：

"上帝！快给我些光明罢，

让我们好向前跑！"

上帝慌着说，"光明？

我没处给你找！

你要光明，

自己去创造！"

很明确，在末尾的诗句，他的回答是积极的。年轻的朱自清知道，光明绝不会从天上掉下来，也不能祈求别人的赐予，一切都需要用自己的双手去创造。他这种奋发自强的姿态，正是"五四"精神的继续。

好一片满月的光，

静静地躺在地上！

枯树们的疏影，

荡漾出她们伶俐的模样。

他深恶社会的黑暗，通过这沉沉的黑夜，幻化出生动的艺术形象，深情地用诗的生动语言，表达对光明的渴盼：

月啊！

我原永远浸在你的光明海里，

长是和你一般雪亮！

在这首《满月的光》中，他通过对光耀寰宇的月景的描写，抒发了自己向往光明的迫切心情，这是他对现实的理性思考。

划时代的五四运动，拉开了中国革命新的序幕，也开启了年轻一代的心灵。在时代精神的感召下，他不仅思想意识有了觉醒，而且在向往上也是积极的。

努力寻找出路，积极向往光明，这种奋发图强的精神，正是他沐浴了"五四"风雨的结果。

1919年，在朱自清的人生中，占有重要一页。眼看这一年即将过去，新的一年即将来临。回想过去一年里，每一个激动人心的画面，他的心情难以平静。在年终岁尽的一个晚上，他铺开稿纸，怀着激动的心情，奋笔疾书：

> 夜幕沉沉，
> 笼罩着大地。
> 新年天半飞来，
> 啊！
> 好美丽鲜红的两翅！
> 她口中含着黄澄澄的金粒——
> "未来"的种子。

在这首题为《新年》的诗里，朱自清借助丰富的想象力，把新年拟人化，以象征的手法，把自己对祖国未来的希望以及爱国主义激情，孕蓄在那美丽的想象里。诗中"她"含着一颗黄澄澄的"未来种子"，便是祖国未来的象征。希望这颗"'未来'的种子"，在雨露的沐浴下，绽开出美丽的花朵，结出丰硕的果实。

朱自清对诗歌的创作，其态度是十分严肃的，他反对写"没相干的情感""仓促的粗制品"，主张要"用自然而又极慎重的态度"写诗（《短诗与长诗》）。他在《新年》这首诗里，把自己的真实情感，完全融入"看见新年好乐"之中。于是将"五四"风雨后的新年，幻化为美丽天使，展开"美丽鲜红的两翅"，"从天半飞来"，她带来红的光，其动人的光彩，照彻了黑暗的夜幕；羽翼鼓动的响声，惊醒了沉睡的人们，欢呼新的一年到来。这美丽的形象，就是他美丽的憧憬。那黄澄澄的种子，便是祖国崭新未来的象征，新年，就是新的开始。

> 新年交给你们，
>
> 那颗圆圆的金粒，
>
> 她说，"快好好地种起来，
>
> 这是你们生命的秘密！"

《新年》实际上是一首五四运动激情的赞歌，对五四运动播下的种子，在他年轻的心中，倍加珍惜。从这生动的语言不难看出，他力求以具体的富有表现力的形象来感染人，把自己的思想倾向存积在画面里，诱发读者去作积极的联想。

从经历平民教育宣讲团到波澜壮阔的五四运动，激发了灵感敏捷的朱自清的创作激情，连续发表不少诗作。即使在五四运动的第二年，这种冲动一如既往。

他用敏锐的眼光观察生活，用对自然界的感知，结合哲理性的深邃思索，将散落的点点滴滴的发现和感兴，熔铸成优美的诗篇。他那诗的呐喊，强烈地冲击着人们的心弦。

新年一过，他围绕"光明"这个主题，在 1 月 9 日，写了发光的《煤》，歌颂它"一阵阵透出赤和热"。还写了向阳的《小草》，光明的《路灯》等诗，都含有象征的意味，富有艺术的暗示性，微妙地表露了年轻的朱自清内心世界执着的追求，为呼唤光明振臂呐喊。

转眼到了 5 月，他顺利地通过了毕业考试，提前一年毕业。朱自清手捧着毕业证书喜不自禁时，又接到家中来信，说他的大女儿采芷出生了，可以说是喜上加喜。

# 寻找出路

## ——苦闷心灵的呼声

1922 年初春，朱自清带着家眷，从扬州来到杭州。这时，叶圣陶已经离开了杭州。好友不在，他似乎感到有些孤独，于是应蔡元培之聘，和郑振铎、俄国诗人爱罗先珂做伴，一起来到北京，任北京大学讲师。可没过多久，因妻子武钟谦与母亲产生了一些隔阂，无奈之下，朱自清只好辞职，离开北京，应允浙江省第六师校长郑鹤春的聘请，独自到台州任教，把妻子和儿女留在杭州。

朱自清一个人在台州，便有了思考自己人生道路的时间。他对光明和民主的追求，是在热火朝天的五四运动中形成的。此时，虽说已经过去两年多，但朱自清在"五四"时"指点江山""激扬文字"的激情，还存贮在心头。但他不甘心只是存贮，希望继续喷发。

可是，革命的大潮退却后，社会又还原于原来的黑暗，大军阀曹锟、徐世昌、吴佩孚等沆瀣一气，在帝国主义操纵下，在中国历史舞台上轮换表演一幕幕丑剧，使神州大地一片荒芜。黑暗不公的社会，依然如荒滩一片。这些使他的心情极不平静，掀起汹涌大潮。也许是这些理念长期郁积于胸，压力不断加大，简直会一触即发。

他昂首问苍天，奔向光明的路在哪里？为什么那时热情向往的种子"金粒"，没有在神州大地发芽开花？

朱自清和大多数青年一样，眼看着风雨飘摇的漫漫黑夜，内心惶惶不安。光明之路在何方？他痛苦，困惑。他在这种心情下，写下《转眼》，尽情地倾吐自己心中的积郁：

> 理不清的现在，
>
> 摸不着的将来，
>
> 谁可懂得，
>
> 谁能说出呢？
>
> 况他这随愁上下的，
>
> 在茫茫漠漠里
>
> 还能有所把捉么？

朱自清的这些诗句，真实地吐露了自己徘徊、郁闷的心情，现在理不清，将来也是摸不着，这些"忧愁"在茫漠里游动，不知如何把捉：

> 待顺流而下罢！
>
> 空辜负了天生的"我"；
>
> 待逆流而上呵，
>
> 又惭愧着无力的他。

时下，让他痛苦的是，"顺流而下"吧，"空辜负了天生的'我'"；"待逆流而上"吧，"又惭愧着无力的他"，"剩下有踯躅"。于是他痛苦极了，从内心深处迸发出强烈的呼告：

这样莽莽荡荡的世界之中，
到底那里是他的路呢！

朱自清 1920 年自北京大学毕业后，从在杭州一师任教开始，至今差不多要满两年了。虽然自己曾满怀一腔热血，希望迎来一个平等、富裕的中国，但黑暗社会依然如旧，穷苦的人们还是像以往日那样劳苦。大街上店铺天未大亮便早早开门，以招揽顾客；做苦工的平民，天不亮就出门，拼死拼活地干，却依旧要忍饥挨饿，平等在哪里？这与他所向往的社会相差甚远啊。

走出校门接触社会后，他才觉得自己过去沉湎于幻想，只是在梦的王国里遨游。原来，现实世界与自己内心世界仍有很大差距。回想过去，凝视现实，他不禁萌发严重的失落感，不止一次地问自己：出路在何方？为了倾诉心中的积郁，他虚构了这样一个故事：

自从撒旦摘了"人间的花"，
上帝时常叹息，
又时常哀哭，
所以才有风雨了。

在这首较长的新诗《自从》中，他虚构自从撒旦失落了"人间之花"后，上帝便时常叹息哭泣，由于上帝哀叹，人们便去寻找那失落的花朵。可结果又怎样呢？回答是：

我寻找了二三十年，

只有影子，

只有影子啊，

近，近，近，——眼前，

远，远，远，——天边！

朱自清是个性格内向的人，不会口若悬河、长篇大论地夸夸其谈。但他的追求是执着的，一旦认清楚了的事，就会一如既往。当感觉到"希望"之花已经枯萎时，心中的痛苦无不刻骨铭心。但他决不放弃，哪怕自己的心灵受到极大的创伤，哪怕是灵魂不堪重负，他仍不余遗力地呐喊：

我们的地母，

那"白发苍苍，悲悲惨惨"的地母呵，

却合了掌给我们祝福了；

伊只有徒然地祝福了！——

清泪从伊干瘪的眼眶里，

像瀑布般的流泻，

那便是一条条的川流了。

他在《旅路》这首诗里，用那已经疲惫不堪、布满创伤的灵魂，发出凄婉的泣诉：

我再三说，我倦了，

恕我，不能上前了！

倦,其实是精神不堪重负。郁闷的愁云,在心头凝聚,以致他自己也觉得,其形象何其苍白无力。随着郁闷的愁云的积压,心里的空间也越来越小,几乎失去了平衡。但是,他心中虽然深感痛苦,却没有颓废。

朱自清的心情如此低落,与他的生活环境也有一定关系。1922年2月,时值"五四"的低潮。朱自清本来是心情郁闷,又是他一个人来到台州,把妻子儿女留在杭州。平日上完课,可以出外走走。不过多数时间,还是一个人闷在屋里。到了夜晚,孤灯独影,格外想家。当他看到那盏飘忽不定的灯火,便更加强烈地想念妻子。他不禁写道:

那泱泱黑暗中熠耀着的,
一颗黄黄的光呵,
我将由你的熠耀里,
凝视她明媚的双眼。

## 毁灭自我

### ——思想奔突与升华

在台州，朱自清郁闷的愁云愈积愈浓，心里的空间也愈来愈小，终于失去了平衡。他的内心虽然痛苦，但始终没有颓废，而一直面向人生，苦苦探索。对此，叶圣陶曾经说过"佩弦并非玩世，是认真处世"的人（叶圣陶《与佩弦》）。

因他一个人在台州，人少静谧，在寂静的环境里，就常常回首过去，自己也曾有过追求，有过向往，也曾有过兴奋，有过痛苦和欢乐。昏昏的灯，沉沉的夜，在一种说不清的茕独凄凉的愁绪中，他惆怅万分。不过，虽然时光已经流逝，但他的脚步并没有停顿，还是迈步向前，继续探求。他曾在写给俞平伯的信中说：

> 日来时时念旧，殊低徊不能自已。明知无聊，但难排遣。"回想上的惋惜"，正是不能自克的事。因了这惋惜的情怀，引起时日不可留之感。我想这宗心绪写成一首诗，名曰《匆匆》。

《匆匆》写于1923年3月，这时他处于"看不清现在，摸不着将来"

（《转眼》），徘徊于人生路口，感到无限空虚与惆怅。从联想自己的青春，默计逝去光阴，虚掷无数时光。他不甘心时光匆匆而过。他不愿让岁月蹉跎。在彷徨中，尽管寂寞、无聊、心绪不宁，然而，他仍坚持上进，能有所作为。他在散文诗《匆匆》里，便是从客观自然现象中捕捉这一形象，开头便对时光一去难返进行客观描写：

> 燕子去了，有再来的时候；杨柳枯了，有再青的时候；桃花谢了，有再开的时候。但是，聪明的，你再告诉我，我们的日子为什么一去不复返呢？

他对时间的流逝虽然痛惜，却仍有所思，有所作为。在《匆匆》里，他细心地捕捉人们司空见惯的自然现象，触景生情，从中联想到自己逝去的青春，不禁发出沉重的惋惜之叹。是的，不愿蹉跎岁月，浪费青春，虽彷徨仍希望有所作为，可见朱自清这时的情绪是复杂的。

后来，他从台州回到一师时，与一个朋友讨论人生问题，谁知那位朋友主张刹那主义，不管什么道德和法律，只求刹那间的享乐。朱自清却不同意他的主张，认为这只是一种颓废主义。他说：

> 我深感时日匆匆的可惜，自觉以前的错处与失败，全只在知远处、大处，却忽略了近处、小处，时时只是做预备的工夫，时时都不曾做正经的工夫，不免令人有不足之感！

他也主张刹那主义，但其含义与那位朋友完全不同。他认为"刹那的意义与价值"，不是回顾过去，而是面对未来："只有在事情正来的时候，我们可以把捉它，发展它，改正它，补充它；使它健全，和谐，成为完美的一段落，一历程"，"这种历程的满足，便是我所谓'我生相当的意义与价值'，便是'我所能体会的刹那间的人生'"。（朱自清《刹那》）

暑期他携妻子儿女回扬州和家人团聚。在扬州，他仍苦苦思索人生问题，决心解脱生活中的种种纠缠，立定脚跟，安下心来，从小处、近处做起，切切实实地做些实际工作。夜很深了，沉思中的他，写作的冲动，如奔涌波涛，撞击着他的心灵。他提笔想抒写一首长诗。由于家中人多事杂，他定不下心来，只写了个开头，暑假就已经结束了。

在暑假即将结束时，他想到曾答应浙江第六师的学生去台州。于是他休完暑假后，带着妻子和两个孩子，乘轮船来到台州。因一时找不到住处，暂时住在新嘉兴旅馆。六师的同学听说朱老师来了，欢呼雀跃，连夜赶来旅馆探望。

因小旅馆的灯光昏暗，加之屋子不大，一下子增加了这么多人，大家都感到闷热。因见到了盼望已久的朱老师，大家非常兴奋，谁也没有顾及这些。师生们围绕这时出版的文学书籍，快乐地挥扇长谈，也笑着谈着近来的学习成绩。这时，朱自清从行李袋中拿出了一个小皮包，从包里掏出一卷稿子。同学们接过一看，见是一首长诗，题目是《毁灭》。虽说还只写了两节，但大家看后，觉得十分感人，都盼望他早些把诗写完。

寂寞的环境更适于反思与反省。检讨过去，展望未来，自己也曾有过追求与向往，也有过痛苦与欢乐，但平坦的路在哪里呢？11月7日，他在写给俞平伯信中，曾详尽地表明了自己当时的思想状况。他说"近来极感到颓废的滋味与现实的懊恼"，由此而"感到空虚"，但又"不堪这个空虚"。于是他在给俞平伯的信中写道：

弟虽潦倒，但现在态度却颇积极；丢去玄言，专崇实际，这便是我所企图的生活。

他从不务空想，不甘沦落，一直执着地坚持"只管一步步走"的务实精神。而这种务实精神，就是他一贯的性格：执着！

朱自清在他的一生中，从未改变执着，形成了他的务实作风和踏实的为人风格。在台州，他一个人在陋室中，纷乱的思绪幻化为生动的形象，借助他丰富的想象力，激起汹涌的情思，凝聚于笔端，奋力挥毫。

朱自清除了每日上课备课外，还要改六师的学生们写的文章，所以很忙。不仅如此，杭州一师的学生们也不时地寄稿子过来要他批改。只有在工作之余，他才能静下来，拿起笔，继续创作长诗《毁灭》。

12 月的一天，学生们又来到他家时，朱自清拿出自己刚写完的长诗《毁灭》原稿，同学们接过来一看，是分行写的，如果把稿纸粘起来，足有两丈长。朱自清对他们说，自己因为功课忙，没有时间抄。同学们听了，纷纷表示愿意为他效劳，在课余时间帮他誊清。

朱自清看到誊写好的稿子，觉得这样太费版面，便改为散文式的，寄给《小说月报》。

1923 年 3 月，朱自清的长诗《毁灭》在《小说月报》发表，在文艺界立即激起了强烈反响。

朱自清把自己的情感与思考，全部体现在诗的蔓延的结构之中，并蕴含了无数形象于其中。全诗共有八个层次，第一层次是毁灭的开场。在这里，值得注意的是，他自己的化身，寄寓着对生活的感受和态度。于是这个"我"一开始，便坦言宣告：

> 白云中有我，
>
> 天风的飘飘，
>
> 深渊里有我，
>
> 伏流的滔滔；
>
> 只在清清的，青青的泥土上，
>
> 不曾印着浅浅的，隐隐约约的，我的足迹！

这也是朱自清所说的，"丝毫立不定脚跟"的"空虚"之感。他要走出这种长期潜伏于心的困惑，不愿长期地飘浮在白云蓝天中，深溺在渊流其中，立志要脚踏实地，回归"自己的国土"。这是积极的否定，深刻的检讨，也是走出了"专崇实际"的重要一步。

在《毁灭》第一层次和第四层次里，朱自清深感自己的脚尖踏不上"自己的国土"，而产生的痛苦：

> 我流离转徙，
>
> 我流离转徙，
>
> 脚尖儿踏呀，
>
> 却踏不上自己的国土！
>
> 在风尘里老了，
>
> 在风尘里衰了，
>
> 仅存一个懒恹恹的身子，
>
> 几堆黑簇簇的身子！

接下来的六个层次是毁灭的展开，诗人通过奇妙而独特的想象，把他积郁在心中深处的复杂思绪，形象化地表现出来：那里有"茫茫的淡月，笼着那静静的湖面"，有"雪样的衣裙"，"活活像小河般流着的双眼"的姑娘，有"相互夸耀着"的"如去的朋友"，有"天花乱坠"的"巧妙玄言"，有"引着我下去"的"灵弱的心"，有象征着死神的"黑衣的力士"和"白衣的小姑娘"等景象，都是人生、社会、家庭对"我"的种种诱惑和压力的意象表现。

面对这些幻化的形象，朱自清觉得这些都是阻碍他"专崇实际"的纠缠，因此他都要将它们"撇开"，都要"丢去"，他坚决摆脱大自然和情爱的引诱，抛开高远空想的虚幻，战胜软弱的心和死神的诱惑与胁迫，他挣扎复挣扎，"掉转头，走你自家的路"。最后一个层次是毁灭的终结："什么影像都泯灭了，什么光芒都收敛了"，于是"拨烟尘而见自己的国土"，他尊严地宣告：

> 摆脱掉纠缠，
> 还原了一个平平常常的我！

值得关注的是，朱自清在《毁灭》里，不仅着力于他的思想真正"转向"，而且还带有淡淡哀愁：

> 虽有饿着的肚子，
> 拘挛着的手，
> 乱蓬蓬秋草般长的头发，
> 凹进的双眼，
> 和软软的脚，

尤其灵弱的心，

都引着我下去，

直向底里去，

……

"直向底里去"，字字千斤！在"五四"高潮过后，一些觉醒了的青年，由于没有与群众这个主流结合，而产生了彷徨苦闷的情绪，有的陷于悲观颓废而不能自拔，有的流于空想却步不前，而朱自清却敢于面向实际，虽彷徨却仍在挣扎，力图排除纠缠而有所作为，终于发出了这样响亮的高呼。

在《毁灭》里，"他"终于从天空中落了下来，踏在"自己的国土"上，踏在"青青的泥土上"，委曲周致地表达了自己错综复杂的思路。不难看出，他要毁灭的是束缚他的种种矛盾和纠缠，唯其如此，才能"专崇实际"，达到"转向"的目的。

因此，毁灭并不是消极地抹杀一切，否定一切，他要毁灭的，只是那些"缠缠绵绵"的情感，"渺渺如轻纱"的憧憬，"迷迷恋恋"的蛊惑，以及"死之国"的威胁。年轻的他不愿"轻轻地速朽"，要用"仅有的力量"，回到"生源之上"。他这是对人生积极的肯定，对生活的积极探求，虽然流转在诗里，尚有一丝淡淡的哀愁、彷徨的苦闷情绪，但"别耽搁吧，走！走！走！"流贯全诗的是一股在刹那主义指导下，面对实际、力求有所作为的上进精神。

丢掉无能为力的玄言，其实就是他写这首诗的主要目的。在艺术上，朱自清主张"长诗低意境或情调必是复杂而错综，结构必是蔓延，描写必是委曲周致"。

在《毁灭》里，朱自清将自己汹涌的情思，体现在那回环复往的蔓延结构之中，通过复杂、对比、象征、比喻等种种手法，委曲周致地表现出来。

恰好，在《毁灭》发表的时刻，朱自清接受了浙江省立第十中学的聘请，离开了台州六师同学，到温州去了。

第二章　文朋诗友

# 并肩战斗

## ——与战友邓中夏

朱自清和邓中夏，是在"五四"风雨里认识的，他们的友谊，也是在革命斗争中建立起来的。

1918年11月，整个北京城处于欢呼第一次世界大战的胜利中，中国以协约国成为胜利国，这件激动人心的大喜事传到北京，全城一片沸腾，市民纷纷高举国旗，结队游行庆祝。为了庆祝胜利，北京学界从11月14日起，各校放假，举行各种类型的庆祝活动。由于活动开展得轰轰烈烈，后来由半天而延长到一天。下午，举行游街大会，北京大学在天安门前搭起高台，"平民教育讲演团"举行讲演大会，参加的学生达三万多人。

平民教育讲演团以"增进平民知识，唤起平民的自觉心"为宗旨，目的是让贫苦民众也能受到教育，"欲期教育之普及与平等"。

李大钊也参加了讲演，他在大会上发表题为《庶民的胜利》的演说，接着又写下了《布尔什维主义的胜利》一文，发表在《新青年》上。北京大学教师崔适还赋诗志庆，讲演团讲演的效果非常好，北京大学放假又延长三天。

为了让国民了解国外强权势力，平民教育讲演团为此开展宣传教育流动讲演。1919年3月13日，《北京大学日刊》刊登了一则消息：

> 本校学生邓康、廖书仓等近发起北京大学平民教育讲演团，
> 以教育普及与平等为目的，以露天讲演为方法。

邓康即邓中夏，字仲獬，湖南宜章人，1917年考入北京大学中国文学系，思想"激进"。他发起组织"平民教育讲演团"，是得到了校长蔡元培支持的。平民教育讲演团成立后，就经常到街头群众中间讲演。

讲演团以三到五人为一组，事先拟好题目、选定地点，打着讲演团的宣传旗号，携带铜锣或者鼓号，到庙会等人多而适当的地方进行宣讲。讲演团成立之后，参加的学生越来越多，几乎每天都要进行街头讲演活动。除了北京大学之外，还有许多其他学校的学生加入。

这天北京大学《日刊》同时登载了《北京大学平民讲演团征集团员启事》《北京大学平民教育讲演团章程》。启事与章程得到广大进步同学的支持和响应。没过多久，朱自清也报了名，并与邓中夏结下了深厚的友谊。

3月15日和16日两天，北京大学在天安门外单独举行了演讲大会。蔡元培在这两天都发表了演讲，他说："现在世界大战的结束，协约国占了胜利，一定要把国际的一切不平等的黑暗主义都消灭了，用光明主义来代替他！"（蔡元培《黑暗与光明的消长》）

蔡元培有力地号召学生走出校园，让国家和世界休戚与共，这对讲演活动的开展是个不小的推动。

文科学长陈独秀等教授也参加演讲。演讲时间，每人只限五分钟。其实，每人也只能讲五分钟，因为此时北京气候干燥，加之北风剧烈，不到五分钟，讲演人员的喉咙已发哑声，虽欲继续，亦无能为力了。由于演讲大受

听者欢迎，北京大学决定再次停课三天，在中央公园举行第二次演讲大会，各科教职员和学生均可加入演讲。

过了不久，大考就要到了，朱自清在三年时间里，修完了哲学系四年的课程，现在要准备毕业考试了。不料，平民教育讲演团仍是继续抓紧活动。3月间，邓中夏为了便于开展革命工作，将平民教育讲演团分成四组，朱自清担任四组书记，负起了领导责任。

4月6日，讲演团一清早冒着春寒，乘车从北京出发去通县，于10点钟左右到达。饭后11时许，分组在热闹的地方进行讲演。朱自清讲演的题目是《平民教育是什么》和《靠自己》。讲演分组一共讲了六次，听众达500余人。讲演结束后，到潞河公园游览，还参加了通俗展览馆。

这时的陈独秀、李大钊把视线投注于劳工运动，并且积极筹备"五一"劳动节活动，准备开展一次规模较大的宣传攻势。5月1日这天，晴空万里，骄阳似火，群情振奋，北京大学工人和学生共500多人，举行了纪念大会，号召人们把"五一"节当作指路明灯，向光明的道路前进。

第二天，讲演团也积极配合，深入进行讲演。朱自清在北京街头作了题为《我们为什么要纪念劳动节》的讲演。他慷慨陈词，向人们介绍了"五一"节的来历和纪念意义。

在这红色的五月里，他顺利通过了毕业考试，提前一年毕业了。正当他十分庆幸时，又接到家书，他的长女采芷出生了，这可以说是双喜临门啊。

到了6月，他恋恋不舍地告别哺育他多年的北京大学，整理好自己的物品，启程南归了。

他和邓中夏再次交流，隔了几年。

1924年2月下旬，朱自清离开了任教的温州，到浙江宁波省立第四中学教书。在4月初，他写完《温州踪迹》中的两篇文章后，虽说心里松了口气，但有一桩往事,像巨石一样压在他心头,激起了汹涌的波澜。

他的不安,是由邓中夏的两篇文章引起的。

邓中夏远在学生时代,就投身于革命洪流。1923 年"二七"大罢工失败后,他因身份暴露,被军阀、政府通缉。为了安全,这年 3 月,在组织安排下,邓中夏秘密地从北京来到上海。

邓中夏来到上海后,改名为邓安石,经李大钊介绍,在上海大学任教务长,同时还兼任《中国青年》杂志编辑。正巧,编辑部安排邓中夏分管文学。他十分关心当前诗坛的情况,不时发表文章进行评论。

这时,朱自清在温州十中教书,就在《中国青年》杂志上看到邓中夏写的《新诗人的棒喝》(载于 1923 年 12 月 1 日《中国青年》第 7 期),邓中夏在这篇文章中尖锐地提出,希望诗人不要"坐在暖阁里作诗",要"注意社会问题"。

没过多久,朱自清又在《中国青年》上看到邓中夏的另一篇文章《贡献于新诗人之前》,在这篇文章中,邓中夏进一步要求诗人"须多做能表现民族伟大精神的作品","须从事革命的实际活动"。文章的最后,抄录了他在三年前过洞庭湖时所作的两首诗。

这些文章和诗,均表现了一个革命者的伟大情怀,朱自清读后激动不已,久久不能忘怀。

春夜,万籁俱寂。然而,朱自清却秉笔凝思,毫无睡意。他仿佛又看到邓中夏叱咤风云的英姿,曾与他共同战斗的无数情景扑面而来,犹如又听到他春雷般的声音,振聋发聩。

此时,邓中夏的形象,又浮现在他的脑际,让他心潮澎湃、激动不已,激起他的创作冲动。

他伏在荧荧孤灯下,奋笔挥毫,他要用诗的形式,来塑造一个用自己双手创造光明的革命先驱形象，凸显邓中夏崇高的精神世界，表现他无坚不摧的性格特征，有力地显示他改革现实的坚强意志。在他的笔下，邓中夏就是毁旧创新的革命力量的化身。不仅如此，整首诗的内容和旋律，都与邓中夏的诗相应和。

朱自清将这首诗一气呵成，把自己对革命无限景仰的真情，熔铸在字里行间。4月15日，他将这首诗寄往上海《中国青年》杂志。4月26日，这首《赠友》就在《中国青年》第28期上发表了。

7月1日，在暑假期间，朱自清乘火车到上海参加会员大会。会议一结束，他便赶到温州与家人团聚。8月4日，他收到亚东图书馆寄来的两本《我们的七月》杂志，为32开本，装帧精美。朱自清看了很高兴，晚上，他在《日记》中写道："阅之不忍释手。"

这本杂志在当时的文坛上独具一格，别开生面。除封面设计署了丰子恺名外，所有的文章都没有署作者的名字。封面上印有"OM"编，这是"我们"的拼音代号。为什么会这样？直到几十年后，有人问及俞平伯，没想到他的解释是这样的："之所以《七月》不具名，盖无深义。写作者都是熟人，可共负文责。又有一些空想，务实而不求名，就算是无名氏的作品吧。"

朱自清在上面发表的文章最多，除《温州踪迹》一组四篇外，还有一篇杂文，一首诗，三通信。同时又把《赠友》一诗改名为《赠A.S.》，重新刊登。AS是邓中夏改名为邓安石的英文头两个字母。下一期的《我们》，轮到朱自清主编了。

《赠A.S.》在朱自清的诗歌中，是一首音调十分激越的诗篇。他在这首诗里，把个人感情和歌颂无产阶级革命结合起来，把对旧世界的诅咒和对新世界的赞美结合起来，充满了战斗激情。全诗的主旨，是一个用自己的双手创造光明的革命先驱，"建红色天国的大地上"，对黑暗现实发出了猛烈的抨击：

> 地上是荆棘呀，
>
> 地上是狐兔呀，
>
> 地上是行尸呀！

三个排比句式，彻底揭露了半封建半殖民地的黑暗真相，高度概括了他对罪恶世界无比愤怒的心情。而 A.S. 就是那摧旧创新的革命力量，他以全部革命热情，来塑造他心目中的英雄。

> 你的手像火把，
>
> 你的眼像波涛，
>
> 你的言语像石头，
>
> 怎能使我忘记呢？

诗中用火把比喻手，表示他掌握真理而冲锋陷阵；用波涛比喻眼，说明他胸中充满革命激情；用石头比喻言语，表明他言语坚实。他以新颖喻语构成的排比句，勾勒出一个刚强无比、顶天立地的巨人形象，形神合一地完成了对这一高大革命者形象的塑造，给人留下了"怎能忘记"的深刻印象。

朱自清的夫人陈竹隐在《忆佩弦》中曾说："早年，在北京读大学的时候他曾参加过我国著名的五四运动，并和著名的共产党人邓中夏建立了很好的友谊。"

的确，他们的友谊，是建立在共同心声之上的。1923 年 12 月，邓中夏在《中国青年》上发表了两首五律，其首句是"莽莽洞庭湖，五日两飞渡"，还有"问将为何世？共产均贫富"之句，《赠 A.S.》中则是"你飞渡洞庭湖，你飞渡扬子江"，分明是和它相呼应的。

同期，邓中夏还在《新诗的棒喝》中写道："哪有斩不尽荆棘？哪有打不死的豺狼？哪有推不翻的山岳？你只须奋斗着……"在《赠 A.S.》中，朱自清也高呼"地上是荆棘呀"等三个排比句，并把 A.S. 誉为"披荆斩棘的快刀"，"吹不倒那摇撼的黄金的王宫"的"狂风"，也分明是与他呼应的。无疑，《赠 A.S.》这首诗，是他在对现实有强烈感受的土壤中诞生的，说明邓中夏坚强的革命精神对他有很大影响。

暑假很快结束了，朱自清要离家往宁波去了，温州十中的老同事都来送行。特别是校长金荣轩，和朱自清的私交甚笃，仍诚恳地约他明年来十中执教，朱自清爽快地应允了。

9 月 5 日，朱自清乘船去宁波，但船在半路遇风停泊，直到 9 日晚才到学校，好在四中还未上课。

# 夜泛秦淮河

## ——与学友俞平伯

　　朱自清与俞平伯是北京大学的同学，他爱诗，在浙江一师时便与在诗坛上崭露头角的俞平伯建立了友好情谊。

　　1920年5月，朱自清在北京大学哲学系提前一年毕业。彼时适逢浙江省立第一师范学校"挽经运动"风潮平息，但有几位教员离校，一时师资缺乏，继任校长姜琦（伯韩），为此特向曾援手调停一师风潮的北京大学代校长蒋梦麟求助，蒋梦麟遂推荐北京大学学生朱自清、俞平伯等去任教。朱自清便于是年初秋携妻儿来到一师，担任国文教员。

　　朱自清和俞平伯来到浙江一师，开始了他的教学生涯。因他不善交际，为了排遣时日，便在工作之余偷闲外出郊游。

　　杭州位于钱塘江北岸，是个文化底蕴十分深厚的美丽古城。清澈的西湖，像一块晶莹的翡翠，镶嵌在城区西面，湖边群山秀丽，林木葱郁，与湖光山色相映成趣。著名诗人苏轼任杭州通判时，曾写下"欲把西湖比西子，淡妆浓抹总相宜"的诗句，流传至今。朱自清对这座名城向往已久，11月28日，他约了几位友人，一起游览天竺、灵隐、韬光、北高峰、玉泉等胜景。

　　他白天上课，晚上无事，便努力写诗，和俞平伯一起切磋诗艺。

俞平伯是浙江德清县人，1900 年出生，比朱自清小两岁。俞平伯在学生时代就写诗，常在《新潮》上发表，朱自清认为他在这方面是老资格，于是把自己偷偷写的新诗集《不可集》，送给俞平伯看，希望他能够批评指正。

他所编的《不可集》，是出自《论语》"是知其不可而为之者与"，这句系勉强尝试的意思。

俞平伯和朱自清一道，创作了不少新诗。俞平伯写了一首小诗《小诗呈佩弦》，写的是朱自清初到一师时的剪影：

> 微倦的人，
>
> 微红的脸，
>
> 微温的风色，
>
> 在微茫的街灯影里过去了。

10 月，朱自清又得到俞平伯《忆游杂诗》十四首，受其感染，亦写了古体诗《杂诗三首》，小而精致。以后他陆续写过一些小诗，在意境与技巧上，益趋成熟。可惜不到半年，俞平伯就辞职到北京去了。

1922 年春，朱自清从台州回到杭州一师时，曾和一个朋友讨论人生问题，那位朋友主张刹那主义，不管什么法律与道德，只要刹那间的享乐，什么后顾与前瞻，都是可笑的。

朱自清不同意这种主张，认为这是颓废主义。他觉得要珍惜时光，决意从小事做起。不过，他也主张刹那主义，但含义与那位朋友完全不同。他在 11 月 7 日给俞平伯的信中，对自己的刹那主义做了这样的说明：

我们只顾"鸟瞰"地认明每一刹那自己的地位，极力求这一刹那里充分的发展，便是有趣味的事，便是安定的生活。

他似乎觉得"这些话说得太抽象"，又接着做了这样通俗的解释：

我的意思只是说，写字要一笔不错，一笔不乱，走路要一步不急，一步不徐，呷饭要一碗不多，一碗不少；无论何时，无论何地，有不调整的，总竭力刻求其调整——无论用积极的手段或消极的手段。

后来，他在写给俞平伯的信里，进一步解释了自己的刹那主义：

"我的刹那主义，实在即是平凡主义。"如果在哲学上来说，这也是他所认定的，"只是在行为上主张一种日常生活的中和主义"。

他所提到的中和主义，其实就是儒家的中庸思想。"中者，天下始终也，而和者，天地之生成也。天德莫大于和，而道正于中。"其实，这也可以说是追求内心的情感节制与适中，重在对立面的调和与统一。也许是他从小经受了传统教育，在心灵里早就种下了安于自我满足，追求安定和谐的思想。这种思想，在后来的经历中，给他带来了很多烦恼。

当时，俞平伯任浙江省视学，6 月间朱自清邀他夜游西湖。夜幕下的西湖，山峦淡远，繁星满天。小船在夜风习习中穿行，汩汩桨声，在这静谧的夜晚格外清脆。两位老友相逢在一叶扁舟上，随意漂荡。他们对面相坐，促膝谈心，互诉衷肠，探索人生，讨论了人生的意义和对生活的态度。朱自清对俞平伯诉说了自己的懊恼和怅惘："因怅惘而感到空虚，还在残存的生活时所不能堪的！我不堪这个空虚，便觉得飘飘终是不成，只有转向才比较安心，比较能使感情平静。"（朱自清《信三通》）

7月，俞平伯受浙江教育厅委派，到美国考察教育，朱自清于7月初赶到上海，出席在一品香召开的文学研究会南方会员大会，讨论会务并为俞平伯饯行。出席宴会的有叶圣陶、郑振铎、沈雁冰、周作人、刘延陵等19人，两人又是一个短暂的分离。

回想这段日子，他经过沉默的思索后，又给俞平伯写信，把满腹的懊恼与惆怅向俞平伯倾诉："我今夏与兄等作湖上之游后，极感到诱惑的力量，颓废的滋味，现代的懊恼。我从前不曾深切地感到过这些，这回却碰着机会了。"（朱自清《信三通》）

1923年3月，就在他的长诗《毁灭》发表之时，朱自清接受了浙江省立第十中学的聘请，到温州第十中学教书。

台州，这座美丽的山城，尽管朱自清对她建立了很深的感情，但为了生活，他只得离开。

来到温州十中后，让他欣慰的是，十中的校景较好，在这样的环境下教书，心情总算安定下来。转眼暑期到了，朱自清便带着怀孕的妻子和女儿回到扬州探望父母。

8月初，他和俞平伯相约，从扬州来到南京相会。当时他们两人的情绪都不好，感到很苦闷。为了排遣心中的不畅，在一个晚上，他俩相约去秦淮河泛舟。朱自清曾在这里玩过一次，而俞平伯却是首次。

秦淮河原是茅山西面一条天然水系，是黄金水道长江的一支流。在明清时期，王孙贵族曾在这里纸醉金迷，"桨声灯影连千里，歌女花船戏浊波"，

"画船箫鼓，昼夜不绝"，在这清波浪里，不知发生过多少凄艳哀婉的风流韵事。

朱自清和俞平伯来到河边，正是夕阳西下、皎月初升的时刻，他俩雇了一条小船"七板子"，在轻柔的桨声中，往湖中荡去。

夜幕刚刚下垂，河里的大船小船上，亮起橘红色的灯光，映在水里，显得迷蒙而神秘，似乎让人联想到昔日画舫彻夜笙歌的红火盛况。

"七板子"在薄霭中灵巧地前行，汩汩的桨声，如同悠然的小夜曲。"他们领略着那碧波荡漾中衍生的艳史，就连这间歇的桨声，也仿佛是在诉说秦淮昔日的繁华与风流。他们俩毫无拘束地谈论、评价着秦淮河在明末的艳迹，回忆《桃花扇》中的情节，议论着六朝的金粉繁华与虚浮。"（陈孝全《名家朱自清》）

"七板子"在暗淡的灯光下缓缓而行，过了利涉桥，在东关头转过弯，便是大中桥了。他们从大桥拱里穿了过来，河面忽然开阔，见到的又是一番景象了。在"淡淡的月"下，秦淮水"总像是隔着一层薄薄的绿纱面幕似的"，"静静的，冷冷地绿着"，放眼看去，犹如一块巨大的镜子，将天上稀疏的星星映入其中。

船夫将"七板子"停了下来，河里非常热闹。灯影轻轻，笙歌悠扬，韵律婉转，别有一番风味。这时，凉风习习，暑气渐消，朱自清稍感舒适了些。那枯涩的心灵，一经大自然的润泽，有点疯狂而难以自持了。他尽情地欣赏着飘浮的薄霭下，带着黄晕的灯光与朦胧的月光交相辉映，品味着夏夜的自然之美，他禁不住欢呼起来："感谢天之厚重秦淮，也厚重我们了！"

这时，一只歌舫向他们的"七板子"划了过来，一个年纪不大的伙计，利落地跨上了他们的船头，从他那灵活的眼睛不难看出，他混迹于生意场上的机灵。他把一折翻得破旧的手折，很礼貌地呈到他们面前："先生，小意思，点一曲吧？"

这让朱自清颇感意外，原以为歌伎早已取缔了，谁知这秦淮河里昔日的艳事还未绝迹。看着这不知有多少艳客翻阅过的破折，心中有些张皇。他接过折子，勉强地翻了几下，赶忙还给那个伙计，不好意思地说："不要……我们不要。"

其实他很喜欢听歌，可在这秦淮河里不同，由于道德的约束，他不得不抑制住了听歌的欲望。继后，虽然又有两次纠缠，都被他们拒绝了。但朱自清的心情有些不安，他同情这些歌伎，觉得自己这样做会让她们失望。他怕歌舫再来，便对船夫说："我们多给你酒钱，把船摇开吧。"

船虽在冷冷的月光下慢慢地荡了回去，但朱自清的心情已经难以平静，既懊恼，又惆怅。对秦淮河仲夏中森森的水影，疏疏的灯火的美景，两人已是默然而坐，无心欣赏了。

船快到岸边时，他们才猛然惊醒过来，背后的秦淮河即将悄然而去。本想放情山水，纵览风月，陶醉在大自然的怀抱里，缓解自己的心绪。谁知这歌伎的出现，扰乱了他们恬静的心情，对秦淮河充满的思情也随之幻灭。在素月凉风相伴下，让这夜泛搞得高兴而来，扫兴而归，未能真正的超脱，也未能摆脱现实的纠缠。

第二天，朱自清和俞平伯分别了，这次他们在南京相处了四天。

暑假结束后，朱自清在第十中学上课，但与俞平伯在秦淮河夜泛的情景，如同浪涛一样，冲击着他的心扉，强烈的创作冲动，使他难以自已。特别是他近来对散文创作兴趣很高。10月11日夜晚，他终于拿起笔，伏案疾书，整个身心投入夜泛秦淮河的情景之中。清艳的夜景、森森水影、泪泪桨声、黄晕的灯光，一幕幕在脑子里浮现。特别是歌伎的出现，让他"盘旋不安，起坐不宁"，后来"满载着惆怅"回到岸上等心理历程，加之自己无法摆脱现实纠缠的痛苦，像山泉般地从笔尖流了出来。

他在文章里，注重紧扣月光、灯光、河水三者的关系变化，细心地品析其味，生动地描绘了夏夜的秦淮好景奇观，使作品有着很强的艺术感染力。作品定名为《桨声灯影里的秦淮河》。

郁达夫曾说过，朱自清的散文是"满贮着那一种诗意"（《现代散文导论（下）》）。所谓诗意，其实就是生动鲜明的形象、真挚的思想情感和精美的艺术构思的完美统一。在《桨声灯影里的秦淮河》的创作中，朱自清非常注重形象的诗意创造，"作文便是以文字作画，他叙事、抒情、写景，固然是画，就是说理，也还是画"（《山野缀拾》）。可见朱自清是多么注重形象的诗意创造。正因为如此，《桨声灯影里的秦淮河》使读者进入一个如诗如画的境界。

从《桨声灯影里的秦淮河》全篇的内容看，既有对秦淮河往事的追述，也有自己在秦淮河的见闻和感触；既有对秦淮河夜景的描写，也有对秦淮河歌伎行为的记叙。从表现手法上看，有细腻的近景描绘，有疏淡的远景勾勒，有静景动景，实景虚景，起伏跌宕，变化多姿。文章抓住"灯影"，从各个角度。进行了细针密缕的描绘和渲染，逼真地再现了秦淮河上的美景。

《桨声灯影里的秦淮河》发表后，字里行间，无不令人感动，成为脍炙人口的名篇，广为流传。它之所以感动人，也在于朱自清自己对生活的强烈感受，熔铸在他所创造的形象里。特别是这篇作品写于1923年，正处于五四运动低潮阶段，朱自清这时的思想十分苦闷，"极感到诱惑的力量，颓废的滋味，与现代的懊恼"，而由此感到"怅惘"和"空虚"（《残信》）。朱自清不甘"空虚"而极度"转向"，虽彷徨而仍思挣扎，想超然而又不能真正忘情，这种矛盾的思绪，就十分微妙地流露在桨声灯影的秦淮河里，使自然风光抹上了浓郁的感情色彩。

　　俞平伯也于 1923 年 8 月 22 日，创作了与朱自清同名的散文，也同时在《东方杂志》21 卷 2 号上发表。这两篇同名散文，又是同一题材，但在艺术表现上各具特色，因对现实的态度不尽相同，从而由此产生了不同情调。在情感上，朱自清比较沉重，俞平伯则较为恬淡。在对待歌伎上，俞平伯是超脱，而能够"怡然自若"，朱自清则是"不能自已"，情感较为细腻。他之所以这样，充分印证了他对生活认真的态度，大大地强化了作品的感情力量，也加深了作品的现实意义，使人读后感到分外亲切。

　　也是在这个时候，朱自清还与俞平伯讨论关于文艺理论的问题，他在俞平伯的启示下，写了一篇《文艺的真实性》，他以作品的真实性为标准，将文艺创作分为数等。他把"叙事性的作品"定为一等，是因"叙述自己的经验，总容易切实而详密些"，因为这类的作品，有艺术"求诚之心"，追求的是艺术"个性"。"人性虽有大齐，细微末节，却是千差万殊，这叫作个性。人生丰富的趣味，正在这细微末节的千差万殊里。"朱自清的这种文学观，其实就是他的美学思想，从而决定了他此后的创作倾向和基调。

　　翌年 8 月，俞平伯请朱自清为他的诗集《忆》作序，朱自清应允，他满怀真情地写道："人们往往从'现在的梦'里走出去，追寻旧梦的踪迹，正如追寻旧梦的恋人一样；他越过了千重山，万重水，一直地追寻去，这便是'忆的路'。"（《关于〈忆〉》）

　　提起儿时的梦，朱自清与俞平伯有同感："我儿时现在真只剩下了'薄薄的影'。我的'忆的路'几乎是直如矢的；像被大水冲了一般，寂寞到可惊的程度。"（《关于〈忆〉》）

　　1928 年 11 月 26 日，朱自清的发妻武钟谦，抛下了丈夫和六个孩子，与世长辞。从此偌大个西院，只剩下他孤苦一人，形影相吊，十分凄凉。

　　问题还不仅如此，朱自清因受到的打击太大，饭食无法自理。细心的俞平伯看在眼里，急在心里。笃于情义，他主动过来帮忙。便给朱自清送来了一日三餐。朱自清要算伙食费，俞平伯坚持不收。推让之下，俞平伯只好每月暂收 15 元，可暗中却又全部用于他们一家的伙食，这个秘密在多年之后朱自清才知道。为了让他排遣愁怀，一天，俞平伯特地陪着他，冒着大风，来到中山公园看海棠。

1937 年，"卢沟桥事件"发生以后，北京大学、清华大学均南迁昆明。俞平伯因侍双亲未能前往，仍留在北平。朱自清作了三首七律《怀平伯》寄给俞平伯。诗中有"西廊移居邻有德，南院共食永相念"之句，既感谢他对自己生活上的关照，也表达了他和俞平伯分别后的思念之情。

一天，朱自清翻阅北京的出版刊物，偶然看到俞平伯的文章，顿时感到不安起来。他想到自己和俞平伯交情深厚，他的人品自己也是一清二楚的。这倒不是俞平伯的文章内容有什么问题，但朱自清觉得，在这"烽燧漫天开"的年代里，作为知识分子，应该是"朔风"中的"劲草"，不应该在沦陷区刊物上发表文章。于是立即给俞平伯写信劝说。12 月初，俞平伯来信，询问他的近况，但对文章的事，却是含糊其词，解释这不过是偶尔敷衍，不想多做解释。朱自清看完信后很不满意，于是在 12 月 22 日又给俞平伯写了一封回信，信中特别提出：

前函述兄为杂志作稿事，弟仍以搁笔为佳。率直之言，千祈谅鉴。

俞平伯接受信后，十分感动，后来每当谈及此事，就非常感慨地说："非爱之深，相知之切，能如此乎。"

1948 年 8 月 12 日，朱自清不幸逝世，俞平伯得知噩耗后，为失去了一位知己感到非常悲痛。他创作了《诤友〈朱佩弦兄遗念〉》《忆白马湖宁波旧游〈朱佩弦兄遗念〉》两篇散文，表达对失去好友的思念。

在与朱自清的交往中，俞平伯深深感到"直谅之友胜于多闻之友，而辅仁之谊较如切如磋为更难"（陈孝全《名家朱自清》）。他说："古诗十九首，我俩都爱读，我有些臆测为他所赞许。他却搜集了许多旧说，允许我利用这些资料。我尝创议二人合编一《古诗说》，他也欣然，我只写了几个单篇，故迄无成书也。"

1959 年，俞平伯与叶圣陶等以全国人大代表的身份前往江苏省视察。一行人到达了朱自清先生的故乡扬州，俞平伯心情十分沉重。据说当天也正好有一辆便车去往南京，突然间俞平伯不跟其他人打招呼，就急匆匆地上了这辆去往南京的车，使叶圣陶等摸不着头脑，直至后来俞平伯将写好的《重游鸡鸣寺感旧赋》给他看后，他才明白，原来俞平伯是去重访他早年曾和朱自清一同游览过的南京鸡鸣寺，以寄托他对好友的怀念。其中有句云："地仿佛其曾莅，如色丝之褪黄；人萧索以无偶……"字里行间，充满了深情。

# 同室对品茗

## ——与挚友叶圣陶

朱自清与叶圣陶相识，是好友刘延陵介绍的。

叶圣陶是江苏苏州人，在"五四"以后，写了不少新诗和小说，在文学界颇有名气。

1921 年，朱自清离开浙江第一师范学校，暑假里，经人介绍，他到扬州江苏省立第八中学任教务主任。八中是他的母校，在这里工作理应是很惬意的。因为扬州是他"生于斯，长于斯"的地方，有较深的感情。然而，朱自清性情耿直，每遇到他认为不合理的事，容易发"憨气"，没过多久便和校长的意见不合，加之家庭中出现了令他不愉快的事，于是决意要离开这里。

朱自清离开了八中后，是年秋，正在上海公学执教的刘延陵得知他离开了八中的消息，便介绍他到上海中国公学中学部教书。

刘延陵是江苏泰州人，比朱自清大四岁，自幼和朱自清认识。他也是中国第一代的白话诗人。

朱自清来到公学，刘延陵便高兴地告诉他："叶圣陶也在这里！"

朱自清曾读过叶圣陶的作品，对他也很景慕。听刘延陵这么一介绍，他好奇地问："是怎样的一个人？"

"一位老先生哩。"刘延陵回答说。

朱自清见刘延陵这样介绍，颇感意外。在一个阴天，刘延陵带着朱自清拜访叶圣陶。朱自清和叶圣陶见面后，觉得他并不老，只是那朴实的肤色和沉默的风度，与平时所想象中的苏州少年文人叶圣陶不甚符合罢了。

朱自清见生人，有不爱说话的习惯，他和叶圣陶见面后，照例说不出话，没想到叶圣陶似乎也是如此。所以，两人只是泛泛地交换了几句文学创作的意见，朱自清便告辞了。

后来，刘延陵告诉朱自清，叶圣陶很爱他的家，每个礼拜六，总回甪直。后来，朱自清与叶圣陶相处久了，才发现叶圣陶始终寡言，但他喜欢这个性格，特别是喜欢看他颇为有味地听别人说话的神情，也喜欢他的和易。他觉得这样的和易，并非阅历世故，有意造作，而是出于天性。

每当朱自清和叶圣陶在与大家谈聚的时候，叶圣陶总是坐在那里听着别人谈论，参与辩论是绝少的。他只要觉得辩论就要开始了，往往微笑着说："这个弄不大清楚了。这样就过去了。"只有在与人独对的时候，他才多少说些话。

正因为他性格和易，才轻易看不见他的怒色。让朱自清感受最深的是，有一次他特地从家中捎来《晨报》给他看。朱自清知道叶圣陶辛辛苦苦地保存着《晨报》，而今天给自己的《晨报》，正好上面有他的文字。朱自清看了，只是随便地放在一个书架上，时间长了，没想到给散失了。朱自清后来发现这事时，只是略露惋惜之色，而叶圣陶却说："由他去未哉，由他去未哉！"朱自清后来每想起这事，还很惭愧。

朱自清更是喜欢他厌恶妥协的率直精神。也许是两人的性格和爱好有很多共同点，相处越来越亲密。

随着新文化快速发展，促使文学革命形成高潮，不少先进文学青年亟思成立文学团体，创办杂志，以便在自己的团体组织下集结力量，倡导自己的文学主张，发表自己的创作。

年底，周作人、郑振铎等人在北京开始酝酿组织文学研究会，接着又成立文学研究会读书会，下设小说、诗歌、戏剧、批评、杂文等五个小组。叶圣陶是这个组织的发起人之一，也是诗歌组的成员。可巧，朱自清也是研究会的成员，他的入会号数是 59。

文学研究会反对"将文艺当作高兴时的游戏和失意时的消遣"（《文学研究会宣言》）。认定文艺是"人生的镜子"（《文学研究会丛书缘起》），这是新文艺理论起源的开端，也是继《新青年》后，真正地举起现实主义旗帜的文学团体。

随着文艺主流的壮大，1921 年初，文学研究会的骨干成员郑振铎来到上海，与沈雁冰等会合组成以上海为基地的新文学阵营，叶圣陶和朱自清都是其中的活跃分子。

经他们的努力，上海的文学氛围一时十分浓厚。朱自清、叶圣陶、刘延陵都是新诗人，于是联系俞平伯，商量搞一个专门倡导和发表新诗的刊物。他们的这个计划，得到了中华书局左舜生的支持，于是朱自清写信，把这个事告诉了在北京的俞平伯："《诗》由中华书局承办，已定。"

10 月 20 日，《时事新报》副刊《学灯》上，连续三天登载了一则用诗的形式写的《〈诗〉底出版预告》。这个预告登出后，他们加快了筹备工作，不到十天，他们又在《学灯》上，登出了《〈诗〉底出版预告（二）》："创刊号准予明年 1 月 1 日出版。"内容分为诗、译诗、论文、传记、诗评、诗坛信息及通讯等七大部分。预告刊出后，立即受到了社会的关注和欢迎。

《诗》以崭新的面貌，在中国文坛上诞生。自新文化运动以来，这是中国现代文学史上第一个诗刊,也是自五四运动以来,第一部以勇敢的姿态宣告自己独立存在的《诗》刊。它开宗明义地向社会宣告,这不仅是新诗的阵地,也是诗歌走向生活、"向人们说话"的平台。它是文坛上升起的灿烂夺目的曙光,以大无畏的精神,勇敢地向复古主义者挑战,义正词严地宣判了旧诗的终结。

《诗》为月刊,每卷5期,每期63页,于1922年1月,以"中国新诗社"的名义正式出版。其实当时没有这个组织,但朱自清、叶圣陶、俞平伯和刘延陵都是文学研究会成员,他们通过商量,遂于第一卷第四号上发表声明,"将本刊作为文学研究会定期出版的刊物之一",并在下期封面上把这个单位名称予以标出。由叶圣陶、刘延陵具体编辑,但刘延陵"最热心","费的心思和工夫最多"(朱自清《中国新文学大系·选诗杂记》)。

朱自清也花了不少力气,他给远在北京的俞平伯写信,讨论新诗创作的问题。俞平伯也常将自己写的诗作寄来,朱自清对他的《小劫》一诗最为满意,将他刊在第一卷一期之首。

月刊《诗》奉行文学研究会"为人生"宗旨,较为广泛地揭露军阀统治的黑暗,真实地反映人民的苦难和知识分子的苦闷。

《诗》刊主要发表新创作的诗歌佳作,朱自清写了很多诗篇。在《罢宴》一诗中,他通过对宴会生动地描写,将那些宾客们的"酒够""乐足""脸红""头晕",与伺候宾客的仆人阿庆"饥和惫的颜色"形成鲜明的对比,从而诚挚地表现了一个知识分子对劳动人民的深切同情。

《诗》在诗坛上展开对小诗倡导和讨论,这对诗坛上正处于萌芽时期的小诗创作无疑是一贡献。周作人在《诗》刊上大力介绍日本的小诗,朱自清见周作人如此热心,非常感动。他也写了一篇《短诗与长诗》,对小诗创作进行批评和探讨,主张小诗"贵凝练而忌曼衍",在艺术上应"重暗示,重弹性的表现，叫人读了仿佛有许多影像跃跃欲出的样子"。为了让小诗创作健康发展，他写了三首小诗，以极其精练的形式，表达了他内心刹那间的感情。又把其中两首抄给俞平伯，俞平伯读后对朱自清深为赞许。

提到叶圣陶，朱自清说："他很爱他的家。他在校时常邀延陵去散步，我因与他不熟，只能坐在家里。"（《我所见的叶圣陶》）

当朱自清、叶圣陶、刘延陵他们正为《诗》刊的出版而努力奋斗的时候，谁知中国公学闹起了风潮，主要原因是学校旧派教员煽动部分学生驱逐代理校长张乐苏及中学部主任舒新城，同时也攻击叶圣陶、朱自清、刘延陵等七八位新教员。因中国公学多为北京大学学生，于是请胡适出面调解。对此，胡适曾在10月24日的《日记》中写道：

> 他们攻击的新教员如叶圣陶，如朱自清，都是很好的人。这种学校，这种学生，不如解散了为妙！（参见《胡适日记》选）

可惜，风潮结束后，学校并没有"解散"，"很好的人"却被解聘了。深秋，朱自清接到浙江第一师范的聘书，于是怀着离索的心情，他行色匆匆地从上海赶到杭州。学校当局不仅待他热情，听说叶圣陶在上海，还请他代为邀聘。叶圣陶很快回信说："我们要痛痛快快地游西湖，不管是夏天还是冬天。"朱自清非常高兴。

11月，叶圣陶乘车来到了杭州，学校热情地接待了他，并安排他们各自一间房。朱自清知道，叶圣陶的衣着，一向都是家里管，他就像个孩子一样天真，也像小孩子一样离不开家里人。他害怕孤独，必须离开家里，也要找个熟人伴着。于是他向朱自清提议，把自己的那间作为两人的居室，朱自清的那间，作为书房，这样可以常常相伴。朱自清乐然同意。

　　打这以后，朱自清和叶圣陶，两人连床共灯，空余时间，有时下湖，有时喝酒，有时在一起相对品茗闲聊。还有时一个人下馆子小饮几杯，但更多的还是结伴游西湖。去年他一个人孤单，心情欠佳，没有尽兴。现在有好友为伴，自然游兴益然了。

　　农历十一月十六日晚上，朱自清邀请叶圣陶和另一名好友一起共泛西湖，这晚月色很好，虽有点风，但不大，月光照着轻波，朦胧的远山，只是看到淡淡的影子，山下偶尔现出星星似的灯光。湖面很静，像是只有他们一只划子似的。他们慢慢地荡悠着，没想到叶圣陶触景生情，随口占了两句诗："数星灯火认渔村，淡墨轻描远黛痕。"

　　大家都没有出声，只有均匀而清晰的桨声，打破湖面上的空寂。这天，恰是西方极乐世界教主阿弥陀佛的生日，净慈寺非常热闹。在船夫的建议下，他们登岸来到佛殿，眼前灯火一片辉煌。佛婆念经，磬和木鱼的声音，在音乐大殿里庄严地迂回盘旋着。

　　他们荡舟回去，已是深夜。躺在床上，两人上下古今地谈论不已。隔了几天，朱自清又请叶圣陶到城隍山四景园游玩，他们坐在一间"又大、又静、又空"的屋里，看着太阳下映在墙上的花影，慢慢地移动。向窗外看去，那是一片鱼鳞似的屋，螺髻似的山，白练似的江，明镜似的湖。山上绿影叠翠，湖上烟笼秋波，两人相对默坐，静静地听着雏莺"珠儿珠儿"地轻唱。

　　在校时，他们各居一桌，朱自清备课，叶圣陶写小说和童话。学校当局来看过他，第二天，朱自清问他："要不要去看他们？"他却皱了皱眉说："一定要去么？等一天吧。"他是反对搞形式主义的，后来始终没有去。

　　他们相处的时间多了，相互更加了解。两人性格相投，思想相通，随随便便，坦坦荡荡，任意倾吐，各无戒心。叶圣陶感到，和朱自清一起晤谈，"有一种愉悦的心情同时涌起，其滋味如同初泡的碧螺春"。（叶圣陶《与

佩弦》)

　　眼看春节临近，在除夕之夜，两人都觉得无聊，后来谈兴高涨，彼此都不肯歇息，电灯熄了，索性走出书房，来到卧室，躺在床上谈了起来。因两张床之间是一张两双抽屉书桌，桌上燃着蜡烛，看着那蜡烛上跳动的火苗，朱自清心血来潮，作成了一首诗，随即念给叶圣陶听：

> 除夜的两支白蜡烛光里，
>
> 我眼睁睁瞅着，
>
> 1921 年轻轻地过去了。

　　在这段日子里，因为有了叶圣陶相伴，朱自清生活很有兴味。特别是学生中的文艺活动也十分红火。浙江一师当时在全国较为有名，与北京大学南北呼应也是最早受新思潮的洗礼，许多追求进步的青年，都从远方赶来求学，汪静之便是从安徽绩溪来的。

　　1921 年 9 月，汪静之在《新潮》《小说月报》上发表了新诗，在学校小有名气。此外还有潘漠华、魏金枝、赵平福（柔石）、冯雪峰等，都是文艺爱好者。他们还联络了除一师之外的蕙兰中学、安定中学和女师等，一共有 20 余人，于 1921 年 10 月 10 日，一起到西湖半湖秋月、三潭印月、葛岭抱朴楼等岛屿游览、座谈，并宣告成立"晨光文学社"。其实"晨光"就是曙光，是社员潘漠华取的，他们对美好事物充满热切的向往。朱自清和叶圣陶来到一师，便被他们聘为顾问。

　　朱自清不遗余力地扶持"晨光"文学社，在他们编辑的《诗》刊上，连续刊登了汪静之的诗作。冯雪峰写的诗作《小诗》和《桃树下》，都发表在第二集上。1922 年初春，朱自清和叶圣陶被他们邀请参加他们的活动，为了感谢他俩的热情指导，社员汪静之、冯雪峰、程仰之等人和他们一起摄影留念。

叶圣陶在一师这两个月里，创作不辍。他写的小说材料有些是以前用心积累的童话材料，有些是即兴，于是创作出了不少作品。小说《稻草人》中的《大喉咙》一篇，《火灾》里从《饭》到《风潮》共七篇，都是这时创作而成的。

《诗》像一道绚丽的彩虹，深受作家的支持和欢迎。沈雁冰、胡适、周作人、郑振铎、徐玉若、王统照均为《诗》刊写过稿，共出了两卷七期，于1923年5月停刊。

叶圣陶离开了杭州后在北平住了半年，也是朋友拉去的。有意思的是，他从北平回去不久，便在商务印书馆编辑部工作，家也迁到了上海。朱自清却在浙江台州、温州、白马湖任教，有时也去上海小住，两人常在一起喝酒。民国十三年7月，朱自清、俞平伯和叶圣陶合编出版了《我们六月》，翌年10月，朱自清的著名散文《背影》，就刊登在叶圣陶主编的《文学周报》上。

1927年1月，朱自清接家眷去北京，路过上海，有许多朋友给朱自清饯行，叶圣陶也在其中。大家都是痛快喝酒，大发议论，而叶圣陶照例是默默地喝着酒。喝完酒，他俩出外散步，到一处，朋友们和叶圣陶开了个小玩笑，他脸上略露窘意，仍然是微笑地沉默着。他不是浪漫的人，难怪刘延陵说他是个"老先生"。

他们走过爱多亚路，已近半夜，叶圣陶向朱自清吟诵起北宋大词人周邦彦的词："酒已都醒，如何消夜永！"也许是心情的原因，朱自清没说什么，大家也不能说什么的。后来到一品香又消磨了半夜。

一眨眼便过了三年半，朱自清没有回南方，信也很少，但他从叶圣陶的小说里可以看出他心情的变迁。

叶圣陶以前喜欢看看电影，现在又喜欢听听昆曲，但他这样都不是"厌世"，正如别人所说的，尽管他不曾抽什么上海"上等纸烟"，也不曾住过什么"小小别墅"，但叶圣陶不会厌世的。

1932年2月，叶圣陶在开明书店出版的《文章例话》中，把朱自清的《背影》和鲁迅的《社戏》、茅盾的《浴池速写》等佳作并列，热情称赞《背影》是篇好文章："这篇文章通体干净，没有多余的话，没有多余的字眼。即使一个'的'字，一个'了'字，也是必须用才用。"

1940年暑假，朱自清一家人迁到四川成都住下来，安心搞学术研究。11月14日，陈竹隐生下一个女孩，再给家里带来一点乐趣。18日清晨，朱自清正在家里忙乱着，忽听有人叩响报恩寺的柴门。

叶圣陶曾在武汉大学中文系任教，1940年5月，被四川省教育厅长郭有守邀请，聘任为教育科学馆专门委员，负责审查小学国文教材。7月，他只身来到成都。

朱自清打开门，见是叶圣陶，不禁惊喜万分。连忙备菜，热情招待。他又拿出自己刚写的《经典常谈》稿子给叶圣陶看。老友重逢，有说不尽的话，叙不完的情。叶圣陶对朱自清的《经典常谈》很是赞赏。后来，这本专著于1946年5月由文光书店出版时，叶圣陶又撰文予以推荐。

1941年1月31日，叶圣陶举家迁到四川乐山。过了几天，又将家眷从乐山接到成都来，住在成都新西门外罗家辗张家院子。杜甫的"舍南舍北皆春水，惟见群鸥日日来"诗，就是指的这一带。

朱自清得知叶圣陶在罗家辗，特地从东门外赶来庆贺。从此两人经常互访，或闲谈，或小饮，或漫游。

4月26日，叶圣陶来到朱自清家，两人促膝谈心，朱自清把话题转到写诗上来，并以长篇五言《近示圣陶》相赠。朱自清在诗中向老友倾诉自己忧世伤时的情怀：

> 狷介不随俗，交亲自有真。
>
> 浮沉杯酒冷，融泄一家春。
>
> 说部声名久，精思日月新。
>
> 付余勤拣择，只恨屡因循。

他的这首长诗，抒情与叙事相融，从自己的处境到动乱的时局，倾诉衷肠。特别是"勿怪多苦言，喋喋忘其苦。不如意八九，可语人三五"沉郁顿挫，感慨悲凉，只有这样的朋友，才能倾吐衷肠，其情感之切，感人肺腑。也是的，中国正直的知识分子，向来就是路途多迍，特别是在这战乱岁月，诗人在饥寒交迫之中，承受着扶老携幼的过重负担。内心虽郁积着忧愤与凄苦，但诗中却表露了在凄风苦雨之中对祖国人民的殷切之情，反映了一个爱国知识分子甘守清贫的坚贞之志。

叶圣陶也受到朱自清的感染，勾起了满怀积郁，寄调一首题为《偕佩弦登望江楼》的《采桑子》：

> 廿年几得清游共？尊酒江楼。尊酒江楼，淡日疏烟春似秋。
>
> 天心人意愈难问，我欲言愁。我欲言愁，怀抱徒伤还是休。

他们谈到兴浓处，索性携茶酒同登望江楼。望江楼在成都东门外，面临清清绵江，薛涛井、崇丽阁、吟诗楼、浣笺亭等名胜尽收眼底。他们凭栏远眺，江中烟雾缠绕，山峦朦胧，白帆点点，流水滔滔。4月29日，叶圣陶的日记中，又提到在望江楼上的情景，怅感未消。虽作成一首《采桑子》用书寄去，但心中仍存有郁积。5月8日，他从睡梦中惊醒，便在枕上写成一首《采桑子》，题为《偶成》，即抄示佩弦：

> 天地不能以一瞬，水月与我共久长。
>
> 变不变观徒隽语，身非身想宁典常。
>
> 教宗堪慕信难起，夷夏有防义未忘。
>
> 山河满眼碧空舍，遥知此中皆战场。

更多的时候，两人坐在一起研讨学问，并合编《文史教学》杂志。教育科学馆长郭子杰，又委托他俩合编了《精读指导举隅》《略读指导举隅》等书，《精读》一书，选文六篇，记叙文一篇，短篇小说一篇，议论文两篇，抒情文一篇，说明文一篇。《略读》选了七篇，其文章分别有经籍、名著节本、诗歌、专集、小说等类别，于1942年至1943年，由上海商务印书馆出版。这些著作，是现代语文教学体系的开路之作，也是奠基之作，受到广大读者好评。

转眼，朱自清一年的假期结束，按照来成都之前的安排，朱自清要将妻子留在成都，自己孤独远行，到昆明执教。"著书都为稻粱谋"，教书当然是为了糊口。可叹的是，一位堂堂的大学教授，教来教去，却难以养活全家。这况味在诗人心中，不知又是何等感受。在这离家的愁肠百转的时候，老友叶圣陶来送行。

9月20日，叶圣陶先来探询行期时，两人谈到下午3点才告别，21日，作律诗两首，为佩弦送行。10月8日，朱自清搭船前往泸州，叶圣陶送到码头，两人执手相对，默默不语。"相见时难别亦难"，自此天各一方，不知何

时能够相逢。船行远去，回首便是昨天，朱自清情深依依地吟哦起叶圣陶
给他送别的诗，其中一首是：

> 此日为一别，成都顿寂寥。
> 独守洪度井，怅望宋公桥。
> 诗兴凭谁发，敬园复孰招？
> 共期抱贞粹，双鬓漫萧条。

　　1945 年，他们又合著了《国文教学》一书，抗战胜利后，叶圣陶去往
上海，朱自清则回到北平。1948 年 8 月 12 日朱自清逝世，8 月 30 日，叶
圣陶、陈道明等参加了上海文艺界的朱自清追悼会，叶圣陶在追悼会上致辞，
他对失去一位文坛干将和诚挚知友而痛心不已。

## 结庐湖柳下

——与艺友丰子恺

朱自清是在白马湖认识丰子恺的。

1924 年 9 月，朱自清受白马湖春晖中学夏丏尊之聘，来到白马湖春晖中学任教。让他高兴的是，这里有许多为人正直、富有雅趣的朋友。特别是校长夏丏尊，率真俭朴，生性耿直，"看见世间的一切不快，不安、不真、不善、不美的状态，他都要皱眉"。（丰子恺《悼夏丏尊先生》）

因学校位于白马湖，三面是潺潺流水，草地也特别大，芊芊的一片，清新泽润。夏丏尊喜爱这里的自然环境，便约了学校的刘勋宇老师，修建了按日本格式设计，正屋用拉门隔开的几间瓦屋，前面可以会客，后面为书房，小巧实用。夏丏尊还为房子取了个"平屋"的名字，隐含"平屋、平民、平凡、平淡"之意。

这里，还有一位叫丰子恺的老师，他也结庐湖畔，房屋也是日式的。他喜欢初春的鹅黄嫩柳，于是在门前栽了一株柳树，取名"杨柳小屋"，正好与夏丏尊的"平屋"相映成趣。

朱自清搬到白马湖后，住在刘勋宇的小屋，正好与夏丏尊是隔壁，前院相隔了堵矮墙，门前是大湖，湖口被两面的山色抄住了，但仍可以见到些许的湖水。

夏丏尊喜爱花木，也讲究摆设，挂一幅画，栽一盆花，种一棵树，都很讲究艺术。朱自清常到隔壁看夏丏尊用剪刀修枝，提壶浇花。也喜欢跟夏丏尊在院子里赏花，屋内品画。朱自清虽酒量不大，但喜欢喝两杯。因夏家有一株很好的紫薇，夏丏尊常常和他一起在紫薇花旁喝酒。

他也常到丰子恺家做客。丰子恺正好与朱自清同庚，1922年，由夏丏尊介绍到春晖中学。他多才多艺，因此不仅教音乐、美术，还兼英文，也擅写诗词。他用毛笔作画，极具儿童情趣，即兴画出。

更为有趣的是，丰子恺是浙江桐乡石门镇人，而朱自清是扬州人，但实际原籍和鲁迅一样是绍兴，他俩实实在在算得上是同乡。特别是两人都在春晖中学教书，意趣相投，感情极好。更有意思的是，丰子恺生于1898年11月9日，13天后的1898年11月22日，朱自清便来到世上，这不能不说是一种缘分。

1921年，丰子恺赴日本学习艺术，10个月后回国。丰子恺把妻儿接来住在"杨柳小屋"，过起了"世外桃源"生活。舒畅的生活，触发了丰子恺的创作灵感，他被竹久梦二和陈师曾的画深深触动。丰子恺不满一味模仿古人，希望以西洋画的技巧表现中国人的形象，把古代的诗趣融入现代的生活。丰子恺最早的一幅画是在他参加完一次校务会议后，有感于同事们垂头拱手的各异神态，便根据这些议席上有趣的样子而作画，从此，这些过去被人忽视的生活趣致常常出现在他笔下。

朱自清走进丰子恺的杨柳小屋，那天花板快要压在头上了，他和丰子恺坐在好像"骰子"似的客厅里，一起看日本竹久梦二的漫画集。朱自清感触颇深，充满信心地向丰子恺说："你可以和梦二一样，出一本漫画集。"

在朋友中，还有一位湖南人匡互生，教数学兼职训育主任，他曾参加过辛亥革命，后入北京高等师范院校教育系读书，五四运动时，他率先打进曹宅，非常英勇；他生活上保持艰苦朴素，又有诚挚热忱、作风民主的性格，最受朱自清敬佩。

还有一位英语教师朱光潜，他和朱自清身材大小相若，性格情趣相似，只是比朱自清小一岁，不少人以为他们俩是兄弟。朱光潜曾在中国公学任教，也是受夏丏尊之邀，来到春晖中学执教的。

有一天，丰子恺给朱自清4岁的女儿阿采画了一幅画，没想到夏丏尊兴冲冲地提笔过来，在上面提道："丫头4岁时，子恺写，丏尊题。"画美，字也好，朱自清爱不释手，后来将其制版，作为散文集《背影》的插页。

1924年，朱自清把丰子恺的一幅《人散后，一钩新月天如水》的漫画，拿去公开发表在他与北京俞平伯合办的不定期文艺刊物《我们的七月》上。这是丰子恺的简笔画首次正式公开发表。疏朗的几笔墨痕，画出一道卷上的竹帘，廊边放着一张小桌，桌上是一把茶壶，几个茶杯，天上是一钩新月。这幅画，充分地运用了西洋画中表现光线的手法，墨笔画出的竹帘几乎是透明的，桌面是白的，廊柱的一侧也抹上了白色的月光，一切都静静地笼罩在银色的月辉之下，显得那么的宁静美丽。

这幅画立刻引起了上海《文学周报》主编郑振铎的关注，他说："我的情思……被他带到一个诗的仙境，我的心上感到一种说不出的美感。"从《文学周报》第172期（1925年5月10日）开始，丰子恺发表的简笔画，均在目录中被冠以"漫画"两字。因此，丰子恺在成名后被称为"中国漫画的鼻祖"。

丰子恺感到教师当久了，有时也会感到疲倦，思想上懒散起来。特别是在要板起脸来的场合，他实在感到厌倦。每当学校开校务会议的时候，他对会上提出的议案往往茫然无绪，因此在举手表决时他显得张皇失措，头脑里几乎全是与会诸同事垂头拱手、伏在议席上倦怠的姿态，直至散会犹未忘却。于是在家里随手拿起一条长纸，用毛笔在上面接连地画出参加校务会议诸人的模样，把它贴在门背后，以防让人看到。

没想到这一偶然的尝试，引起了丰子恺极大的兴味。他把平日所萦心的种种琐事细故，一一画在纸上。画出以后，感到像产母生下了孩子一样的欢喜。于是，包皮纸、旧讲义纸、香烟盒的反面，都成了他的画纸。只要毛笔在手，随处都可成为画室，画具亦可谓简便之极矣！

有时，丰子恺还把信口低吟的古诗词句也用画表达出来，七零八落地贴在墙上。在寂静的白马湖畔，除了紧张地备课、写讲稿之外，朱自清便和夏丏尊、朱光潜他们，常来杨柳小屋，共同欣赏丰子恺的画稿，给予热情的鼓励。正是在师友们的鼓励下，诞生了具有独特风格的《子恺漫画》一书。

丰子恺也十分推崇朱自清的人品和才华。他是朱自清散文的爱好者，曾为朱自清的第一本散文集《踪迹》（1924 年 12 月）画封面。第二年，朱自清的名著《背影》发表后，更是他百读不厌的作品。后来在教育子女时，丰子恺经常称颂这篇杰作的艺术成就。正由于两人在艺术上互为知音，从白马湖时期就结下了可贵的友谊。

1925 年 8 月，朱自清只身来到北京清华园，次年 10 月他便接到丰子恺寄来自己的画集，请他分选择评。这是丰子恺的第二集画册，第一集是在去年的这个时候收到他的画稿的，那一集的画，朱自清多数在白马湖见过的，他喜欢那些画里面蕴含着的诗意，并为他的画集写了序。这第二册画集与第一册显然不同，没有诗画，都是取材于生活，可以算得上是生活速写。他觉得丰子恺的诗词画固然精彩，但比起这生活速写则稍逊色。特别是画集中还有几幅工笔画，这是丰子恺模仿日本画家虹儿的笔法创作的艺术品，别有一番新鲜的趣味。

清华园的夜已是很深了，朱自清细心品读着丰子恺的画稿，一直是情绪高昂。回想起在他的"杨柳小屋"里欣赏他的画时的情景，清晰地浮现在眼前。现在，手中真的拿到了画稿，终于实现早已有的愿望，他想起曾对子恺说过的话："我说：'你和梦二一样，将来要印一本。'你大约不曾说什么；是的，你老是不说什么的。我之所以说这句话，也并非信口开河，我是真的那么盼望着的。况且那时你的小客厅里，相互垂直的墙壁上，早已排满了那眼睛似的漫画稿；微风穿过它们间时，几乎可以听出飒飒的声音。我说的话，便更有把握。现在将要出《子恺漫画》，他可以证明我不曾说谎话。"（《子恺漫画》代序）

画稿中儿童和女子较多，这也是丰子恺漫画的特色之一。他最欣赏画集里对儿童的描写，不仅神气好，而且还"能为儿童另行创造一个世界"（朱自清《子恺序》跋），于是十分愉快地根据自己的感受，为画集写了"跋"，待这篇文章在《文学周报》上发表时，已经到了年底了。

1928年8月17日，南京政府决议，将清华学校改为国立清华大学，朱自清把眷属接到北京，因有了妻子儿女相伴，他安享到了家庭的温暖，得以全身心地扑到教学上。他精神得以放松，创作精力也很充沛。他先后写了几篇评论和感想的文章。他写的《近来的几篇小说》，对当前的小说进行评价，对李健吾的《一个士兵和他的老婆》、老舍的《老张的哲学》与《赵子曰》写了述评。并为《粤东之风》和俞平伯的《燕知草》写序。同时还根据自己在白马湖的感受，写了《白马湖》和《儿女》。《儿女》是在《小说月报》上发表的。奇怪的是，丰子恺写的散文《儿女》，不但在《小说月报》上同时发表，而且是在《儿女》的大标题下一同刊载的。

说来也巧，他们两位都是文学研究会的成员，又同属小资产阶级进步作家，严肃对待人生，有着不随波逐流、在黑暗社会中坚持出淤泥而不染的个人情操。更巧的是，他们正好都是 31 岁，各有五个儿女。但他们两人各自写的《儿女》，在风格上又各有特色。在淡泊的灵魂中，丰子恺的《儿女》，充分体现人性与生俱来对天伦之乐的深切感悟。朱自清当时思想的"不平静"，使描写《儿女》的文字带上了酸涩的沧桑感。不管是深切感悟，还是辛酸自责，都体现的是一个父亲对儿女的全部关爱。

1945 年 6 月底，朱自清从昆明飞重庆，准备再前往成都，刚巧丰子恺也来到重庆，两人久别重逢，非常欣喜。他们在一起天南地北地畅谈起来。回首当年，旧情似水，往事如烟，不胜感慨，写下了七绝四首。其中一首是：

执手相采太瘦身，少年意气比烟轻。

教鞭画笔为糊口，能值几钱世上名？

字里行间，让人不难体会出几分酸楚。而当初在白马湖，是多么的欢愉，时过境迁，现在流落异乡相逢时，都是相对穷愁，感慨万千。

丰子恺比较准确生动地反映出朱自清作品中的一些形象和社会风貌，能帮助读者增加对朱自清的理解和把握，因此，他的画具有极高的收藏价值。1948 年，出版朱自清的散文《背影》时，就收录了丰子恺的漫画作品。

打这时起，有丰子恺插图的朱自清散文《背影》面世，在以后的几十年中出版的朱自清散文，少说有百种以上，但再没有人将丰子恺的漫画放在朱自清的散文中，1983 年，春风文艺出版社出版《丰子恺插图朱自清散文全集（套装上下册）》，是新中国成立后首部配有丰子恺漫画的朱自清散文作品，图文相搭，互为补充，堪称完美，使朱自清的散文和丰子恺的漫画珠联璧合，成为经典中的经典。

可以说，真正与朱自清私交甚笃的，应该是这本《丰子恺插图朱自清散文全集》的插图人丰子恺。朱自清的诗《赠丰子恺》是最好的说明：

洲渊黄叔度，语默与时殊。

浩荡月光曲，风华儿女图。

劳歌空自惜，烂醉任人扶。

近闻依净土，还忆六凡无？

# 巧笔下的瀑布

## ——与好友马慕容兄弟

在温州十中，朱自清交了很多朋友，其中有数理及国画教员马慕容和马公愚兄弟俩。

马家在温州是较为有名的望族，有"书画传家二百年"之说，在温州颇有影响。朱自清住在四营堂，马家在百里坊，离四营堂很近。马宅很大，里面还种了许多花草，客厅四壁挂满了名人字画。朱自清一有空闲就喜欢到马家赏花品画，兴致高时还带着妻子武钟谦和儿女们一起去，你来我往，两家就相处很熟了。

朱自清对艺术很执着，他喜欢品画，也很喜欢马慕容的画艺，每当看到他手中的笔在宣纸上灵巧地游动时，就格外心动，遂向他开口索画。一天，马慕容画了一幅画送给朱自清，并请他题诗。朱自清十分高兴，便拿回家细品。

朱自清回家展开画，站在画前深思。这幅画布局恰当，着色柔丽，情韵绵厚，精彩动人，他十分喜爱。特别是画中的意境，让朱自清浮想联翩。为什么在这海棠妩媚、圆月朦胧之夜，枝头上鸟儿双栖而各梦？那只高踞枝头的八哥，为何睁着双眼而不肯睡去呢？它到底等待什么？是舍不得那淡淡的圆月，还是舍不得疏疏的帘儿？他整个神情倾注在画中，不禁思绪翻飞，情绪激越。就在思绪与情感交融的刹那，苏东坡咏海棠诗——"只恐夜深花睡去，故烧高烛照红妆"之句触动了他，顿时恍然大悟：八哥不睡，是等那没有出现的"卷帘人"！奔放的文思打开了他智慧的闸门，他以丰富的想象，用独到的见解解读这幅画，使"画"与"识"产生了共鸣，画上的每笔都是那样缱绻缠绵，让他不能自制，便将感受写成一文，以志这段赠画的因缘。

过了几天，他到马宅来，毫无保留地向马慕容表露了自己对这幅画的赞赏之情。这幅画，是细细领略之后，才悟出画中的韵味，鸟儿之所以在花好月圆之夜不肯睡去，原来画中还有"玉人"。于是他拿出自己所做的题为《月朦胧，鸟朦胧，帘卷海棠红》的文章给画家，笑着说道："先生嘱题诗事，不敢承命，姑以小文塞责，以文换画吧。"

朱自清在这篇《月朦胧，鸟朦胧，帘卷海棠红》中，虽然是描写一幅画，文题也是画题，但他细腻地描写出了画面形象的位置、色彩和形态，以至诗人读后如见其形，如临其境："……叶嫩绿色，仿佛掐出水来；在月光中掩映着，微微有浅深之别。花正盛开，红艳欲流，黄色的雄蕊历历在目的，闪闪的，衬在丛绿之间，格外觉着妖娆。"这些具体的描绘，简直把海棠写活了，不仅生动地写出了画面的内涵，也传达出了"月朦胧，鸟朦胧"的意境。

"温州的山水颇佳，名胜古迹很多，罗浮雪影，沙丁渔火，翠微夕照，阵楼潮韵等胜迹，吸引了历代无数诗人墨客探古寻幽。"（陈孝全《名家朱自清》）10月的一天，正好是个微阴天气，非常凉爽，马公愚邀约两个朋友陪朱自清一起去玩仙岩山。

其实朱自清功课繁多，除了编讲义、改作业，还要为文艺青年批阅不成熟的作品，按理说他没有时间去逛山水。但对于温州东南 10 多公里处的仙岩山，他早有所闻。相传黄帝修炼于此，因有仙迹，故山名中带"仙"。其仙岩有龙须瀑、雷瀑和梅雨潭三条瀑布。这里属瑞安县管辖，朱自清刚到温州时曾去过一次。他见马先生这般热情，便一起上山了。

仙岩山因为是道教名山，所以山名带"仙"。这里不仅是旅游胜地，其历史也较为悠久。早在南朝的时候，山水诗鼻祖谢灵运曾在永嘉任过太守。他脚踏特制的根木屐游览了仙岩山水，并留下脍炙人口的诗篇：

> 弭棹向南郭，波波侵远天。
>
> 拂鲦故出没，振鹭更澄鲜。
>
> 遥岚疑鹜岭，近浪异鲸川。
>
> 蹑屐梅潭上，冰雪冷心悬。
>
> 低徊轩辕氏，跨龙何处巅。
>
> 仙踪不可即，活活自鸣泉。

他们先到丛林古刹——圣寿禅寺，坐落在积翠峰南麓，俗名仙岩寺。其寺由开山鼻祖慧通归一法师于中唐之际兴起，但后屡毁屡建，历尽沧桑。

他们逛完仙岩寺，再到梅雨亭。梅雨亭原名为观瀑亭，坐落在瀑布前突出的一块巨石上，非常显眼。观瀑亭原为明代少师张孚敬所建，初名泽润亭，因为安坐其中可观赏瀑布全貌，并与梅雨潭的自然景色融为一体，故称"梅雨亭"。

梅雨亭旁巨大的瀑布从上面冲下，一经岩石撞击，便撞得粉碎而变成丝丝点点、纷纷扬扬，犹如江南四五月的梅雨，非常壮观。亭子蹲踞在那块突出岩石一角，上下都是空空的，三面是山，底下深深的便是梅雨潭。

如果鸟瞰梅雨亭，像是一只苍鹰展翼欲飞。

梅雨潭对面是观音洞，洞对面的岩石壁上的"通源胜境"四字，是由南朝宋主刘义隆在位时期开元寺高僧恩惠所题。第十处最早的是唐德宗时，温州府丞姚揆所撰《仙岩铭》："维仙之居，既清且虚；一泉一石，可诗可图。"先贤们在这里留下的墨宝，足以证明他们对仙岩山水的感悟非同一般。

梅雨潭边的摩崖石刻最为集中，使文化气息与自然风光融为一体，像是一座文化氛围很浓的艺术殿堂，无不让人叹为观止。

湿润的岩面与草丛，透出几分油油绿意，朱自清坐在亭上，观赏着飞花碎玉似的瀑布，感到非常惊奇，于是便走出亭子，立在崖前，俯身察看潭水。马公愚见到立即上前制止，说是这样太危险。

从飞崖上下来，马公愚领朱自清俯身攀着乱石穿过一道石穹门，来到汪汪的一碧潭边。潭水很深，经石穹门到潭边，水珠、雾气、绿水、悬崖构成了一幅奇妙壮观的图画。那溅着的水花，晶莹而多芒，远望去，像一朵朵小小的白梅，微雨似的纷纷落下。

清代潘耒来到这里，曾在《游仙岩记》中写道："常若梅天细雨，故名梅雨潭。"那绿色的潭水，像一张极大的荷叶铺展着，朱自清站在水边，为那潭水的绿惊诧了，那颗激动的心随着绿水翻滚而摇荡，诗的灵感也随着飞溅的瀑布而萌发，无数绚丽而神奇的想象，在他的脑际涌动着。他忘情地对马公愚说："这潭水太好了！我这几年看过不少好山水，哪儿也没有这潭水绿得这么静，这么有活力。平时见了深潭，总未免心悸，偏这个潭越看越爱，掉进去也是痛快的事。"过了一会儿，又激动地说："这水是雷潭下来的，那样凶的雷公雷婆，怎么会生出这样文静而温柔的女儿？"

过了几天，他又和几个朋友相伴，去了白水漈，"漈"是闽越方言，意思是指瀑布。

在游梅雨潭时,他曾向马慕容说过,回去后一定要写一篇梅雨潭的文章。翌年2月,即1924年2月间,他完成了散文《绿》的创作。7月,《绿》在《我们的七月》上发表。

朱自清写作力求创新,不愿掉进前人的窠臼,为写自己"独得的秘密"和"新异的滋味"而另辟蹊径。《绿》的发表,很快引起文学界的关注,让广大读者读后,无不赏心悦目。其"主要原因就是在于他善于运用多种艺术手法,集中笔力,紧扣重点,而又讲究结构铺成,一步紧似一步地去追捉那'醉人的绿',自然地把读者诱入他所创造的美不胜收的艺术境界"(《朱自清作品欣赏》)。

为了着力描绘潭水的绿,他用对比手法,将北京什刹海的绿杨,杭州虎跑寺旁深深的绿壁,以及西湖的波,秦淮河的水作为形象对比,让读者从对比中产生联想,使这令人惊奇诧异的"绿"鲜活而灵动,强烈地扣人心弦。他不仅以高明的艺术手法,为现代游记散文提供了令人神醉的艺术典范,而且扩大了写作空间,使这"绿"的特色覆盖范围更大。

"绿"的通篇结构,既自然,又严谨,特点鲜明。"这一方面是由于游览顺序所决定,另一方面则为了突出主题的需要。"在文章开始,他对梅雨潭、梅雨瀑布,都为略写,他别出心裁,通过空间的顺序,由远及近、详略得当地展现了梅雨潭的全景,其着力点在描写梅雨潭的"绿",他用"揪"草、"攀"石、"探身"而下、"鞠躬"而过等一系列动作,极力地反映了自己由于"绿的招引",而努力"追捉"的急切心情。到了"汪汪的一碧潭边",瀑布虽在"襟袖之间",然而他"心中已没有瀑布",而是心"随潭水的绿而摇荡","这里紧紧回应上文,以飞瀑之美来反衬潭水之美,写那奇异的绿,是何等'醉人'"(《朱自清作品欣赏》)。

《绿》的优美的语言,不仅产生了诗情画意的艺术效果,而且富有表现力，也具有音乐美。朱自清在《今天的诗》一文中说过，不但要求文学语言要"回到自然"，而且还要创新，要"变故为新"（《解诗》）。

在《绿》的通篇里，读者不难感受到，朱自清十分注重语言的锤炼加工，准确而生动地去开拓意境。他写梅雨亭，"'这个亭踞在突出的一角的岩石上，上下都空空儿的，仿佛一只苍鹰展着翼翅浮现在天宇中一般'。一个'踞'字，气势尽出，一个'浮'字神态毕现，一'踞'一'浮'，化静为动，把凌空而立，翼然石上的梅雨亭写得神采飞扬。又如写瀑布，用'冲''扯'以绘其势，用'撞''溅'以开其态，形声具备，开采毕肖，一泻的瀑流，历历如在目前了"（《朱自清作品欣赏》）。

《白水漈》虽然写于3月16日，但与《绿》同期发表。"和梅雨潭一样，白水漈也是温州的一个瀑布，但这个瀑布和《绿》里描写的'飞花碎玉'的瀑流决然相反，它'太薄了，又太细了'，有时闪着'些许的白光，定睛看时又只剩下'飞烟'了，而有时候连那'影子'也看不见了"（《朱自清作品欣赏》）。

朱自清在《白水漈》里，通过精密观察，巧妙地借助风力的描写，来捕捉影子的存在，从而把那渺如"飞烟"的细流，写得活灵活现而富有生气。

《白水漈》只有短短的300字，虽然文字不多，却层次分明。开始以简洁的笔墨，概写白水漈瀑布"雾壳"般的特点，继而说明了它的成因，最后则着力描画那自然神奇的神韵——表现它"独特的秘密"，自然而真切地显现出白水漈瀑流的"新异滋味"。

《绿》和《白水漈》的写作时间相隔不到10天，又是发表在同一本杂志上，可以说，这是朱自清在温州写游记散文的姊妹篇。读者很容易联系起来欣赏，不难看出，两篇同是写瀑布，但手法各异，形景各别，读完之后，的确是各有一番感受，获得了不同的美的享受。朱自清善于把景物写得生动传神，足以体现他高超的艺术技巧。

1924 年 11 月，朱自清在白马湖春晖中学教书，又在四中兼课，使他身心疲惫，对春晖感到失望，但又无法离开。特别是良朋散尽，更使他兴味索然，眼中的白马湖风光也大为减色。在他愁绪满腹的时候，《踪迹》由上海亚东书局出版了。这是他第一个创作集子，内容分两辑，第一辑收集诗歌 31 首，第二辑收集散文 7 篇，其中《温州的踪迹》里，主要是《月朦胧，鸟朦胧，帘卷海棠红》《绿》《白水漈》三篇，封面是丰子恺设计的。他这时的散文创作，虽说还是刚刚起步，但这是朱自清劳动汗水的结晶，刻印着他过去生命的游踪，人生旅途上的青春足迹。

## 同事加兄弟

——与师友闻一多

1932 年 10 月，梅贻琦任清华大学校长后，他对朱自清很赏识，朱自清本来是文学系代理主任，出国去欧洲时，这一职由刘文典担任，他从欧洲回来后，便正式任命朱自清为文学系主任。

10 月 14 日，中国文学系召开欢迎新生大会。在这学期的文学系里，来了一位新教师，他就是著名诗人闻一多，他 30 多岁，戴着一副银边眼镜，穿一件黑色长衫，风度潇洒，气宇不凡。

闻一多，原名闻家骅，号友三，湖北浠水人，1899 年 11 月 24 日生。他自幼爱好古典诗词和美术。1912 年考入北京清华学校，喜读中国古代诗词、史书、笔记等。1916 年开始在《清华周刊》上发表读书笔记，总称《二庐漫记》，同时也创作古体诗。

闻一多刚从青岛大学转到清华大学任教，时年 33 岁，朱自清 34 岁，不仅年龄差不了多少，又是都住在清华大院，朱自清住的是北院 9 号，闻一多住的是新南院 72 号，两家相隔不远。从位势上说，朱自清是老教员，闻一多是新来者，朱自清是系主任，闻一多是系里教授；从性格上讲，朱谦重而闻热烈，他们之间虽然在性格上有很多的不同，但在治学态度上，却有着一致的严谨。朱自清自然会包容、提携闻一多，共同推动清华中文系的建设。

闻一多除担任国文课外，并讲授"王维及同派诗人""杜甫"和"汉魏六朝诗"等课。他这时的思想，正处于从"向外发展"到"向内发展"的转变，潜心于《诗经》《楚辞》《唐诗》等古典文学研究。

朱自清本学期主要讲授"诗""歌谣"和《中国新文学研究》三门课，后又讲"陶诗"和"李贺诗"，努力从事国学的研究。他们在选题上比较接近，因此两人之间自然有很多的共同话题。

闻一多经常缺席教授会，基本不参加清华的活动，断朋绝友，皓首穷经，已经到了古人所谓"足不窥园"的地步，他甚至被人们半开玩笑地封为"何妨一下楼主人"。经若许努力，他终于赢得了这样一句评语：一多是"由学西洋文学而转入中国文学"的"唯一成功者"。这句话出自文学院院长冯友兰之口，被闻一多视为"一个大安慰"。

1937年七七事变发生，12月13日，北京沦陷，日军对古老的北京城进行血腥大屠杀。为了把学校继续办下去，1938年1月20日，在学校常务会议上，决定与北京大学、天津南开大学成立联合大学南迁昆明，4月，几经辗转，朱自清和闻一多来到蒙自，这时的蒙自，春秋两季雨水很少，南湖干得已经见底，当地农民可以从湖中穿过，抄近路赶集；学生们也租了马或驴在这里骑着玩。可到了5月，雨季来临，湖水迅速上涨，湍急的湖水从两岸深深的绿草花中奔泻而下，十分壮观。

湖堤上桉树成行，杨柳依依，风景旖旎。特别是湖面上，清早的袅袅炊烟，晚上的澄红晚霞，无不让人流连忘返。朱自清常和老师们结伴在湖畔散步。富于联想的他，每站在堤上，看到眼前的景象，不禁联想到北京的什刹海，心中不由得涌起一股莫名的思乡之情。

美丽的南湖，给联大师生带来一丝诗情画意。中文系和外语系学生组织成立了"南湖诗社"，社员有 20 余名，他们请闻一多和朱自清做导师。

冬去春来，转眼到了 1941 年，在 8 月间，昆明遭到日军狂轰滥炸，联大许多学生宿舍被炸毁，实验室、办公室也被炸坏。日军的疯狂轰炸并未能摧毁师生们的抗战意志。为了适应在这恶劣的环境下学习，学校在昆明北郊距城 7 公里多的龙院村北，买了 400 亩地盖校舍。清华大学还在东北郊龙泉镇司家营成立文学研究所，由冯友兰任所长，闻一多为主任。这个研究所是闻一多为中文系发展的计划之一，清华的许多老师搬到这里居住。

11 月 13 日下午，朱自清也搬到研究所。因他书籍较多而人手少，就租了辆马车，将书籍和衣物及杂物从黄土坡黎园村搬到司家营文学研究所来。

研究所是在一幢全部为木质结构的古老的院落里，老屋有一方小天井，光照较好，楼上可以晒衣物，楼下虽暗，但比较清静，没有干扰，便于写作和研究工作。

闻一多全家住在一个则楼里，朱自清单身一人，便和浦江清、何善周、许骏斋三人一起住在闻一多家旁边的侧楼上，用的是公用书房。由于住处临近，他与闻一多的交往，便逐渐密切起来。

1942 年 2 月的一天下午，朱自清和闻一多坐在各自的书桌上闲谈，在无意中，他们谈到人寿保险的事，由此又谈起各人的年寿。闻一多很有信心地说："我父母活到 80 岁去世的，我除了伤风，没害过什么病，应该能够活到 80 岁。"

朱自清说："这么说，你活到 80 岁，应该不成问题。你的身体好，清代考据家多半是大年岁。我不成，只希望活到 70 岁。"说完，他沉重地摇了摇头。

两人沉默了一会儿，朱自清一边翻看着书，一面自言自语地说："70岁也太多了，60岁也够。"

闻一多具有十足的诗人气质，才华横溢。朱自清则是内敛的、低调的，内心常带有自卑感与焦虑。

朱自清生活清贫，身体又一直不好，但他仍是努力读书和创作。他在这段时间里，集中精力撰写《新诗杂谈》，特别是用很大的精力评论抗战诗歌，竭力主张文艺为抗战服务。"他在《抗战与诗》里指出，抗战以来，新诗的趋势是胜利的展望，认为'这是全民族的情绪，诗以这个情绪为表现的中心，也是当然的'。""诗人们多从大众和内地两个角度不同表现，他们'表现大众的力量强大是我们抗战救国的基础，他们发现内地的广博和美丽，增强我们的国心和爱自信心'。"（陈孝全《名家朱自清》）

他不仅对臧克家、艾青、老舍的作品十分推崇，而且还分为几大类。认为艾青的《火把》和《向太阳》代表前者，臧克家的《东线归来》《淮上吟》和老舍的《剑北篇》代表后者。而闻一多则是"唯一有意大声歌咏爱国的诗人"，"他爱的是一个理想的完整的中国，也是一个理想完美的中国"。

朱自清特别推崇闻一多，大力推荐他的诗作《一句话》，并用赞赏的语气告诉大家说，他这首诗是十七八年前写的，"却像预言一般，现在开始应验了"，"'咱们的中国'这一句话，正是我们人人心里的一句话，现实的，也是理想的"。

1943年，联大来了一位英国年轻的诗人白音，他有意把中国的新诗向西方介绍。他特别仰慕诗人闻一多，于是便想与他合编选一部《中国新诗选译》。这事也得到了广大师生的支持。一天，朱自清将田间的诗集向闻一多推荐说："好多年没有看新诗，你看，新诗已经写得这样进步了。"

闻一多接过来，他认真地翻了翻，眉头逐渐皱了起来。看毕，却兴奋地说："这不是鼓的声音么？"

不久，闻一多又写了一篇《时代的鼓手》的文章，热情地向人们介绍了田间的作品。

在抗战即将取得胜利的时候，联大的各项文学活动非常频繁，朱自清和闻一多，由于他们影响大，成了各项活动的中心人物。

1945年8月14日，日本政府宣布无条件投降，中国人民艰苦奋战了14年，终于取得了最后胜利，举国上下一片欢腾。

次日，身在成都的朱自清听见全城鞭炮声和锣鼓声响彻夜空，大街小巷人来人往，分享胜利的喜悦。朱自清欣喜若狂，他披上衣服，走出家门，兴奋地和民众一起狂欢了一夜。

抗战的胜利给祖国带来了光明，给苦难深重的人民带来了希望。现在终于可以振兴祖国，重建家园，被分散的家人可以团聚。但朱自清清楚国民党一向背信弃义，对时局甚为忧虑。在报恩寺的破房子里他冥思苦想，对祖国的前途十分担心。

没过多时，他便敏锐感到全国形势急剧变化，乌云似乎又要密布祖国的长空，山雨欲来风满楼。一天夜里，他对夫人陈竹隐说："胜利了，可别引起内战啊。"是的，如果国家没有内战，国家经济就会恢复快一些，老百姓也少受些罪。

由于休息不好，他的胃病又严重发作，他打算到成都四圣祠医院治疗，但又要花一大笔钱。这样的花销目前还无力承担，于是打算还是到北平后再治疗。

9月3日晚，为了庆祝胜利，昆明学联会和社会上人士在联大举行"从胜利到和平"联欢会，晚会有报告、讲话、文娱节目表演，全是庆胜利、反内战的内容。

抗战胜利后，国民党政府在美国的支持下，集中精力抢夺胜利果实，特别是以收缴日伪武器为由，向解放区大举进攻。同时又伪装和平，电邀中共代表毛泽东来重庆谈判，历经了43天。

在谈判期间的10月1日，闻一多、朱自清、张奚若、钱瑞升等十几位联大教授联名致电蒋介石、毛泽东，要求停止内战，实现国内的民主与和平。在国内进步势力的威逼下，蒋介石无奈，于10月10日与中共签订了《双十协定》，同意中共提出的"和平建国的基本方针"。

但是，《双十协定》的墨迹未干，蒋介石就摘掉了"和平"的假面具，待毛泽东主席回到延安后，便迫不及待地举兵进犯各解放区。

由国民党派遣的云南省主席李宗黄总揽云南的统治大权，镇压民主势力，推行内战政策，昆明的政治形势日益严峻。抗战的硝烟刚刚消失，内战的灾难即将降临，这是广大人民群众不能答应的。

11月25日，联大学生自治会，与云大、中法、英专三所大学在联大的草坪上联合主办反内战时事晚会，邀请了主张和平、民主、团结的教授讲演，晚上7时许，除主办的四所大学外，还有一部分工人、社会青年和中学生参加，参加会议的人数总共达6000余名。

教授们激动人心的讲演使会场热情高涨，群情愤激。虽然是严冬的夜晚，与会人员却席地而坐，大家都没有感觉到北风的凛冽，安静地听着教授们的发言。当费孝通教授讲演到中途时，突然枪声大作，子弹横飞，群众便伏地听讲，晚会仍然在进行。特务仍不甘心，又切断电线，电灯熄灭了，可是，学生们点亮了早准备好的汽灯，大会在掌声和口号声中，通过了《昆明各大学全体学生致国共两党制止内战的通电》《呼吁美国青年反对美政府参加中国内战的通电》。

第二天，国民党中央报纸发表谎言称："本市西门外的泥坡附近，昨晚七时许，发生匪警……匪徒竟一面鸣枪，一面向黑暗中逃窜而散。"

反动派的造谣污蔑激起了联大学生的愤怒，纷纷罢课抗议。声势浩大的罢课斗争使反动派惊慌失措，他们立即部署警力镇压。11月27日，省长李宗黄、警备司令关征麟召开"紧急会议"，限令学生28日无条件复课，并叫嚣"学生有开会的自由，我有开枪的自由"。

一时间，特务们在全城的大街小巷三五成群地到处横行，遍街殴打学生，闯入学校捣乱。29日这天，殴打学生事件达25起。30日，联大、云大、中法等罢课委员会办公室均被捣毁。

12月1日上午10时许，特务头子查宗藩率领一帮打手兵分几路袭击了联大、云大，撕毁壁报，捣毁教具，殴打师生，并用手榴弹、手枪对付手无寸铁的学生群众。联大师院的潘琰、李鲁连，昆华工校的张华昌被打死。南菁中学教师丁再被手榴弹炸死，被打伤的还有10余人。

一场大屠杀，使全城沉浸在腥风血雨、悲歌恸啼之中。这就是惨绝人寰的"一二·一"惨案。

昆明人民的鲜血震惊了云南，也震动了全国，顿时掀起了抗议、谴责反动暴行的浪潮。12月2日下午，罢联在联大图书馆前的大草坪上举行"一二·一"死难烈士入殓仪式，灵堂前摆放一对挽联："一党专政，百姓遭殃。"各大学师生及各界人士共有6000多人参加。

4日，罢联又在联大图书馆设"四烈士"灵堂，举行公祭，活动历时一个多月，到灵堂祭奠的达15万人次。年轻人的血，深深地感动了朱自清。这场喋血斗争，使朱自清认识到进步的力量，也认清了当权者的凶残，同时也认识到自身的弱点，引起了他深刻的反思。

9日，朱自清前往灵堂向四烈士哀悼致敬。是的，他没有闻一多那样破门而出和学生并肩战斗在第一线的豪气，但在他的闭门思过中，"一二·一"风暴已经强烈地震撼着他的心灵。爱国群众奋不顾身斗争的精神促使他的反省，令他自感惭愧。他深切地认识到："余性格中之懦弱，必须彻底革除，此亟需决心。"（朱自清1946年3月《日记》）

1946年6月25日，蒋介石以20余万兵马，悍然向中原解放区发起围攻，接着又以重兵向华东、晋察冀、晋绥、东北及海南岛等解放区大举进攻，并狂妄宣称要在三个月内消灭中共力量。由蒋介石一手挑起的全面内战终于爆发了！

昆明的形势随之严峻起来，蒋介石把作恶多端的宪兵第十三兵团调进昆明，迫害进步团体，破坏民主生活，加剧法西斯的统治。不论白天黑夜，荷枪实弹的宪警强闯民宅，在大街上任意搜查群众，恫吓民主人士，许多学生、工人遭到绑架，美丽的春城笼罩在白色恐怖之中。

但是，尽管"黑云压城城欲摧"，斗争的火焰并没有熄灭。李公朴、闻一多等进步人士没有被吓倒。他们冒着生命的危险到处奔走呼号，发起"争取和平联络会"签名运动，动员人民起来反对内战，反对特务迫害，争取民主，争取自由。

鬼蜮们害怕了，他们进行秘密策划，为了置民主人士于死地，他们将要以"最末的手段"制造恐怖事端。

这时，昆明正处于雨季，经常天阴，淫雨绵绵。尤其在夜里，那淅沥的雨声，沉沉的黯雾，使昆明古城更加阴森和恐怖。

7月11日，一个血腥事件终于发生了。这天晚上，中国民盟滇支部负责人之一社会教育家李公朴和夫人在南屏大戏院看电影，9时49分，电影散场时，他们徒步到南屏街乘公共汽车，突然遭到特务跟踪，当车至青云街学院坡处停下时，天正在下雨，灯光昏暗，李公朴刚要下坡，突遭无声手枪袭击，一颗罪恶的子弹从李公朴的后腰射入，从左前腹穿出，身前的衣服顿时被鲜血染红，送到医院，因伤势过重而去世。

当闻一多得到李公朴逝世的噩耗，拍案而起，怒斥反动派卑鄙无耻。其实，因闻一多也是民盟滇支部的负责人之一，黑名单上第二个名字就是他。亲友们纷纷劝他赶快回避，以免遭到特务的暗算。可是，闻一多不但拒绝了家属和亲友们的劝告，而且挺身而出，坚定地挑起了民盟支部的工作重担，亲自料理李公朴的善后，向社会控诉反动派的滔天罪行。

15日下午举行李公朴丧仪。闻一多亲临云大主持丧仪，当他听到李夫人报告李公朴死难经过时泣不成声。他愤怒地跳上讲台，厉声痛斥特务的无耻行径。

闻一多的讲话引起了全体与会者的拥护，在一片雷鸣的掌声中，群情激奋，声讨声振荡着整个会场。

丧仪结束后，闻一多来到府甬道民主周刊社，出席民盟滇支部为李公朴被害而举行的记者招待会。他在会上详细地揭发国民党反动派破坏和平决议，发动内战的经过。4时，在会议将要结束时，闻夫人差大儿子闻立鹤来接他回去。5时10分，当父子俩走到距西仓坡联大院内的宿舍，仅十步远的地方，突然从后面追过来两个便衣特务，他们举起手枪，连续向闻一多开枪，一颗子弹射中了他的头部，立鹤扑在父亲身上时，忙大声呼救，也被子弹击中。闻一多全身中弹，血如泉涌，不幸壮烈牺牲。幸好立鹤送到医院，经抢救脱险。

7月17日，朱自清在成都报纸上得知闻一多遇害的噩耗，拍案而起，义愤填膺。一直为闻一多的安全放心不下的他，没想到惨案还是发生了。他在报恩寺那破败的屋子里，茶饭不思，坐卧不宁，无限悲痛。好友的鲜血，使他陷入了深思。他怀着悲愤的心情，在《日记》中写道："此诚惨绝人寰之事"，"此成何世界"！

好友的鲜血，使朱自清终于看到了黑暗现实的真相。那罪恶的一枪，虽使斗士倒在黎明之前，但他的一言一行、一举一动，却深深刻在人民群众的心中，给人们无穷的启迪与力量。

朱自清通过这些血腥事件看到了黑暗现实的真相，他终于有了觉醒，闻一多虽然倒下了，但他英勇无畏的精神照亮了朱自清的心灵。

连日来，闻一多的音容笑貌和革命热情，对祖国的挚爱，对未来的追求，在他心中掀起巨浪，猛烈翻腾着。他不禁扪心自问：人应该怎样活着？生命的价值是什么？难道自己曾有过的热望，就甘心让历史的砂轮磨个精光？自己曾有过的棱角，也让时光这支利剑，在无形中削平？不，他觉得自己不能消沉，也不能就此度完一生。

闻一多的牺牲唤醒了他沉睡已久的愿望，他的血又开始沸腾起来，潜在的能量开始释放。他觉得，一个人如果要在历史的镜头中留下光辉的形象，就得像闻一多一样，在历史的进程中作出自己的贡献；就得像闻一多那样紧跟时代进步潮流，认定方向，勇猛精进。

有了这些思考，闻一多那种大无畏的革命精神，使他心里的震撼，越来越强烈，一天夜里，他对陈竹隐说：

　　以后中间路线是没有的，我们总要把路线看清楚，勇敢地向前走去。

他很快赶到昆明，21日，西南联大校友会召开闻一多先生追悼会，朱自清出席了追悼会，他在追悼会上愤激地说：

闻一多先生在昆明遭到暗杀，激起了全国悲愤，这是民主主义运动的大损失，又是中国学术的大损失。

接着，他详细地叙述了闻一多在学术上的巨大贡献，并突出强调了闻一多在学术上的伟大功绩。他之所以这样说，就是要告诉人们，国民党反动派残杀了一个多么有价值的学者，摧残了中国学术界不可多得的人才！以此激起人们对敌人更大的愤恨。

开完追悼会后，他暗下决心，一定要把闻一多的全部遗著整理出版，这也是对敌斗争的一种方式，使在九泉之下的闻一多先生能够得到安慰。他对学生王瑶说：

一多先生之死，令人悲愤，其遗稿拟由研究会所同人合力编成，设法付印。此事到平再商。

8月4日，正好是星期日，他一早参加北京大学校友会。在晚上出席清华校友聚餐会，席间他又讲演闻一多的生平事迹，并表示深沉的哀悼，又在会后发起为闻氏家属捐款计17万元。

在这些日子里，他情绪昂奋，沉浸在对闻一多的思念之中。闻一多热情的语言经常回荡在他的耳际。想起他对学生的关怀，对光明的执着追求，仿佛又听到了他惊雷般的"爆一声：'咱们的中国'！"

16日深夜，他背着灯光，伫立在窗前，心事浩茫，思绪悠远，感情的浪峰撞击着他的心灵深处，诗的灵感猛烈地拨动着他的心弦，他仿佛在云雾中看到了闻一多光华四放的高大形象，他陡然转过身来来到桌前，提笔直抒自己的心境：

> 你是一团火，
>
> 照彻了深渊；
>
> 指示着青年，
>
> 失望中抓住自我。

这是他搁笔了20多年后写的新诗，标志着朱自清的思想发生了巨大的变化。他已经从闻一多"一团火"中，认清了国民党反动派是一群吃人的魔鬼，只有发扬闻一多这种不怕"烧毁自己"的精神，进行坚决的斗争，美好的新中国才能实现。

西南联大迁返北平后不久，学校为纪念爱国献身的志士，11月，清华大学校长梅贻琦决定成立"整理闻一多先生遗著委员会"，聘请了七位教授作为委员。他们是朱自清、雷海宗、潘光旦、吴晗、浦江清、许维遹、余冠英；七人中，指定朱自清为召集人。

朱自清见校长梅贻琦将整理闻一多全集的任务交给自己，感到很荣幸，他在给友人的信中说："一多的事我要负责，要出版他的著作，照顾他的家属。"

整理《闻一多全集》是十分费力的事，条件也不理想，其难度就不知要增加多少倍。此外，人员的组织，稿子的抄录，那都是十分细致的事，需要周详安排，才能较好完成。这些琐细，主要由朱自清来做。

他和闻一多住在司家营的清华文科研究所里，知道闻一多的研究涉猎已相当广泛，在《诗经》《楚辞》上他已经花了十多年工夫；在此期间，又开始研究《庄子》，先前一段时间，他攻读过《周易》，后来又转到伏羲神话上。"闻先生是个集中的人，他的专心致志，很少人赶得上。研究学术如此，领导行动也如此。"

1947年1月30日，朱自清召开了该委员会第一次会议。在这次会上，朱自清拿出自己先前拟出的"全集"篇目，请委员会同人过目，希望能有所补充。

在讨论到闻一多的大量未完成遗稿时，大家认为这些遗稿颇有价值，于是又侧重各自的专业做了分工：许维遹负责《周易》《诗经》部分；陈梦家负责文字学和古史部分；余冠英负责乐府和唐诗部分；朱自清则为总负责。分工完毕，大家觉得这些遗稿整理完成至少得用两三年时间，为了尽快让全集面世，这部分待整理稿就不编入全集了。

这份全集篇目，朱自清后来交给比较熟悉报界的吴晗，希望能在报刊上先行发表，以使读者们能提供没有编入的篇目，或者将有篇目而没有文本的文章，请读者抄寄给编辑委员会。全集篇目在天津《大公报》和上海《文汇报》发表后，先后收到了一些读者或闻一多学生的来信。这些信虽然不多，但提供的文章线索却并不少，这就使得这部全集的篇目更加完善。

5月，朱自清他们通过几个月的奋斗，对闻一多的遗稿整理已经接近竣工。25日，朱自清邀请了中文系的12位同人集体校对文稿，并重新编排全集次序。对《闻一多全集》的编辑，他花费了很多精力。这半年来，他细读了闻一多的手稿，越发敬佩不已，觉得他"见解固然精，方面也真广，不折不扣的超人一等"。对于这样丰富的手稿，他简直不知如何下手了。整理工作极为艰苦，第一批稿子从昆明运到北京途中，因箱子里进了水，有些稿纸霉得揭不开，编委会赶紧请专人来揭。虽有些破损，但重要的稿子都很完整。

朱自清对闻一多的遗稿十分珍惜，保管很严。7月中旬，北京大学学生准备举办闻一多遗著展览，他们请闻一多的弟弟闻家驷提供资料，他知道其兄闻一多的文稿全部在清华，由朱自清亲自保管。闻家驷到清华找朱自清商量，朱自清将一部分遗稿拣出来，写好目录，郑重地在后面写道："家驷先生经手借给北京大学同学举办的一多先生周年纪念遗著展览用。"递给闻家驷之前，还要他签字。他这种认真负责的态度，让闻家驷非常感动。

编辑工作一竣工，朱自清便沉浸在对闻一多道路的思索中。他为《闻一多全集》写"序"，总结闻一多辉煌战斗的一生。虽是8月酷暑，热浪滔滔，但他把自己关在房里，为了把闻一多的革命精神和风格传播出去，冥思苦想，这篇题为《闻一多先生怎样走着中国文学的道路》的全集序完稿时，8月将尽了。

他在"闻一多全集序"中，开首便对闻一多整个的生命过程作了这样的介绍："他是一个斗士，但是他又是一个诗人和学者，这三重人格集合在他身上，因时期的不同而或隐或现。"并阐明他"斗士存在诗人里"，"学者中存在着诗人，也存在着斗士"的风格。他的文章最后，从本质意义上，他又落脚到了闻一多的贡献上：

"闻先生对于诗的贡献真太多了！创作《死水》，研究唐诗以至《诗经》《楚辞》，一直追求到神话，又批评新诗，抄选新诗，在遇难的前三个月，更动手将《九歌》编成现代的歌舞短剧，象征着我们的青年热烈的恋爱与工作。这样将古代跟现代打成一片，才能成为一部'诗的史'或一首'史的诗'。"

其实，就在朱自清病危前数天，他仍在为闻一多的遗稿操劳。去世的前一天，他亲手编的闻一多手稿分类目录在校刊上公布发表；而这批手稿的数量是254册又2包，光翻阅一次也将耗费不少时间。目录编毕，他又妥当地将这批手稿放在清华中文系保存。

朱自清逝世后，吴晗写了一篇纪念短文，其中专门谈到朱自清与《闻一多全集》的关系："一多全集的出版,我曾经说过,没有你是出不了版的,两年来你用大部分的时间整理一多遗著。我记得,在这两年内,为了一篇文章,一句话,一封信,为了书名的题署,为了编纂人的列名,以及一切细枝末节,你总是写信来同我商量。只有我才能完全知道你对亡友著作所费的劳力,心血。"

令人叹惜的是,《闻一多全集》是在8月底出版的,而朱自清却在8月中旬逝世,尽管他付出了那样多的心血,与《闻一多全集》出版相隔只有十多天,因此没有亲眼看到带着油墨香的《闻一多全集》问世。

这不能不令人惋惜!

# 第三章　亲情追思

# 泪洒火车站

## ——与父亲朱鸿钧同守清贫

朱自清自从记事以后，对父亲恩泽感受很深。特别是父亲给他讲抗清英雄史可法的动人故事，他一辈子未能忘记。

辛亥革命前，父亲朱鸿钧曾在史公祠养病，朱自华陪侍在侧，常常听父亲讲史可法领导扬州军民保家卫国、抗敌殉难的悲壮故事。他那小小心灵，被史可法忠贞不渝的英雄气概和高尚的民族气节深深感动。

打这以后，朱自华喜欢去的地方是抄过天宁门，向东上是梅花岭，这里有史可法的衣冠冢，他喜欢去梅花岭瞻仰抗清英雄史可法的衣冠冢。

史可法于明弘治元年（1488）率部抵抗清兵，誓守孤城，不屈殉国。后人在梅花岭建祠筑冢，以示纪念。

上中学后，他只要有闲暇就上梅花岭史公祠，凭吊他所敬仰的民族英雄，还写下了不少诗章。

1916 年，朱自清考取北京大学预科，含泪告别了生活 13 年的扬州。他像只雏鹰，刚在蓝天展翅高飞，而摆在他面前的是家里经济状况不佳，这对他有着很大的影响。

家里生活日渐艰难，是在奶奶去世后。那时，父亲在徐州卸职后，一时没有新的工作，朱自清对在生活中捉襟见肘的父亲印象最深，感受也很深。

为了生活，朱鸿钧办完母亲的丧事后打算到南京谋事。正好儿子朱自清回北京念书，于是决定同行。

朱鸿钧虽然经济状况不好，但爱子心切，唯恐儿子抵不住北方的风寒，特别为他定做了一件紫毛大衣。

到了南京，朱自清因有朋友约去游逛，逗留了一天。第二天，因去北京的火车是下午，所以上午必须渡江到浦口。因为父亲事忙，说定不送儿子，让旅社一个熟识的茶房陪他去。但他仍不放心，向茶房再三嘱咐，对细枝末节甚为在心。临走时，父亲还是怕茶房办事不妥帖，仍放心不下而踌躇着。

其实，朱自清到北京也来往了两三次，没什么要紧的。踌躇了一会儿，朱鸿钧还是决定自己送儿子去车站。朱自清劝父亲不必这样，尽管劝了两三次，他仍坚持说："不要紧的，他们去不好！"

父子俩过了江，进了浦口车站，朱自清便忙着买车票，老人忙着照看行李。因行李太多，得向脚夫花点小费才可过去，父亲便忙着和他们讲价钱，正好朱自清买票转来，见父亲说话不大漂亮，觉得自己非插嘴不可，但见父亲把价钱讲定了，只好让父亲忙着送上车。

上车后，朱鸿钧给儿子选个靠车门的一张椅子，朱自清便将父亲做的那件紫毛大衣在座位上铺好。眼看父子要分别了，但朱鸿钧仍向朱自清嘱咐个没完：在路上要小心，不要受凉，等等。他又托茶房好好地照应，"托他们？"朱自清心里不禁暗笑道："可他们只认得钱！"

朱自清见父亲仍不放心自己，心里暗暗笑他迂，自己都是20岁的人了，难道还不能照顾好自己吗？于是说："爸爸，你走吧。"

朱鸿钧往窗外看了看，说："我买几个橘子去，你不要走动。"

朱自清从车门看到那边月台的栅栏外，有几个卖东西的在那儿等着顾客。父亲走到月台那边，须穿过铁路，而铁路两边的月台却很高，他得从铁路这边的月台上跳下去，过铁路后，又要爬上那边的月台。父亲是一个胖子，走过去自然要费事些。本来朱自清不让父亲去的，觉得自己去好，可老人不肯，便只好让他去。

朱自清看着父亲远去的背影，他戴着黑布小帽，穿着黑布大马褂，深青布棉袍，蹒跚地走到铁路边，慢慢地探下身去，尚不大难，可是他穿过铁路，要爬上那边的月台，就不容易了。他用两只手攀着上面，两只脚下再向上缩，把肥胖的身子向左微倾，显出努力的样子。

看到父亲沉重的背影，朱自清眼泪很快流了下来，他怕父亲看见，也怕别人看见，赶紧拭干眼泪。再向外看时，父亲已经抱着朱红的橘子往回走了。过铁路时，他先将橘子放在地上，自己慢慢趴下后，再抱起橘子走。到了这边，朱自清赶忙上前去搀扶。回到车上，朱鸿钧将橘子一股脑儿放在儿子的皮大衣上，扑扑身上的泥土，心里很轻松似的说："我走了，到那边来信。"

朱自清从车厢里将父亲送了出来，他走了几步，又回头看了看儿子，说："进去吧，里面没人。"说着，下了车厢。朱自清只好停步，目送急步离开车站的父亲，正好看着父亲的背影，消失在来来往往的人群中，再也找不着了，他回到车里坐下，眼泪忍不住又来了。

近几年来，父亲东奔西走，家中光景一日不如一日，给朱自清很大的压力，也有很大的牵挂。

从此，朱自清"两耳不闻窗外事，一心只读圣贤书"，他这样是为了能够早些毕业，早点回家挑起生活的担子，为父亲分忧。

即使是在 1917 年 8 月，全校的同学们对段祺瑞政府出卖民族利益的无耻行径主动参加集会，在集头巷尾讲演，朱自清仍是埋头苦读。

朱鸿钧和儿子分别后，在徐州不但没有找到差事，反而病倒在外乡，后来被人送回扬州。

父亲没有找到差事，一家大小断了经济来源，从此生计日艰，进而债台高筑，因此心情郁愤，脾气也很暴躁。当朱自清在北京大学提前毕业的消息传到扬州，这可是天大的喜事，朱家上下喜形于色。

朱鸿钧也是差不多三年没有看到儿子了，现在，儿子果然不负厚望，终于提前毕业了，他不禁大喜，日夜盼望他早些回来。

谁知后来，父子俩却因经济拮据而闹出了不愉快的事情。

朱自清教书后，他有了收入，理所当然要负担家庭的经济。但朱鸿钧为了确保家用，甚至控制了儿子对自己工资的支配权。特别是在1921年暑假期间，朱自清在扬州八中任教务主任时，父亲凭借与校长的私交，让校长将他每月的薪金直接送到家里，而朱自清本人不得支领。

朱自清在新文化运动的发源之地，即北京大学读书期间，他的思想早已受到民主与独立精神的洗礼。父亲这样的做法让他很生气。他生气不是不肯补贴家用，而是父亲越过自己，直接领走薪水，使自己在经济上不能独立，这种封建式的专制，让他难以接受。

作为父亲，朱鸿钧对儿子的态度也一时难以接受。养儿防老，这是天经地义的。自己曾用尽全力供养儿子读书，儿子现在是羽翼丰满的雏鹰，在应该反哺风烛残年的老鹰时，却遭到了反抗，他也想不通。

其实，他并不清楚儿子的反抗是何意，他为儿子不肯无条件掏出工资而愤怒和伤感，为此，他决定使用父亲的强权让儿子屈服。要让他明白，孝敬长辈，这是朱家每一代儿孙应尽的义务。

父子各自有理，这样一来，使矛盾激化，一个月后，朱自清愤然离去，到外地执教。朱自清虽然自由了，可由此与父亲的关系出现了"梗阻"。

这年冬天他不得不接出妻儿，在杭州组建了小家庭。

1922 年暑假，朱自清想主动缓和与父亲的矛盾，但带着妻儿回扬州，父亲却仍是不热情。他和妻儿在家过了几天没趣的日子，只好悻悻而去。

1923 年暑假期间，尽管朱自清又回家看望老人，后来他在长诗《毁灭》中有"败家的凶残""骨肉间的仇恨"的诗句，说明和父亲的关系仍未好转。

朱自清对父亲的反抗，不仅仅是经济上要求自主，更是对旧家庭的不满，他厌恶姨娘的挑唆，他憎恨旧的婚姻制度，他曾告诫弟弟不要纳妾。

尽管如此，朱自清与父亲之间的矛盾，是时代造成的，这并不影响与父亲的骨肉亲情。事实上他一直在替父亲还债，直到逝世前才还清父亲所欠的高利贷。

其实朱鸿钧也十分思念儿子，但作为父亲也要脸面，不愿意在儿子面前认错。作为儿子的朱自清，也觉得自己没有错。因此，他也不特意在父亲面前承认自己错了。于是父子俩就这样僵持下来。

1925 年，朱自清由俞平伯推荐到清华任教。他在北京大学毕业后离京时隔五年，他带着简单的行李，又来到北京。来到北京后，纷乱的梦境扰得他心绪不宁，虽说人在北京，他却不忘在南方一起生活的朋友们。

一天，他闷得慌，便决意进城去，在海淀下了车，在马路边找了一家小饭馆，拣了个临街的小桌，坐在长凳上，要了一碟苜蓿肉，两个家常饼，二两白玫瑰酒，自斟自酌。喝完一杯后，南方的生活情景又出现在脑际，不免情动于衷，从衣袋里面摸出纸笔，在桌上写了一首《我的南方》：

我的南方，

我的南方，

那儿是山乡水乡！

> 那儿是醉乡梦乡!
> 五年来的彷徨,
> 羽毛般的飞扬!

是的,他人在北京,心系南方。那里的山山水水,乡土人情,还有那些亲朋故友,年迈父母和弱妻幼子,与自己相隔千里,怎么不会让他留念?那里毕竟是他耕耘的土地,凝结着他辛勤的汗水,曾有过他的快乐,也有过痛苦,让他难以忘怀。

1925 年,朱自清由俞平伯推荐到清华任教。10 月,他接到父亲寄来的信,灯下细读,哪怕是老父亲在信中向自己诉说苦衷,字里行间,他也感受到了温暖的亲情:

> 我身体平安,惟膀子疼痛厉害,举箸提笔,诸多不便,大约大去之期不远矣。

看到这里,朱自清深为感动,不禁悲从中来,流下泪来。他想起父亲对自己的种种疼爱,非常后悔。特别是想起八年前,父亲料理完祖母的丧事后,与他同车到南京,在浦口车站,他老人家给自己买橘子时,蹒跚地走过铁道,两手上攀,两脚上缩,那肥胖的身子,显出努力上攀的背影;以致让自己在车厢里与父亲分别时,泪如泉涌;父亲叮嘱的情景,犹如电影镜头,一幕幕地浮现在眼前。

想起父亲对自己的疼爱,而自己却年轻无知,不仅未能体会到父亲的爱子之情,而且还嫌老人说话不漂亮,暗地里笑他的迂。想起父亲这辈子,少年出外谋生,东奔西走,独力支撑着这个大家庭;后来家中光景一日不如一日，以致老境如此颓唐，近来又情郁于衷，常常动怒，但始终惦记着儿孙。想到这些，哀伤和思念之情如滔滔潮水向他铺天盖地而来，在晶莹的泪光中，他仿佛又看见父亲肥胖的，穿着青布棉袍黑布马褂的背影！

正是亲情所致，使朱自清强烈地感觉到，心里的话不吐不快。他含着泪水，饱含真情地伏案奋笔疾书：

我与父亲不相见已是两年有余了，我最不能忘记的是他的背影。

文章一开始，朱自清便开门见山地表述了自己最不能忘记的是父亲的背影及"我"的心情。他既把主题"背影"点出来后，又不急着去紧扣"背影"写下去，接下来写他在北京接到祖母去世消息后，赶到徐州，打算同父亲一起回家。然而他在徐州见到父亲时，看到的是满院狼藉，回到扬州，父亲借钱给祖母办完丧事，接着又同儿子一起来到南京。

这样写不是散了些吗？似乎有一点，然而一点也不乱，他把凡是与突出主题无关的素材都加以剔除、省略，只反复强调祖母的丧事和父亲的亏空，在这样的环境里，渲染出父亲对儿子的关怀与疼爱，使文章一开篇便透出一股浓郁的悲切气氛，在感情十分强烈的背景中，逐渐展露父亲爱子的内心活动，为对"背影"的展开叙述作了有力的渲染和铺垫。

接着，朱自清用朴实的笔调细致地叙写了那次和父亲离别的情景，透过父亲的一言一行，揭示了他对儿子的无限怜惜、体贴、依依难舍的疼爱之情。

写到这里，不难看出，朱自清的心灵在纸上疾走，而对父亲的思念之情，如涓涓流水，倾泻在字里行间，熔铸于父亲的背影之中。

接着，朱自清放笔描写父亲在浦口车站买橘子的情景。他描写父亲穿越铁道买橘子的情景，集中笔墨于父亲的动作。"蹒跚走过铁道边"，到如何艰难地爬上爬下，"显出努力的样子"；再到"我"如何的"眼泪很快流下来"，但又怕父亲看见，又"赶紧拭干"等，这里虽然没有父亲一句话，可已经把"我"和父亲的情感互动刻画得惟妙惟肖。尤其值得称道的是，文章中三次提到父亲的"背影"，第一次是父亲为"我"买橘子的"背影"，第二次是父亲离开车站，混入人群的"背影"，第三次是收到父亲的信后。"背影"的反复出现，不仅紧扣主题，而且像诗中的重叠句一样，丰富了文章抒情的韵味。

写到最后，他深情地呼告道："唉！我不知道何时再能与他相见！"平淡一语，蕴蓄着他对年迈的父亲的无限思念。

《背影》的着力点自然是父亲，但朱自清不写他的正面肖像，也不写他面部五官的表情，而是别开生面地写他的背影。

叶圣陶曾对此说过："至于父亲的面貌，全篇中一个字没有提，似乎连表情也没有怎么描写，咱们读了并不感觉缺少什么。"（叶圣陶《跟〈人民文学〉编辑谈短篇小说》）

然而，他并不是静止地描绘背影，而是以细致入微的语言，透过背影，由表及里地展示了父亲复杂的内心世界，从而使这一形象栩栩如生地跃然纸上。

在《背影》里，朱自清把自己深沉的情感抒发得那样真挚，那样自然，使读者不由自主地随着他的情感波涛一起一伏地跳动。深深使人受到感动的是，渗透在《背影》里的仅是小资产阶级的温情，但他透过对背影的刻画，真实地反映了在半封建半殖民地现实中，"家中光景一日不如一日"的小资产者的困苦情况，反映了像父亲这样的旧知识分子，虽"少年出外谋生，独力支持"，挣扎了一辈子，结果还是落得晚境凄凉的悲惨命运。

因此，《背影》所表现的内容，在当时是具有一定现实意义的，作品抒发出的真情实感，必然会有力地启迪着读者，引起他们深邃的思索，产生亲切的共鸣。

11月22日，《背影》发表于第200期的《文学周报》。在1928年金秋10月，《背影》作为朱自清的第一本散文集，由上海开明书店出版了。内分甲、乙两辑，共收散文15篇，是他四年来创作的结晶。

《背影》是朱自清的代表作，它的问世，如同一鸣惊人的云雀，不只是在文坛上，也在学生群体中引起了强烈的反响。他遵循现实主义法则，突出强调对事物进行仔细观察，深入体味。他在《背影》的创作中，深切地融入这种态度。

《背影》的面世，不仅大大提高了朱自清的声誉，也影响了中国几代人。全国不少中学生，是读着《背影》长大的。特别是近一个世纪以来，凡是知道朱自清的，就知道《背影》，可见它的影响，可以说是家喻户晓。

小说家杨振声曾在《朱自清先生与现代散文》一文中指出："现代散文的运用就在它打破了过去的桎梏，成为一种综合性的艺术。它写人物可以如写小说，写紧张局面可以如戏剧，抒写景又可以如诗。不，有些地方简直就是小说，就是戏剧，就是诗。它的方便之处，在写小说而不必有结局，写戏剧而不必讲究场面，写诗而不担心韵脚，所以它本体还是散文。"他认为这些特色，朱自清"不但做到，而且做得很好。所以他的散文，在新文学运动初期，便已在领导着文坛"。

后来，散文集《背影》出版时，当时他家又从禾稼巷迁到燕关街仁丰里，朱自清没有在这一所简陋的房子里住过，1928年秋日的一天，朱自清的三弟朱国华接到开明书店寄赠来兄长的散文集《背影》时，高兴地把书送到二楼父亲的卧室，让父亲朱鸿钧先睹为快。

此时，朱鸿钧已经行动不便，他激动地捧着书，把身子挪到窗前，倚靠在小椅上，戴上了老花镜，用颤抖的手揭开书，一字一句诵读着儿子的文章《背影》。诵读中，朱鸿钧两眼老泪纵横，双手不住地颤抖着，读完后，昏黄的眼珠放射出光彩。他终于明白了，儿子没有忘记自己过去对他的关心，他也明白自己错怪了儿子。现在，他终于谅解儿子了，从此父子矛盾得以缓解并消失。

1945 年 4 月 6 日，朱自清在联大昆明北食堂参加学校外语系主办的诗歌晚会，他和闻一多、浦江清、李广田、冯至等人都是主讲人。谁知过了几天，即 4 月 9 日，扬州老家传来噩耗，父亲朱鸿钧去世了，终年 76 岁，他是带着满足的微笑去世的。

朱自清无限悲痛，但因路途遥远，不便回去，朱自清便筹款寄回老家，料理老人的丧事，家中将老人安葬于四桥祖坟。

# 千里魂应忆旧俦

## ——与发妻武钟谦患难与共

朱自清是家里的长子长孙，长辈们最关心的是他成家生子，传宗接代。

在他不到 11 岁时，家里便为他说起媳妇来。那时，他对媳妇这件事非常茫然，不知怎么就说上了。

开始提亲的姑娘是曾祖母的娘家人，在苏北一个小县的乡下住着。因是曾祖母娘家，家里人都曾在那里久住过，大概也带过小自华，但在他的记忆里却没有一点影子。祖母常常躺在烟榻上，讲那边的事儿，提起那个乡下人的名字。起初，一切像在那白腾腾的烟气里，日子久了，便不知不觉地熟悉起来了。听说媳妇就在那个叫作"花园庄"的地方，仿佛挺有趣的，觉得这桩亲事是理所当然，毫无意见。

亲事定下来后，每年那边田上有人来，一身蓝布短打，衔着旱烟袋，带好些大麦粉、白薯干儿之类的东西。他们也偶然和家里人提到那位小姐，大概她比自华要大四岁，个儿高，小脚，但那时他热心的却是那些大麦粉和白薯干儿。可惜在 12 岁时，那边捎信来，说小姐害痨病死了，但家里并没有人叹惜。

因父亲在省外做官，母亲颇为自华的亲事着急，于是又托常来做衣服的裁缝保媒。因裁缝走的人家多，而且看到的太太小姐也比较多。母亲的主意果然不错，不久裁缝来说了一户人家，钱姓，家里很富裕。钱家有两位小姐，一个是姨太太生的，给自华介绍的是正太太生的大小姐。裁缝说那边要相亲，母亲便答应了。定下日子后，朱自华由裁缝领着去茶馆。因是在冬天，母亲给他穿上枣红宁绸袍子，黑宁绸马褂，戴上有红帽结的黑瓜皮帽，又叮咛他多留心些。

他们在茶馆里遇到那位相亲的先生，方面大耳，布包布马褂，样子倒是很慈祥，不住地向自华打量，也问些"念什么书"一类的话。回来后，裁缝向母亲说，人家看得很细，说自华的"人中"长，不是短寿的样子，但看他走路，怕是脚上有毛病，不过，人家已经看上了。按乡俗，该他们家去看女方了。母亲派亲信的老妈子去打探，老妈子回来说，大小姐很胖，个儿比自华大得多，坐下去满满一圆椅；二小姐身材倒很苗条。母亲生怕胖了不生育，有意于二小姐，便派裁缝传话，对方似乎生了气，不答应，事情便吹了。

时隔一年，母亲在牌桌上遇见一位太太，她有个女儿，聪明伶俐，母亲有了心，回家说那位姑娘跟自华同年，跳来跳去，还是个孩子。隔了些日子，便托人去打探口气，那边也是个做小官的，但做的官似乎比父亲更小，那时正是光复的前年，还讲究这些，所以他们便乐意去做这门亲。事情已经到了九成九，本家叔祖母用的一个老妈子熟悉这家的事，不知母亲怎么打听到了。便叫她来问，原来那位小姑娘是抱来的，虽然她家像亲生的一样很宠她，母亲的心又冷了。过了两年，听说她得痨病吸上了鸦片烟。母亲说，幸亏当时没有定下来。

光复那年，父亲朱鸿钧害病，请了好多医生看，最后请着一位姓武的医生，扬州名医武威三诊治。有一天，常去请医生的听差回来说，医生家有位小姐。父亲既然病着，母亲自然更担心自华的亲事，几经周折，向武医生提及，武医生答应了。谁知后来听说那位姑娘的脚大了些，武医生埋怨夫人没给女儿裹脚，后来只好采用了个折中的办法，才把亲事定了下来，这年他14岁。

1916年，朱自清19岁，在北京大学读预科，转眼快到寒假了，他忽然接到父亲的一封家信，让他不禁忧喜参半。原来，是父亲在信中催促他早点回去完婚，他想起那门亲事。

在那时，婚姻不是年轻人自己能够掌握的，都只能靠父母之命，媒妁之言，按照乡规民俗来敲定的。男女青年第一次见面只能在洞房里，不能称心如意也为时已晚，因此，那"爱情之门"是否能通向幸福美满，只能凭运气。朱自华作为家族中的长子长孙，不能违背这个千百年来的古训。

对于婚姻，他曾在胡适之先生的《藏晖室札记》里，读到英国哲学家培根的话："有妻子者，其命定矣。"当时他听说家中安排他完婚，着实吃一惊。自己的一生就这样定了吗？想到这些，他仿佛在梦里一般。但家里不由分说，已经安排他娶媳妇了，他无力扭转这个局面，又有什么好说的呢。假期一到，他匆匆忙忙背起简单的行李赶回扬州。

武家原籍是杭州，姑娘武钟谦和朱自华一样，从小是在扬州长大。不过，可喜的是，朱自华非常幸运，武姑娘长得端庄秀丽，温婉柔顺，也很爱笑。看来，父亲为他铺就的婚姻之路，并没有堵塞了他的"幸福之门"啊。

新婚夜，朱自华终于看到自己的妻子，在这订婚五年来，也是第一次看到自己的妻子。他很满意，也很喜欢她。新婚宴尔，他们心情特别好，说不完的悄悄话。年轻的妻子，还温情地把他当初来相亲时自己躲开的秘密，偷偷告诉自己的丈夫。

转眼，结婚满月后，又过了20天，假期要结束，开学的时间到了，朱自华连元宵节也没有在家里过，在2月3日（正月十二），匆匆忙忙地吻别了新婚妻子，怀着依依不舍的心情乘车北上。

朱自清去北京大学后，因家中经济日渐紧张，家人的心情也与以前大不相同了。特别是母亲对媳妇也不像以前那样客气，她不知听了谁的话，总是害怕媳妇爬到她头上去，所以常常和她讲做媳妇的规矩，又向媳妇摆出当婆婆的架子，还惹是生非地发脾气，碰着谁就是谁。武钟谦不仅是下辈人，又是这个家庭里的外姓人，自然更倒霉了。母亲那时常要挑剔她。虽没有明着骂，但摆着冷脸子给她看，冷言冷语的讥嘲，又背地里和用人们议论，就让她够受的了。姨娘呢，虽不曾和她怎样，但暗中挑拨着婆婆，也甚是厉害。本来爱笑的武钟谦，从此不再笑了。你想，愁都愁不过来，又怎样会笑呢。

后来，家里只能靠典当度日，家中乐融融的气氛再也见不到了。武钟谦本是娘家的掌上明珠，一直生活得无忧无虑，因此特别爱笑，那张笑逐颜开、充满青春活力的脸，便是父亲心中的太阳。

公爹朱鸿钧因没有工作，脾气特别暴躁，常为一点小事便恶语相向。在这样的环境里，武钟谦偶尔一笑，便会遭到无端的白眼和没来由的冷嘲热讽，这样，武钟谦不但越来越不敢笑，而且性格也逐渐变得忧郁，经常掩门垂泪。

这样的日子久了，只要听别人的笑声，她就感到特别刺耳。这些事，她从不对朱自清讲。朱自清看到媳妇性情转变，十分心痛，"但是，鞭长莫及，无济于事"。数年后，朱自清以武钟谦这段生活为原型写了篇小说——《笑的历史》。

1920年，朱自清在北京大学毕业后，风尘仆仆地来到杭州第一师范学校教书。在暑假过后上学时，他是带着妻子一起来到学校的。他在一师教了一年书，因没经受住"没有名字的小白花们"的私语，提出辞职。后来经人介绍，到扬州省立第八中学担任教务主任，因与校长意见不合，便决意要离开这个使他厌恶的地方。

朱自清从扬州辞职之后，武钟谦和孩子便回到娘家，可她娘家又是怎样的境况呢？她很早就没了母亲，父亲又另娶了个女人。自从她带着孩子回到娘家，后母的冷嘲热讽就没有一刻消停过，家中冷得像个冰窖子。可她还得赔着笑脸，硬着头皮住下去。直到三个月后，朱自清来将她和孩子们接去杭州。在她的操持下，他们的小家庭才有模有样地建立起来。她一刻也闲不下来，做饭、洗衣……她都很在行，就是生完孩子坐月子的时候，也只歇个四五天就起来了，说"躺着家里事就没有条理"。

朱自清离开了省立第八中学，经刘延陵介绍，只身到上海中国公学任国文教员。他在这里认识了叶圣陶后，11月复回杭州一师，和叶圣陶同在一师任教。

1922年初春，朱自清将妻子武钟谦从扬州接到杭州来，没想到叶圣陶却离开了杭州。后来朱自清应蔡元培之聘，与郑振铎及俄国盲诗人爱罗先珂做伴，来到北京大学预科任讲师。

没过多久，由于生计所迫，朱自清只好辞去北京大学的工作，应允了浙江第六师范校长郑鹤春的聘请，他把妻子留在杭州，只身来到台州教书。

他一个人在台州感到很孤独，转眼便到了暑假，朱自清回到杭州后，为了缓和与父亲的矛盾，便携妻和儿女一起回到扬州和家人团聚。

这时正是五四运动低潮，在扬州，他仍苦苦思索人生问题，决意要改变思想状况，决不颓废，要坚决摆脱生活中的种种纠缠，立定脚跟，安下心来从事实际工作。夜里，他默坐沉思，诗情奔涌，便提笔写一首长诗，但家里人多事杂，定不下心来，只写了个开头，暑假便过完了。

因他曾答应台州浙江第六师范学校学生的要求，即在暑假结束后去六中，因此在 9 月间，朱自清带着妻子和两个孩子乘轮船来到台州。

武钟谦随丈夫朱自清来到台州后，朱自清感到一家人在身边，使原来清冷的家一下子温馨起来。武钟谦朴素、娴静，每天送朱自清至大门口，一直到看不见背影才回屋。每到有客人来，她总是笑脸相迎，殷勤招待。她很勤劳，能操持家务，烧饭、洗衣、纳鞋底、带孩子，整天忙里忙外手脚不停，把小家料理得舒舒服服。

他们一家四口，在台州过了一个冬天。台州是个山城，非常荒凉、冷清，全城只有一条长二里的大街。在别的路上，即使在大白天，都难能看见行人。到了晚上，便更是漆黑一片。只有住家的窗口射出来的一点灯光，或偶尔有过路人拿着火把，这样才给大街上增加了一点生机，但这也是极少的。

他的家因在山谷，多的是山上松林里阵阵风声，即使天上出现一两只飞过的鸟影，也忍不住要看上一眼。因夏末到这里，初春便走了，他们觉得老是像在过冬天。

朱自清家在山谷脚下，更加寂寞。他们住在楼上，书房面对着大街，也许是太空旷，路上有行人说话声也能听得清清楚楚的。但因路上的行人太少了，间或有点说话声，听起来还当是远风送过来的，想不到就在窗外。

因为他们是外地人，这里的朋友和熟人不多，除上学校去之外，只好在家里坐着。他的妻也习惯了寂寞，只和他们爷们儿守着，但这个小家庭给朱自清倒是带来不少温暖。

在冬天，山谷里北风呼啸，有一次他从街上回来，见楼下厨房的大方窗开着，武钟谦母子三人并排地挨着坐在那里，三张脸都带着天真的微笑向着他，一股暖流倏地流淌过心头。虽说天气非常寒冷，但朱自清却感觉"家里老是春天"。"似乎台州空空的，只有我们四人；天地空空的，也只有

我们四人。"（《冬天》）

1923年3月，在这个春花烂漫的季节，朱自清带着家小，来到位于瓯江下游的古城温州省立第十中学教书。

温州是浙江省立第十中学，原是温州府学堂，创办于1902年，校舍是原来的中山书院，辛亥革命后改为省立第十学堂，翌年改为第十中学。

朱自清先在离学校近的大土门租了一所房子，不久，因大土门失火，又迁到朔门西营堂34号。这是一座老式的平房，前后都有院子，四周有围墙，靠大门有两间厢房，外面一间当住室，后面一间，前半为书房，从学校借来一张学生的自休桌，放在前方的门下，靠墙的0.66平方米空隙，放一张旧藤椅。房子后半做了厨房。厢房外面有花墙把后院隔开，自成院落，种了些花木，环境倒很幽雅。

在这里，朱自清的生活比较平静，一家四口和睦相处。在这里，朱自清对自己这几年的工作和创作思考了很多，特别是想到家里的事，就像一块石头重重地压在他的胸上。

他自从走出校门步入社会以来，生活的担子把他压得喘不过气来，对旧家庭翁姑婆媳间的矛盾，他见过很多，也曾有亲身经历，为此他感到过痛苦。他在《转眼》和《毁灭》等诗中，都有不同程度的表露，其第一部短篇小说《笑的历史》，就是在这里成稿的。作品通过一个叫小招的少妇的凄婉诉说，揭露了旧式家庭对一个青年妇女的精神迫害。小招未嫁时，是一个天真活泼并且爱笑的姑娘，出嫁后由爱笑而不敢笑，进而由不爱笑变成爱哭，甚至讨厌别人笑，每听到笑声心中就有说不出的难受。

作品细致、生动地塑造了小招这个艺术形象，描写了由爱笑变成爱哭的经过，特别是笑与哭这两个截然不同的表现，准确地反映了在旧道德、旧家庭的重压下中国妇女的痛苦遭遇，发出悲愤的控诉。这篇小说在6月的《小说月报》上发表，反响十分强烈，社会效应也很好。

转眼到了暑假，朱自清带着怀孕的妻子和儿女，回到扬州看望父母。开学后一家人回温州，11月，妻子生了一个女儿，因经济十分掣肘，他只身来到宁波四中任教。又担心妻子一个人忙不过来，便把母亲从老家接来温州帮忙。

9月，可以说是个多事之秋。3日，直系的江苏军阀和皖系的浙江军阀火拼，福建的直系军阀，出兵浙江平阳，企图直取温州，袭击浙江的皖系军阀后方，以声援江苏直系军阀风云突变，大祸来临，温州全城为之震动。

正在宁波四中教书的朱自清，在宁波的报纸上得知战争消息，家中又无来信，心中十分不安。13日，又是传统的中秋佳节，可是这天浓云密布，风雨交加，气候非常恶劣。夜里，他枯坐书房，面对昏茕的孤灯，屋外淅沥的苦雨，想到国事家事，妻儿和自己，心绪不宁。一丝茕茕孑立的悲苦之情悄悄爬上心头，伴着风声雨声和心声，他口占一首绝句：

> 万千风雨逼人来，世事都成劫里灰。
>
> 秋老干戈人老病，中天皓月几时回。

16日，朱自清接到夏丏尊的来信，要他立即赶到白马湖春晖中学去。原来，春晖中学教师不足，夏丏尊请朱自清在那里兼课。为了增加收入以济家用，朱自清应允了他的要求。于是从3月2日开始，朱自清便在宁波、上虞两头跑。按照课程安排，他计划在春晖中学教一个月，实际只教了两个星期。这次夏丏尊在信中说，要和他"计划吃饭的方法"，并且"已稍有把握"，朱自清看了信后，估计是春晖中学有专聘之意，遂于23日乘车赶往白马湖。在火车上，他见到车上不但十分肮脏，而且处于一片混乱。

特别是这些逃难出门的人群，扶老携幼，拥挤不堪，看来温州的战事甚紧，越发挂念家中老小，心中更为不安。

朱自清来到春晖中学，夏丏尊热情接待了他，并在家里设便宴款待。果然校方正式聘用他。朱自清于是答应担任一班国文。

第二天，朱自清接到妻子武钟谦的来信，说是温州风声甚紧，她害怕一旦兵临城下，家中无人，特别是近来又闹肚子，日渐消瘦。朱自清看完信，想到家中还有三个孩子和老母亲都要她一人照料，十分为难。于是和夏丏尊商量，请他代课，决定自己下午先回宁波打听消息。

这时，温州已经乱成一片，特别是居民一夕数惊，恐慌万状，于是携儿带女四处奔逃。朱自清一家五口全是老幼妇孺，举目无亲，身无分文，可以说是躲，没有地方，逃，没有盘缠。正当他们寸步难行、一筹莫展的紧张时刻，十中教师马公愚伸出了援助之手，他们全家到瓯江北岸的山里避难，邀请朱自清全家一道去。武钟谦和母亲草草收拾行李，又带上朱自清一箩筐书，跟着马家同坐一条租来的小船，到永嘉楠溪一个叫枫林的地方栖身。过了几天，听说时局有了缓和，温州可能没事，武钟谦怕朱自清回到家中见不到人，心中着急，遂决定回去。马公愚劝阻无效，乃借给她十块大洋，并托一用人护送她回温州。

其实，朱自清这时还未回来，而温州城内可以说是十室九空，朱家住在四营堂，地处偏僻，十中同事怕不安全，于是接她回校中居住。

朱自清于25日发电报至温州，到晚上接到回电，知道全家住在十中，便于27日从宁波乘永宁轮回到温州来，船至海门突然停下来，说是有战事，不敢前行。朱自清不得已，只好改道温岭，步行了100多里路，再在江厦搭上一艘船，直到30日才抵达温州。朱自清回到家中，见全家无事，甚感宽慰。这时，温州已经大乱，便决意将家迁往上虞，为了筹借搬家费用，以及归还马家的欠款，他便把一些衣服抵押在小南门"长生库"当铺里。

10月2日，朱自清和妻子武钟谦带着母亲和儿女乘船往宁波，于5日到达。将家眷安顿在那里，自己先回春晖中学布置一切，11日回到宁波，第二天乘车前往白马湖。

因白马湖春晖中学的好友纷纷离开，朱自清也不想在这里待下去了，于是他向俞平伯求助。1925年8月，一个偶然的机会，命运之舟开启了朱自清新的航程。他本想去商务印书馆工作，但没有联系上，而俞平伯介绍他到清华大学国文系任教授，却意外顺利地定下来了。于是把家眷留在白马湖，只身北上，来到北京。

时隔五年，朱自清重返北京，已是举目无亲。他是个十分重感情的人，来到北京一年多了，可是身边既无家人，也无朋友，感到非常孤寂。1927年1月，他决意回到白马湖，将家眷接到北京。

妻子和儿女来到北京，他有了家人相伴，安享到了天伦之乐，得以全身心地放在教学上，做一些自己乐意做的事情。

可是，谁也没有料到，不幸的阴影已经渐渐逼近这个幸福的家庭。

武钟谦本来患有肺病。1928年1月11日，她生了一个女儿，因没有奶水，只好喂奶粉，雇了个老妈子专管她。

不料年底，她又生了一个男孩，因过于劳累，过年后病情日益严重了。小男孩身体羸弱多病，朱自清劝她少管，但她总是放不下心来，到了夏天，小孩的病更多了，她整天忙着照料小孩，毫不关心自己的身体。每看到儿子好一点，她那蜡黄的脸上就会露出笑容。

她对小女儿也不放心，夜里总爱竖着耳朵听，只要听到一点响动，便要跑到老妈子房里看看。除了这对小儿女，她也非常惦念在扬州的迈儿和转子，还十分关心丈夫的身体健康。到了后来，她开始发烧，先以为是疟疾，没有放在心上，生怕丈夫担心，所以一直瞒着，本想躺下来休息，但一听到丈夫的脚步声，便一骨碌从榻上坐起来。日子一久，终于被朱自清发觉了，立刻陪她到医院检查，病情十分不妙，肺已经烂了一个大窟窿。大夫劝她到西山疗养，但她丢不下孩子，又怕花钱，打算在家里疗养，结果她又丢不下家务。

到了 10 月间，眼看武钟谦的身体越来越不行了，朱自清决定送她和孩子们一起回扬州养病。她想到两年不见的迈儿和转子，便应允了。

朱自清送她到车站时，她忍不住哭了。她伤心地说："还不知能不能再见！"朱自清知道她心里舍不得丈夫和儿女，不愿这样离开人世。她多么希望自己的病好了后能带着六个孩子，回到北京来见他呀！

朱自清也知道，她此去凶多吉少，但心中十分盼望她能养好病后回到北京，来到自己身边，遂好言劝慰她。谁知此去，夫妻二人竟成永别。武钟谦回到扬州后不到一个月，才 31 岁的她，于 11 月 26 日，抛下了他和六个孩子，与世长辞了。

噩耗传来，朱自清痛不欲生。自从和武钟谦结婚 12 年来，虽说两人在一起生活的时间并不多，但伉俪情深，没想到中途永别，令他肝肠寸断！"从此，偌大个西院，只剩下他孤身一人，形影相吊，十分凄惨"（陈孝全《名家朱自清》）。

这时，极度痛苦的朱自清神情几乎到了紊乱的边缘，饭食也无法自理，幸好有俞平伯主动相帮，才好不容易走出了这痛苦的低谷。

自妻子分别于世后，朱自清十分孤寂。他曾说过，他的"全世界只有几个人，我如果失去他们，便如失去了全世界"。

现在，他的"世界"几乎是支离破碎，日子一天天过去了，但武钟谦的一颦一笑仍在他的脑子里难以消失。由此，使他日夜思念远在扬州失去了母爱的六个儿女。一天，报纸报道缉私营士兵滋事，联想到在年迈的奶奶身边的儿女们，心中便无限挂念，便写五绝《忆诸儿》，以遣情怀：

> 平生六男女，昼夜别情牵。
>
> 逝母悲黄口，游兵警故廛。
>
> 笑啼如昨日，梨栗付谁边。
>
> 最忆迎兼迈，相离已四年。

　　一晃便到了清明节，想到亡妻，他梦寐难忘。在清明节的最后一天，便是武钟谦的生辰，他傍晚来到西郊，见这里春游的人很多，触景生情，百感交集。想起去年，他和妻子带着儿女们游万生园的情景，心里陷入哀婉凄凉之中，不能自已。回家后，他拿笔赋诗，抒发心中难以遣怀的哀情：

> 名园去岁共春游，儿女酣嬉兴未休。
>
> 饲象弄猴劳往复，寻芳选胜与勾留。
>
> 今年身已成孤客，千里魂应忆旧俦。
>
> 三尺新坟何处是？西郊车马似川流。

> 世事纷拿新旧历，兹辰设悦忆年年。
>
> 浮生卅载忧销骨，幽室千秋梦化烟。
>
> 松槚春阴风里重，狐狸日暮陇头眠。
>
> 遥怜一昨清明客，稚子随人展暮田。

　　爱妻亡故，儿女远离，朱自清生活索然无味。还是那个大院，因没有爱妻，使他成为孤独一人。在北京，他除了俞平伯又没有什么朋友，生活的圈子更小了，使他心境十分寂寞。每到这时，便回想在南方的那些日子，和同事及学生们在一起，交流文学创作体会，畅谈理想人生，爬山游园，是何等快乐。

往事如潮，旧情难遣，使他开始念旧。夏丏尊的豪情与真诚，特别是他家的好花和美酒，让他嘴角扬起带着苦涩的微笑；刘延陵漂泊生活和幸福的婚姻，也想起他的病与远游。丰子恺当年在白湖畔弹奏贝多芬的《月光曲》，也想起他的漫画；叶圣陶更让他留念了，特别是他那狷介的风格和朴真的品性、那勤奋和精思的特性，无不让他羡慕。"他在《怀南中诸友旧游》一组五首旧诗中，他思绪绵远，情怀诚挚。这种对已逝生活的咀嚼，对过去温情的寻觅，映现出的是朱自清在丧偶之后，无限苦寂的心情。"（陈孝全《大家朱自清》）

1932 年 8 月，朱自清经同事介绍与陈竹隐结婚。虽在一起生活了两个多月，但他感到新婚妻子与武钟谦是完全不同类型的妇女，武钟谦是在传统封建思想熏陶下成长起来的旧式女子，而陈竹隐则是一个在新文化培养下成长起来的新女性。陈竹隐不仅有知识，也有自己的兴趣和爱好，和朱自清的性格也略有不同。他们在情感磨合期间，这使朱自清的感情之塔也有点倾斜。一天傍晚，他路过故居西院时，见残留在院里的夕阳暗淡，树枝上的残叶在晚风中瑟瑟发抖，一股凄凉之感顿时传遍全身。此时他第一感觉就是逝去妻子，她对自己、对孩子的恩情，清晰地呈现在眼前。回到家里，心情久不能平静，便提笔赋诗三首，抒发了自己"耿耿一心存"的情意。

一天深夜，四周静寂无声，他凭灯而坐，哪怕身旁的窗门在寒风中沙沙作响，丝毫不影响他沉浸在对亡妻强烈的怀念中。想起她生前的种种好处，总是感到自己对不起她。一桩桩往事，如同潮水一样激烈地向他扑来，他再也控制不住自己澎湃的激情，便在桌上铺开稿纸，奋笔疾书：

> 谦，日子真快，一眨眼你已经死了三个年头了。这三年里世事不知变化了多少回，但你未必注意这些个，我知道。

他怀着悲痛的心情，写成《给亡妇》，深深地抒发着对爱妻的哀悼之情。"他既不是捶胸顿足，也不是抢天呼地，只是深情绵绵地诉着亡妻生前的一切"（《朱自清作品欣赏》）：

"从迈儿起，你总是自己喂奶，一连四个都是这样。你起初不知道按钟点儿喂，后来知道了，却又弄不惯；孩子们每天夜里几次将你哭醒了，特别是闷热的夏季，我瞧你老没睡足。白天里还得做菜，照料孩子，很少得空儿。"

"你对孩子一般儿爱，不问男的女的，大的小的。也不想到什么'养儿防老，积谷防饥'，只拼命的爱去。"

"除了孩子，你心里只有我。不错，那时你父亲还在。可是你母亲死了，他另有了个女人，你老早就觉得隔了一层似的。出嫁后第一年你虽还一心地依恋着他老人家，到第二年我和孩子可就将你的心占住，你再没有多少工夫惦记他了。""你换了金镯子帮助我筹学费，叫我以后还你；但直到你死，我没有还你。你在我家里受了许多气，又因为我家的缘故又受了你家里的气，你都忍着，这全为的是我，我知道。"

"你为我的捞杂子书也费了不少神，第一回让你父亲的男佣从家里捎到上海去。他说了几句闲话，你气得在你父亲面前哭丧着脸了。第二回是带着逃难，别人说你傻子。你有你的想头：'没有书怎么教书？况且他又爱这个玩意儿。'其实你并没不晓得，那些书丢了也并不可惜；不过平常从来没和你谈过这些个！总而言之，你的心是可感谢的。这十二年里你为我吃的苦真不少，可是没有过上几天好日子。我们在一起住，算起来也不到五个年头。无论日子怎么坏，无论是离还是合，你从来没有对我发过脾气，连一句怨言也没有——别说怨我，就是怨命也没有过。"

朱自清的《给亡妇》，虽是用书信体写的，伴随着他的倾诉，文章中的感情层次，却是一层压一层，愈写愈细，愈写愈深，感情也越来越重，终于不能抑制地对着亡妻的新坟，迸发出催人泪下的呼告："谦，好好儿放心地安睡罢，你。"

在这篇追悼妻子的文章里，朱自清没有激情陈词，没有强烈动作，没有悲恸，没有眼泪，有的是这种平静的轻声细语，蕴含的却是何等的沉痛悲思，特别是那发自肺腑的几个"你"，一字比一字重，贯穿了发自内心深处的情感，提高到不可超越的情感高峰，让人感到一字一泪，不忍卒读。

是啊，他怎么能忘得了贤惠善良的发妻呢？他们的婚姻生活，虽说很短暂，但在这些贫困交加、风雨飘摇的日子里，他们相亲相爱，患难与共，无不令人敬佩。直到1933年12月1日，朱自清在《中学生》第40号上发表的《一封信》里，还饱含深情地写道："那时是民国十年，妻子刚从家里出来，满自在。现在她死了快四年了，我却老记着她那微笑的影子。""无论怎么冷，大风大雪，想到这些，我心上总是温暖的。"

# 构筑"安全逃避所"

——与爱妻陈竹隐相濡以沫

1930 年 8 月，因联大中国文学系主任杨振声被聘为青岛大学校长，使这一职务空缺，于是校方便请朱自清代理。虽是代理，朱自清却十分认真，全身心地投入到工作中去。

由于工作量的增加，朱自清忙了起来，可他孤身一人生活十分不便，同事们觉得他应该考虑续弦，便开始为他物色对象，于是陈竹隐便进入了大家的视线。

陈竹隐原籍广东，从她高祖起便迁往四川。她 1905 年出生，16 岁时父母相继去世，生活非常清苦。

朱自清大她 7 岁，浦熙元告诉他，陈竹隐是位知识女性，她先考入四川省立第一师范学校，毕业后开始独立生活，继而又考入北京艺术学院，学的是工笔美术专业，曾受教于齐白石、肖子泉、寿石公等人。后来又师从浦熙元学昆曲，因此常参加他家的"曲会"。浦熙元见她年纪不小了，也开始关心她的婚姻问题。他与清华大学教授叶公超谈及此事，自然联想到朱自清。

1931 年 4 月的一天，浦熙元带着陈竹隐和几位女学生在一家餐馆吃饭，在座的还有清华大学的两位教授，其中一位便是朱自清。他身材不高，戴着一副眼镜，身穿的是一件朱黄色的绸大褂，颇为秀气文雅。只是脚上穿的皮鞋是一双老式"双梁鞋"，显得有点土气。两人这样见了面，席间彼此也很少说话。

饭局散后，陈竹隐回到宿舍，一同去的有个姓廖的同学，便开起玩笑来："哎哟喂，穿的是一双'双梁鞋'，一个地道的老土，是我才不要呢！"

面对同学们的这些说法，陈竹隐却有自己的主见：

> 我认为在那纷乱的旧社会，一个女子要保持自己的人格尊严，建立一个和睦幸福的家庭并不容易，我不仰慕俊美的外表，华丽的服饰，更不追求金钱及生活的享受，我要找一个朴实、正派、可靠的人。（陈竹隐《追忆朱自清》）

打这以后，他们便开始通信。6月12日，他给陈竹隐的信中写道：

> 隐，一见你的眼睛，我便清醒起来，我更喜欢看你那晕红双腮，黄昏时的彩霞似的，谢谢你给我力量。

鸿雁传书，使他们的感情不断升温。陈竹隐住处在中南海，朱自清常常进城去看她。朱自清为人实在，他们在交往中，陈竹隐深深地感到朱自清做事严肃认真，他虽然话不多，但为人很诚恳，真心待人，实实在在地关心自己，让她很感动。

不过，他们之间也有不尽如人意的地方，当陈竹隐知道他老家尚有六个孩子时，不免有些犹豫，思想也时有斗争。

好在他们恋爱的日子里，充满了浪漫与激情。在8月8日，朱自清写给陈竹隐的信中，他对陈竹隐又换了昵称：

> 亲爱的宝妹，我生平没有尝到过这种滋味，害怕真会整个儿变成你的俘虏呢！

从他们的性格看，确有很多共同点，朱自清真诚的情感化解了陈竹隐心中的郁结，使两情相融，两情相依。

经过两个多月的来往，于是在六七月间，两人在北平订婚了。这虽说是迟到的情感，但依然是那样甜蜜，深深地滋润着朱自清那枯竭了的心，这个破碎的家庭即将弥合，幸福的阳光又将洒进这个冰冷的家了。

由于庚子赔款的余额，使清华大学教授们的待遇较为优厚，学校不仅在校园南面建立了一幢幢高大宽敞的宿舍楼，特别是教授们到一定时期还能出国休养。

朱自清也是向往远涉重洋，饱览异国风光，1931年，他获得了公费出国游历的机会，终于让他出国如愿以偿。在朱自清启程的那天，陈竹隐及妹妹玉华到车站送行，并同大家合影留念，同时也和陈竹隐照了一张。

朱自清于8月22日从北平启程，第二天，即23日5时到了沈阳，还没忘记陈竹隐给他在车站送行的那一刻，他在日记中写道：

> 早八时二十五分开车，送者汇臣、稷臣、晓初、汪健君、黄逸云、许七、杨八姐、青玉、妹、敬六妹、黄太太、胡秋原、林庚、隐等。摄两影，一与送别诸人，一与隐，车开，隐犹微笑，旋不见。

他在日记中，把陈竹隐摆在送行人的最后，可见他对陈竹隐的情感所系，特别又提到"隐犹微笑"，可见他在分别时对陈竹隐的深深依恋。

1931年10月8日，朱自清在伦敦皇家学院办完上课手续，修语言学和英国文学。10月29日，他在日记中写道：

作书与隐，谓下月十六若无书，余即不作书以待之。

可见，朱自清这时与陈竹隐的感情有些纠结。从一连几天的日记来看，其意较为明显：

1931年10月30日　星期五　晴　隐第十信梦琴信

晚得隐信，凡二叶，分别记（5）（6）字，以两书论。书中着语极淡，又将地名错得不可究诘。信作于四日、八日，而发信于十三，余甚疑之，此君殆别有新知乎？余固觉可以看开，但一面亦甚粘滞，心怀之苦，与谁言之！且俟局面之开展可耳。

1931年10月31日　星期六　晴

上午念及隐信，心殊不安；终日心中皆似不能放下。

自问已过中年，绮思虽尚未能免，应无颠倒不能立定足跟之事，而神经过敏如此，无学问复无涵养，所以自荐者果何在耶？

直到11月6日，收到陈竹隐的信后，心中的纠结才得以冰释。他在日记中这样写道：

　　我把昨天写的抒情诗给陶看了，他欣赏诗中反复出现的鼻音，并赞美这两首诗说我用了普通的词句却写得很优雅。我觉得他这样说，仅仅是出于客气而已。

　　昨天收到隐的来信，是那样一往情深，我从中得到了极大的安慰。


　　1932 年 7 月初，朱自清从欧洲回国，31 日到达上海，当他登上码头，陈竹隐从北平赶来，早已笑嘻嘻地站在那里迎接他了。

　　朱自清这次欧洲之行，身心洗刷一新，站在陈竹隐面前，神采奕奕，意气风发。他们略做了安顿，便着手建立家庭。他和陈竹隐商议，北京的风俗较为守旧，结婚时新娘子要坐花车，披婚纱礼服，不仅礼节烦琐，而且花费也很大，而上海较为开明脱俗。于是决定用新式简便的方法，在上海举行婚礼。

　　8 月 4 日，他们在一家广东饭店定下酒席，发帖请了茅盾、叶圣陶、丰子恺等朋友聚会，席后，他们即回旅馆。

　　浙江杭州湾外的东海大洋中有座小岛普陀山，是素有"海天佛国"之称的仙山。6 日，朱自清偕同新婚妻子陈竹隐，来到这里度蜜月。岛上树木葱茏，堆绿叠翠，梵宇隐于其间。海风阵阵，浪滚金沙，气候十分凉爽，是较为著名的避暑胜地。他们住在小寺院里，几天后回到上海，准备回到扬州探望父母和儿女。

　　自从武钟谦去世后，朱自清已经有五六年没有回家，这次带着新婚妻子回来，家中自是欢喜。遗憾的是最小的一个儿子已于去年 7 月间夭折，其他的几个子女都非常健康，朱迈先不仅长得结实，比他父亲还要高过一头，闰儿虽说瘦些，但非常乖。全家算五女长得最漂亮，朱自清非常高兴，又带着陈竹隐和儿女们游逛了瘦西湖、平堂山等地，一路上还津津有味地给他们作讲演。

一天清早，朱自清去祭扫武钟谦的坟墓，她埋在朱自清祖父母坟堂下的圹底下，地方也较小，按这里的习俗，这样为"坑圹"。坟上长满青草，露珠浸湿了朱自清的布鞋。可在这山寂草荒的坟山上，他触景生情，武钟谦生前的那一幕幕又浮现在眼前，想到她对自己的恩情，心里十分悲恸。

朱自清在家里住了10天，到了8月下旬，他和新婚妻子赶到南京，为妹妹玉华主持婚礼，之后又逛了南京。朱自清认为："逛南京就像逛古董铺子，到处都有些时代侵蚀的遗痕。你可以摩挲，可以凭吊，可以悠然遐思，想到六朝的兴衰，王谢的风流，秦淮的艳迹。"（朱自清《南京》）

"他们又去鸡鸣寺，体味那里的古色古香，坐在豁蒙楼上喝着茶，看苍然蜿蜒着的台城，又从寺后拣路登上台城，踏着茸茸细草，看成群的黑蝴蝶在微风中飞舞。"（陈孝全《名家朱自清》）

他们还去了玄武湖，几年没见，这里与以前大不一样了，湖面烟水苍茫，特别到了晚上，清月高挂，浩瀚的湖面一片空蒙。他们在清凉山扫叶楼体味滴绿的树林中透出的清凉，去莫愁湖里泛舟，享受从荷花丛中穿行的乐趣。只是在游秦淮河时，朱自清想起十几年前和俞平伯夜泛的情景，不免产生了沧桑之感。还有明孝陵、雨花台、燕子矶、中山楼等名胜古迹，都留下了他们的足迹。

转眼，暑期已尽，朱自清偕同妻子北上，9月3日回到清华园，换了个住处，在北院九号。

朱自清重新组建了新家庭，生活终于安定下来，可以安心地做自己的工作，埋头走自己原先拟定的路了。

陈竹隐是位长期独立于社会的新女性，性格活泼，喜欢交朋友，她本想在清华找份工作，但当时校方有个规定，教授家属一律不能在校做事；如果到外校去，但所挣的薪金又不够应酬，这样一来，她只能在家里主持家务。可是，如果让她圈在家里履行全职家务，这又让她还难以适应而感到烦恼、郁闷，一时产生了很多想法。

朱自清也感到十分苦恼，他在1933年1月28日的日记中写道："我是计较的人，当时与隐结婚，盼其为终身不离之伴侣；因我既要女人，而又不能浪漫及新写实，故取此旧路；若隐兴味不能集中，老实说，我何苦来？"（朱自清《我与陈竹隐》）

时间是医治心灵创伤的良药，通过一段时间的磨合，他们相互增进了理解。陈竹隐觉得，朱自清朴实稳重，特别是诗歌和散文所表现的深沉细腻的感情，所描绘的一幅幅恬静、色彩柔和的画面，无不叩击着陈竹隐的心弦。她又想到五个失去母爱的孩子，既不幸又可怜，为了不让朱自清分散精力，她觉得自己承担所有家务，照顾好孩子，自己做出牺牲也是值得的。

朱自清冷静思考后，思想逐渐开朗起来。从内心讲，他是十分喜爱陈竹隐的，特别是她"知甘苦，能节俭"，"非常大方，说话亦有条理"，"唱歌戏的身段也非常美妙灵活，画虽非上上，功力也还可观"。他反省了自己，觉得自己对陈竹隐关心不够，这时，陈竹隐已经怀孕，而且有病，自己对她"太冷淡"了，"不能使她愉悦，教病好得快些"。（均见朱自清1933年《日记》）

此后，他把自己的时间做了调整，让她在城内的亲友家多住些时日，陪她去长城，还带她到劈柴胡同的荣社里听刘全宝的京韵大鼓。通过到外面去走走，看看景点，唱唱昆曲，听听戏，使陈竹隐对朱自清的理解加深了。

转眼，又一个春天到了，清华中文系师生决定在3月31日星期六，结伴往潭柘寺和戒坛寺春游两天，朱自清带着陈竹隐一起参加。因潭柘寺在北平西面的崇山峻岭中，这天虽说天气很好，但上山的石子和煤屑路非常难走，朱自清便雇了一头驴，由于风大，几乎会把驴吹倒，他们只好下来步行。

潭柘寺殿宇嵯峨，风景绝佳。四周山色如黛，山涧淙淙。这里的竹子很好，又粗又密，他们便在竹林里野餐。餐后参观了大雄宝殿，朱自清非常喜欢屋角上元金遗存的两座琉璃瓦鸱吻，近两米来高，造型美观，在阳光下闪着黄色的金光。

潭柘寺殿很多，但大小不一，一层层往上折去，佛像的摆设也是独出心裁，因寺以泉水著名，所以到处是引水的石槽，绕山长流，涓涓可爱。

晚饭时，朱自清和朋友们喝酒猜拳，非常快乐。第二天，他们雇驴子去戒坛寺，寺在马鞍山麓，朱自清觉得，潭柘寺是以层折取胜，而戒坛寺却有开朗的特色。他们一进山门，便觉得开旷，与众山屏蔽的潭柘寺气象完全不同。当进了二门后，更觉得空阔疏朗，久负盛名的"三松"便在这里。抱龙松、抱塔松和卧龙松，或蜿蜒偃卧，或老干槎丫，当下午回到长辛店时，虽说人累极了，但却极为愉快。

半个月后，朱自清夫妇又和陈寅恪、俞平伯等游大觉寺，骑驴上管家岭看杏花。6月底，他与陈竹隐又偕同石荪夫妇去西山松堂游玩三天。

自开春的三月以来，朱自清和陈竹隐游览了北平多处美丽的风光，陶冶了身心，十分愉悦。

两年来，朱自清的生活非常平静和称心，事业有成，他在精心构筑的"安全逃避所"里，安心地读书写作。

1936年3月23日，朱自清一家又迁至北院16号。他与妻子散步至成府定购家具，"做二新书橱，把装在两个香烟箱内的书搬出放进书橱，愉快之至"。

七七事变后不久，北京沦陷，卢沟桥的炮声粉碎了朱自清的"安全逃避所"。清华大学南迁，朱自清在陈竹隐的帮助下清理好衣物，前往长沙。9月23日傍晚，朱自清怀着无限眷念的心情告别了妻儿，告别了宁静的院落，匆匆赶往天津。从1925年进清华园，朱自清在北平度过了整整12个春秋，谁知现在这样仓皇地离开，不免有些伤感，但他坚信自己将会再度回来。

1938年元月底，朱自清离开长沙入滇以后，心里一直惦记着妻子和儿女们，特别是在途中，看到群山百折，峰回路转，有感于衷，满怀情思作了一首诗，寄给陈竹隐。

联大国文系在蒙自，5月底，当他得知陈竹隐带着孩子们从北平来滇，不禁大喜。陈竹隐他们是5月下旬随北京大学、清华的部分家属南下的，一路上历尽了千辛万苦。

6月2日，船到海防时，朱自清早已来到这里等候。4日，他带着妻子儿女回到了蒙自，后全家于9月3日又迁到昆明。

一晃，朱自清一家人在昆明住了两年。因家里的人口众多，陈竹隐这时又怀了孕，经济较为拮据。便和妻子商量，陈竹隐是成都人，于1940年暑假全家迁到成都。

到了成都，他们在东门外宋公桥报恩寺里，在一座小尼庵中安了家。

成都位于四川盆地北部，早在3000多年前，这里便是蜀国古都。当朱自清慢慢熟悉了成都后，常将它与北京相比较。觉得两个城市的妙处就在像与不像。想到易君左描写成都的小诗，其中"细雨成都路，微尘护落花"的诗句，较为欣赏。他感到这首诗或许体现了成都独有的"闲"，与北京的"闲"，"像而不像，非细辨不知"。

抗战胜利后，由于蒋介石挑起内战，联大和云大的学生联合声讨，激怒了云南反动政府，以致接连发生李公朴、闻一多被暗杀两大惨案。1946年8月，朱自清参加了成都各界举行李公朴、闻一多惨案追悼大会，第二天便带着全家离开成都，来到重庆。南方的朋友都希望朱自清在回北平之前到那里走一趟，他估算了一下，费用太大，经济难以承受，只好作罢。10月7日，他和全家乘飞机从重庆直接飞回北平。

由于朱自清过度操劳，加之食不果腹，胃病越来越严重，以致行走无力，终于倒在病床上了。

1948年8月，朱自清逝世后，陈竹隐便挑起了这个家庭的担子。清华大学为了照顾她，安排其在清华图书馆工作，每月工资60元。

陈竹隐一边工作，一边抚养儿女，一边参与朱自清全集的编纂工作，为此，她把朱自清生前的手稿、文章、实物全部捐献出来，只给每个孩子分得一封朱自清的信作为纪念。

武钟谦的大儿子朱迈先被错杀，陈竹隐得知情况后，即拿出一半的工资给朱迈先的妻子傅丽卿，以维持她和两个孩子的生计，一直一年多后，傅丽卿找到了工作，才停止接济。

朱自清的小女朱蓉隽说："那时妈妈常说，好在解放了，不然也熬不过去了。当时，不仅是要生存，还有哥哥和我都要读书。大哥乔森只好不读大学，二哥思俞读的师范，有国家补贴。而我却是全费读大学，妈妈说一定要让我读的。后来解放了，傅丽卿大嫂也有了工作，就好了很多。"

陈竹隐于1990年6月29日离世。她的一生是由独立、活泼、新潮、有个性转为相夫教子的一生。她一生平淡，但却在平淡中显现出超凡，她将人生中最难扮演的角色——继母——做得非常好且非常出色。她的生命之河中流淌着一首大爱之歌。

# 家贫成聚散

## ——与儿女至善至亲

朱自清结婚那一年才 19 岁，21 岁便有了大儿子阿九。23 岁北京大学毕业时，又有了女儿采芷。1920 年，朱自清在浙江一师教书时，把家眷接到杭州一师。

那时，朱自清的心情是矛盾而又复杂的，一方面是"五四"的余热，使他心里还充满了追求光明企盼；另一方面，他对现实感到惶惑，"像失了什么"。（《怅惘》）

他心情不好，这下可苦了孩子。

开始，他们住在杭州一师学校里，可两岁半的阿九特别爱哭，又特别怕生人。只要没看到妈妈，或是有客人来了，就哇哇大哭。学校住着很多人，他不能让阿九扰着他们，于是非常懊恼。有一回，他特地将妻子骗出后，关了门，将阿九按在地上打了一顿。后来妻子知道了，责怪他的手太重了，到底还是两岁多的孩子啊。后来他常想到那光景，也觉黯然。

全家迁到台州后，阿采更小了，才刚过周岁，还不大会走路，也是为了缠着母亲的缘故，他将女儿紧紧地按在墙角里，直哭了三四分钟，"因此生了几天病，妻说，那时真寒心呢！但我的痛苦也是真的"。（朱自清《儿

女》）

惩罚孩子，心里何尝不痛苦？他在给叶圣陶的信中，诉说心里的无奈，"有时竟觉着还是自杀的好。这虽说是句气话，但这样的心情，确也有过的"（朱自清《儿女》）。

孩子多了，使家里显得乱糟糟的，每天午饭和晚饭，如同两次潮水一般。先是孩子们你来我去地到厨房与饭厅里查看，一面催着父亲母亲发"开饭"的命令。急促繁碎的脚步，夹着笑嚷，一阵阵袭来，直到发出命令为止。

每到开饭的时候，便立刻来回地抢着搬凳子。于是这个说，"我坐这儿！"那个说，"大哥不让我！"大哥却说，"小妹打我！"每到这个时候，朱自清只得给他们调解，说好话。但有时候儿女们很固执，使他不耐烦了，便叱责了，叱责还不行，不由自主地，那沉重的巴掌便打在他们身上，局面才算定了下来。可接着又你要大碗，他要小碗，你说红筷子好，他说黑筷子好，等等。若是下雨或者是礼拜日，孩子们都在家里，朱自清摊开书，提起笔来，那乱糟糟的，让他写不出一个字的事也有过。他常对妻子说，"我们家真是成日的千军万马呀！"有时还不只是"成日"，连夜里仿佛也有兵马在进行着，特别是在孩子断乳或生病的时候！

阿采七岁多了，在小学里念书，在饭桌上，便叽叽喳喳地报告些同学或他们父母的事情，说个不停，不管你爱不爱听。说完后又问父亲："爸爸认识么？""爸爸知道么？"因妈妈禁止她吃饭的时候说话，于是总是问父亲。"她的问题真多：看电影，便问电影里是不是人？是不是真人？怎么不说话？看照相也一样。不知谁告诉她，兵是要打人的，她回来便问，兵是人么？为什么打人？近来大约听了先生的话，回来便问张作霖的兵是帮谁的？蒋介石的兵是不是帮我们的？诸如此类的话，每天短不了，闹得当爸爸的朱自清，不知怎样回答才行"（朱自清《儿女》）。

阿九喜欢读书，他爱看《水浒传》《西游记》《三侠五义》《小朋友》等，没有事便捧着书坐着看或者是躺着看。只是不喜欢看《红楼梦》，说这没有味儿。

谈到自己已有五个儿女，朱自清便想起叶圣陶，对他喜欢用"蜗牛背了壳"来比喻，他听了觉得不自在。后来一位亲戚嘲笑他说："要剥层皮呢！"这更使他有些悚然了。他想到自己的朋友们，都是爱孩子的，少谷有一回写信责备他说，儿女的吵闹也是很有趣的。丰子恺为他家华瞻写的文章，真是"蔼然仁者之言"。叶圣陶也常为孩子操心：小学毕业了，到什么中学好呢？朱自清觉得，这样的话，自己也曾说过三四回，但觉得对儿女们还是惭愧！

他到清华园后，曾接到父亲来信问起阿九，信上说，"我没有耽误你，你也不要耽误他才好。"可那时阿九还在白马湖。他为这句话哭了一场：自己为什么不像父亲那样仁慈呢？自己不该忘记，父亲怎样对待我们来着！想到这些，他的心像摆钟似的来去。

朱自清来北京一年多了，身边既无家人，也无朋友。他是个注重感情的人，1927年1月，朱自清回到白马湖，决定把家眷接到北京。这时，他已经有四个儿女，由于经济问题，不能都把他们带到北京，和妻子商量后，打算将大孩子阿九和小女孩转儿，由母亲带回扬州去，只带两个孩子到北京来。当全家动身，来到上海小逗留时，朱自清让母亲和小女儿转儿，住在亲戚家里，自己和妻子带着阿九、阿采，住在二洋泾桥的一家小旅馆。

这时，上海的工人运动正处在高潮时期，为了配合北伐军的进攻，1926年10月，上海工人发动了第一次武装起义，失败后，又积极准备第二次武装起义。那天，朱自清从宝山路口向天后宫桥走去，见满街都是人，和平常不一样，觉得很奇怪，一打听，才知道是电厂工人罢工。他便坐人力车，由洋泾桥到宁海路，沿路的大街上，还是挤满了人，他觉得上海与北京到底不一样。似乎有味得多，上海毕竟是现代大都市。

在上海几天，和朋友们相处，朱自清感到很愉快。他们知道朱自清要携眷北上，都赶来为他饯行。临走的那天晚上，叶圣陶拉他到小馆子里喝酒聊天，酒后到处乱走，最后到"一品香"消磨到半夜。

第二天朱自清领着阿九，从二洋泾旅馆出来，送他到母亲和转儿住着的亲戚家去。当时留下阿九，是因为他大些，转儿是一直跟祖母的，便准备在上海将他们丢下。妻子武钟谦说："买点吃的给他吧。"

他们走过四马路时，到一家茶食铺子里，阿九说要熏鱼，朱自清便给儿子买了；又买了饼干，是给转儿的，便乘车来到宁海路，下车时，朱自清见阿九一副可怜的样子，觉得很难受。知道孩子心里很委屈。他曾偷偷地对妈妈说："我知道爸爸喜欢小妹，不带我上北京去。"其实这是冤枉的。到了亲戚家待了一会儿，因为要回旅馆收拾上船，只说了一两句话便出来。临别时，阿九说："暑假一定来接我啊。"转儿小，看着父亲，没有说什么，回头看了他们一眼，硬着头皮走了。

可是，转眼已是第二个暑假了，他们还在相隔千里的扬州。朱自清每想到阿九，不知他是恨自己呢还是惦记着自己。

一年来，武钟谦老是放不下这两个孩子，常常独自暗中流泪，但自己又有什么办法呢？想到"只为家贫成聚散"一句无名诗，她不禁有些凄然。

到了朱自清和陈竹隐结婚后的第二年，即1933年8月26日，陈竹隐生下一个男孩，为了一家人团聚，在同月里，又把远在扬州的大儿子朱迈先和采芷接到北平，让迈先进崇德中学，采芷进一所教会学校读书。

在孩子的教育上，朱自清认为，对孩子不能溺爱，重要的是要让他们"知道怎样去做人"，要"培养他们基本的力量——胸襟与眼光"，"职业、

人生观等，还是由他们自己去定的好"，父母"只要指导，帮助他们去发展自己，全是极贤明的办法"。（朱自清《儿女》）

孩子们也很争气，朱迈先在崇德中学成绩优良，才华出众，受到同学们的敬慕，他们学习上进，使朱自清夫妻俩无比欣慰，家里时常传出琅琅的读书声，使北院9号充满了安谧和睦的气氛。

在抗战的第七个年头，他的家庭惨遭不幸，8月19日，朱自清的第二个女儿最先得暴病，死于扬州，时年只有22岁。她性情好，爱读书，负责任，为人和善，发病只一天半就死去了，朱自清得信后，非常悲痛。

第二年六月，朱自清在参加茅盾50周年寿辰和创作25创作周年纪念会时，得知去年桂林战役中，一〇七师师长自杀，政治部主任被俘的消息，朱自清顿时大惊失色。朱自清的长子朱迈先在这个师政治部工作。原来，在抗战伊始，朱迈先遵从父亲的旨意，从北平回到扬州老家，不久就投笔从戎了。儿子现在下落不明，他非常悲痛。好友韩北屏见状，便在一旁安慰，劝他不要过于悲伤，为国捐躯是极光荣的事。

朱自清虽然觉得韩北屏的话有理，但这又怎么能解除他心里的痛苦呢？因儿子的下落究竟如何，还未得到证实，他四处托人打听，后来得知，朱迈先绝处逢生，平安无事，朱自清受了一场虚惊，那颗不安的心才算平静下来。

# 第四章　家境见拙

# 家的压力与牵挂

1916 年，朱自华在北京大学读书的第一个寒假即将到来时，接家里要给他办婚事的信。那时，父亲朱鸿钧还在榷运局任上，家庭经济还算宽裕，他的婚事的确花了一笔银子，因此婚事办得还算体面。

可是没过多久，朱鸿钧的差事交卸了，家里没有了进账，经济开始捉襟见肘。朱鸿钧怕影响朱自华学习，叮嘱三儿子国华给哥哥写信，不要把家里的事告诉他。虽然如此，朱自华还是有所觉察，心里总是为家庭的经济状况而担忧。

当时，北京大学有个规定，学生应读两年预科，然后才能考本科。朱自华觉得，按家里的经济状况，按部就班读下去是有困难的。为了减轻父亲的负担，需要提前毕业。为勉励自己在困境中不丧志，不灰心，保持清白，不与坏人同流合污，便取《楚辞·卜居》"宁廉洁正直以自清乎"中"自清"二字。他觉得自己感性迟缓，《韩非子》有云："董安于性缓，故佩弦以自急"，因此，将自己的字定为"佩弦"，以自警。

打这以后，朱自清读书更加发奋，整天泡在书堆里埋头苦读。果然，在 1917 年秋，朱自华提前从预科考入哲学系。

其实，他之所以专心苦读，还有一个原因，他觉得自己是家里的长子，弟弟和妹妹都未成年，自己不只是读书给家里增添了负担，特别是儿子今年出生，连续添人进口，更是增加了家里的负担。他计划用三年时间学完四年的课程，提前一年毕业，早些出来工作，尽快挑起养家糊口的担子，替父亲分担生活责任。

屋破又逢连夜雨，家里不愉快的事连续发生。父亲在徐州因姨妈的事拉了公款，结果把家里能够变卖的都变卖了，补上公款后，差事还是交卸了。正在这时，家里又传来噩耗，71 岁的祖母在扬州病逝。

朱自清在北京接到信后，没有多想，当即乘车南下，赶到徐州，打算跟着父亲一起回家奔丧。

到了徐州后，他来到父亲的住处，见满院狼藉，景况凄凉，不禁潸然泪下。倒是父亲来安慰说："事已如此，不必难过，好在天无绝人之路！"

回到扬州后，朱鸿钧设法变卖、典当一些家产。原摆在案上的巨大古钟、朱红胆瓶、碧玉如意，以及挂在墙上的郑板桥手迹等，都送进了当铺，厅上只剩下几幅字画和一张竹帘。

父亲还了亏空，只好借钱办丧事。丧事办完，只剩下满院枯枝败叶，一片萧索。朱自清看到家里的经济景况十分惨淡，又看着已显老迈的父亲、老实巴交的母亲和尚未成年的弟妹，心情十分沉重。他拉着三弟国华的手，叹了口气说："我要争取早一年毕业。"

祖母丧事过后，家景日渐见拙。让朱自清感受最深的是，为了节省，家里的房子先后搬了四次，而且房子是一次比一次差。

他记得，第一次搬家是在 1909 年，家里从天宁门城门楼，搬迁到弥陀巷中段西面小巷内的八大门楼，进屏门向西进二门，便是一个小活院。那时祖父中风，半身不遂，走路要人扶。他在学习之余，便搀扶祖父散步，深得祖父的钟爱。

后来，他家又从弥陀巷迁到南坡街。房子很古老，大门向东，门板和门沿还用铁皮包着。通过大门楼是八扇屏门，过了院落，便是大厅和两进内宅，显得十分破旧。他读中学时，经常在那个大厅旁边的厢房里做功课。

在南坡街住了两年后，家又搬迁到文昌东路的琼花观，琼花观前有一条街叫琼花街。这所房子里有一座小花园，是房东家的，那里有树有花架。他在这里住了八年，中学毕业后，去京城考大学时住在这所房子里。不仅如此，结婚生子，后来担任八中教导主任，都是住在这所房子里。

后来，他家又搬迁了三次，这是后话。

先是从琼花街搬出，住在禾稼巷，虽住得不长，但在1922年，他在杭州和台州两地教书时，暑假期间自杭州携家眷回家，就是住在这所房子里。

从禾稼巷迁出来后，又在那条窄窄的巷子叫安乐巷27号居住下来，这幢房子建于清代，是扬州典型的"三合院"。从门楼往里看，六扇古色古香的雕花屏门显得非常古朴庄重。房子大门朝东，进门北向，有小院一区，内有客房两间，是朱自清的住处。二道门内，有上堂屋三间、下堂屋三间和两侧厢房，系朱自清的父母及姐妹们的住所。

朱自清在哲学系整天埋头苦读，和同学也不大交往。《北京大学日刊》是一个公报性质的刊物，上面经常公布各系缺课学生的名单，朱自清的名字从未出现过。这位"胖胖的，壮壮的，个子不高却很结实"（杨晦《追悼朱自清学长》）的青年，在师友们眼中是个秉性中和，沉默寡言，不很活跃的用功学生。

功夫不负有心人，果然，朱自清如愿以偿在1920年5月毕业，暑假后携家眷到杭州第一师范任教。他的工资成了全家赖以生存的主要来源。他感到生活的担子，快压得他受不住了。后来他在《自白》诗中写道：

　　"担子"渐渐将我压扁；

　　他说，"你如今全是'我的'了。"

　　我用尽两臂的力，

　　想将他摄开去。

　　是的，生活的担子给了朱自清很大的压力，他辞去了一师的工作后，来到八中任教务主任，也是因工资的事，与父亲产生了隔阂，他赌气离开了八中。

　　自从走出校门步入社会以来，家庭翁姑婆媳之间的矛盾和生活的压力，使朱自清非常痛苦。他3月带着妻子来到温州第十中学教书，到了暑假，妻子又怀孕了。

　　按说，他对温州十中很有感情，和同事相处也极为融洽，可是为了生计，他不得不于1924年2月下旬离开温州，来到浙江宁波省立第四中学任教。

　　他在温州十中，每月薪金30块大洋，那时的物价也不高，一担谷子才一个大洋，按理，收入并不算低。但学校经常欠薪，两三个月发一次薪水是常有的事，甚至一个月给10元以维持生活，而朱自清家庭负担重，加上妻子于去年11月又生了个女儿，不仅自己的一家五口要维持，同时还要赡养父母，偿还宿债，经济十分掣肘。为了节省开支，他只得一个人去宁波，把家眷留在温州。他怕妻子照顾四个儿女忙不过来，便将老母亲从扬州老家接了过来。

　　他在宁波四中时，夏丏尊在春晖中学担任校长，因学校乏人，便请朱自清在他那里兼课。为了增加收入以济家用，朱自清应允了他的要求。1924年9月，他从四中正式来到了白马湖春晖中学任教。因朱自清的家累太重，11月又答应在宁波四中兼10点钟的课。

转眼又到了初夏时节，白马湖的山还是那么青，水也是那么绿，百花争艳，和风轻吹，风景还是那样迷人。可是这一切已经不能让朱自清感到"莫名喜悦"和"许多惊诧"了，现在他对生活的情趣，与以前大不一样了。

经济的压力，辗转于十中、四中，现在又来到白马湖春晖中学，让他身心疲惫。

在寂寞的白马湖，朱自清陷入了自我反思的苦闷之中。自从走上教坛至今，生命之树又增加了五道年轮，这些年做了什么呢？他感到最强烈的是，生活的担子越来越重。5月间，妻子又生了个儿子，为了养家糊口，近几年来，自己挑着沉重的担子，在各地辗转，疲于奔命。但他不甘于这样在奔波中逐步老去。"人生如万花筒，因时地的殊异，变化无穷，我们要能多方面的了解，多方面的感受，多方面的参加，才有其真趣可言。"（朱自清《"海阔天空"与"古今中外"》）

# 相信自己

北京沦陷，清华大学和北京、南开两所大学，先迁到长沙，后又从长沙迁往云南，1938 年 4 月 4 日，朱自清随分校师生来到蒙自。

蒙自在昆明南面至越南境约四分之三处，县城是个弹丸小镇，只有三四条短街，几间店铺，要不了多长时间便能穿城而过。不过，朱自清觉得它"小得好"，住了一段时间便熟悉卖东西的店铺，"差不多闭了眼睛可以找到门槛儿"，一些名胜去处，只要一个下午便能走遍，用不着费很大的劲儿，渐渐觉得它有些意思了。

地方政府给联大下拨一个海关旧址，校方又租赁东方汇理银行的旧地为教室。海关是个西式建筑，也很幽静，虽然不大，但这西洋式的结构，里面的一座花园却很大，花园里高大的尤加利树，软软绵绵的绿草，还有好些白鹭在树上飞来飞去，那洁白的羽毛姿态悠然，伶俐地盘旋着，极为耐看。到了晚上，婆娑的树冠筛下的点点月光，落在争奇斗艳的鲜花上，色彩斑斓。

学校在附近租了几十间民房做宿舍，朱自清住的是独间，只有十平方米，放着一张床铺，一张桌子，一个竹书架，一把藤椅，几条板凳，显得有些拥挤。室外是个大院子，枝藤缠绕，特别是有些不知名的小花，朱自清感到颇有意味。

　　蒙自的生活简陋，也很艰苦。在生活上，朱自清凡要买点什么，选的多是实惠的店铺，久而久之，还有些乐趣。大街上，有家卖粥的，带着卖一些粑粑，店面也很干净，又便宜，朱自清的同事们常来光顾。这里还有越南侨民开的咖啡馆，主要经营咖啡、可可、炸猪排、煎鸡蛋等，但朱自清和朋友在一起漫谈时，只是偶尔饮一些蒙自的果酒。

　　5月底，妻子陈竹隐带着儿女来到蒙自后，没过多久又迁到了昆明。

　　转眼抗战进行了两年，昆明的物价飞涨，在抗战中，联大教师的工资多打七折支付，朱自清家里人口众多，陈竹隐这时又怀了身孕，老家扬州还须赡养，生活十分困难。陈竹隐是成都人，那里的物资要比昆明便宜些，夫妻二人商量后，决定举家迁赴成都，他也打算在那儿完成自己的研究计划。

　　谁知又一个问题难住了夫妻俩，他们估算了一下，从昆明去成都的盘缠尚差好多，告贷无门，一点办法也没有。于是朱自清想起从英国游历回来，曾买了一架留声机和两本音乐唱片，送给陈竹隐。平时把它当作宝贝，细心保护，轻易不准孩子碰它。这是他们生活中唯一的奢侈品，工作累了，坐在藤椅里听上一曲。现在，只好割爱，忍痛以300元卖给旧货铺，全家才得以成行。

　　在成都，生活仍然困苦枯燥。1940年11月14日，陈竹隐在成都生下一个女孩，小生命给家庭带来了乐趣，使成都困苦的日子总算有了心舒意畅之时。

　　转眼又过了一年，独自在云南的朱自清将住处搬到司家营，这时他的身体已经不好，胃病时常发作，他收入不高，家用又大，经济非常拮据，且又只身一人，生活无人照顾，只能随着大伙吃大厨房。可大厨房吃的是糙米，有时他实在受不了，自城里带回一块面包或者两三个烧饼，要不就整天吃稀饭。

生活的清苦，使朱自清身体日渐衰弱。但他好整洁，生活讲究规律，每天准时起床后，便到村边散一会儿步再回来吃早饭。被子、清洗过的衣服都要折得平平整整，桌椅等用具常常擦拭，不留一点污迹。平日出门，穿上西装，这些虽然是抗战前的旧衣服，但平常勤刷勤洗，磨破了的地方及时缀补，还是看得过去的。办完事，一回家里，他马上就把西装脱下，叠好放在棉被下压着，换上旧长衫或夹袍。要是冬天，则穿上他弟弟的破棉袄。夹袍和夹袄的纽扣掉了，因家眷不在身边，便自己动手。可是他不会打结，只得缝上破布条系着。布条长短不一，颜色也不相同，白的黑的都有，五颜六色的，看上去心里说不出是什么滋味。

联大教师的工资都要打折，物价又居高不下，这些收入不高的教师们，纷纷想方设法，利用自己一技之长找些其他收入。闻一多镂刻图章，所得收入补贴家用，没有荤菜，便领着孩子们到田里捉蝗虫，拿回来用油一炸，再加点盐，号曰"大炸虾"，以当佳肴。

朱自清的两个家庭都需要他赡养，开支非常大。因此，他除了上课，就日夜伏案写作，希望用微薄的稿酬来贴补家用。但只是些许收入，还是无济于事，结果总是入不敷出，弄得相当狼狈。

有一天，他接到家里没有生活费的来信，他只好扛着一张行军床来到城内，在"永安商行"寄售，朱自清想卖120元，伙计看了看他那张床，认为帆布破了，答应只能标价50元，商量了半天，好不容易增加了10元。回到宿舍，想到这事，明知吃亏，但又无可奈何，即使气不过，也毫无办法。他在日记中详述这事，便大骂那年轻伙计是"奸商之尤""可恨之至"。

因云南地处低纬度，素有春城之称，四季气候虽然没有多大变化，但"一雨便成冬"，也是这里最显著的特点。由于冷暖不均，往往会给人留下一些痼疾。

1942年冬，昆明的天气格外冷，这下给朱自清带来了烦恼：旧皮袍不管用，又没有经济力量制新棉袍，这个冬怎么过，便是个难题了。

龙泉镇有300余户人家，有条小街，隔几天便会赶一次集，当地人把这称作"赶街"。朱自清趁赶街的日子，买了一个毡披风。这种披风有两种，质地好的，细毛柔软，式样好，但这比较贵，朱自清买不起。他只能挑选另一种，即制作粗糙的。这种毡披风，一般是赶马人披的，价格也便宜多了。他买了后一种毡披风，出门时便将它披在身上，他自个在身上一打量，觉得睡觉时也能当被褥。没想到同事李广田在街头见到他，看他那身上的披风，颜色像水牛皮，样子像蓑衣的斗篷，心想笑，但又不好意思。朱自清却不在意，他握住李广田的手，高兴地说："太平洋战争已经爆发了，中国的抗战已成了世界大战的一环，前途十分乐观。"李广田见他那副兴奋的模样，心里一下莫名酸楚。

朱自清虽然穷，但很有骨气，他说："穷有穷干，苦有苦干，世界那么大，凭自己的身手，哪儿就打不出一条路？何必老是向人愁眉苦脸唉声叹气的？"他主张要靠自己，但又不要故步自封，不要把自己关在"丁点儿大的世界里"，要"相信自己，靠自己，随时随地尽自己的一份儿力，往最好里做去，让自己活得有意思，一时一刻一分一秒都有意思"。（朱自清《论自己》）

到了抗战的第七个年头，10月1日，他从重庆飞回昆明，正好赶上开学。这时他已经从司家营搬出，住在昆明北门街71号单身宿舍里。为了增加收入，这学期他除了在联大上课外，还在私立五华中学兼任国文教员，住所离学校很远，他风雨无阻，从未误过课。有一次联大临时开会，他难以抽身，又无电话可打，只好自己一大早跑到学校请假。

他上课认真负责，深受学生爱戴，他还特地为学校写了校歌，以光复祖国大好河山为重任，嘱托青年学子以自己的一腔热血来报效祖国。

# 第五章　情倾文教

## 辗转杭州、台州、温州

　　浙江第一师范学校前身是浙江两级师范学堂,位于杭州下城,暑假过后,朱自清带着妻子来到学校开始了他们的执教生涯。

　　这所学校本是一所旧贡院,虽说破乱不堪,1909 年鲁迅、刘大白等人曾在这里执教过。辛亥革命后的 1913 年,改为浙江省第一师范学校,校长是教育界久负盛名的上虞人经亨颐(子渊)。

　　朱自清来到一师,感到学校校风颇为活跃,师资力量较为充实。因为是师范,学生中的年龄差距较大,年纪小的才十五六岁,大的差不多 30 岁了,但 20 岁左右的学生还是占大多数。

　　正式开课后,学校安排他教的是高级班,学生年龄比较大。他那时才23 岁,身个不很高,显得有些矮胖。平顶头,方正的脸庞,身着一件青布大褂,看上去有些像个乡下土佬儿。

　　他是用一口扬州话上课,虽然不甚好懂,但他教学认真,备课充分,讲课时为了不浪费时间,一上讲台便滔滔不绝。

　　第一次上课,当他走进课堂时,因心情有点紧张,以致讲课结结巴巴的,有时还急得满头大汗。学生们倒是喜欢听他的课,有时别的班上的学生也偷偷溜到他的班里旁听。因为年轻,同学们都称他"小先生"。在课余时间里，一些"老学生"们，常常到家里来，"小先生"又是让座，又是倒茶递水，接待十分热情。

时值五四运动第二年，驱除黑暗的余热还未褪尽，以致使朱自清的心情很复杂。一是心中尚存对光明的追求，二是他对现实感到很惶惑，"像失去了什么"。（《惶惑》）

他不善交际，为了排遣时日，便在工作之余偷闲外出郊游。杭州城位于钱塘江北岸，不仅是全国闻名的历史名城，那些美丽的自然胜迹也无不令人神往。特别是晶莹清澈的西湖，碧水清波，远山含黛，令历代文人墨客留下了不少瑰丽诗篇。"波涌湖边远，山催水色深"，周围群山秀丽挺拔，林木郁郁葱葱，繁花似锦，垂柳成荫，湖光山色，相映成趣，大有"欲把西湖比西子，浓妆淡抹总相宜"之妙！

朱自清对这座名城向往已久，11月28日，他约了几位友人，一起逛天竺、灵隐、韬光、北高峰、玉泉等胜景。灵隐寺是江南十分著名的古刹，瞻仰巍峨幽深、金碧辉煌的殿宇，还有周围林幽树密，溪水清澄，令人心旷神怡。朱自清和友人们漫步在林隐树绿、苍翠荫蔽的小径上，一路欣赏绿丛中的点点碎花，嶙峋怪石中流淌着的涓涓清泉。还有沿途微风习习，修竹轻摇，松柏葱绿，枫树血红，那鹅黄的白果，雪白的茶花，都使他流连忘返，激起无穷的遐想。最后登上北高峰时，在寂静的暮色中，眺望罩在山涧的迷迷蒙蒙的烟雾，优美的自然风光使他陶醉了，但触景生情，心中不免又升起一丝愁绪，剪不断，理还乱。他在《游记》中，对一路上的黄叶、枯叶、落叶大发感慨，其抒发的，正是他对自己寂寞处境的真实感受。

晚间无事，他奋笔疾书。这位初出茅庐的"小先生"，面对自己的那些颇有世故的"老学生"，有时不免感到几分困惑。学生魏金枝后来回顾那段情景说："一到学生发问，他就不免紧张起来，一面脸红，一面急巴

巴地作答，直到问题完全解决，才得平静下来。"（魏金枝《杭州一师时代的朱自清》）

他对一师这样的环境感到不大适应，他终于尝到了人生的苦味，提出了辞职。他在《转眼》的诗中的"人间的那角上，找不着一个笑"，就是反映这种心情的诗句。

暑假里，经人介绍，他到扬州省立第八中学任教务主任。八中曾是江苏省两淮中学，是他的母校。他在这个"生于斯，长于斯"的地方，照理说应该是惬意的，可他控制不住发"憨气"的脾气，没多长时间便提出辞职，决意要离开这个令他厌恶的地方。

秋天，好友刘延陵介绍他到上海中国公学中学部教书。中国公学位于吴淞炮台湾，刘延陵这时正在公学任教，他和朱自清自幼便认识。在这里，他介绍朱自清认识了叶圣陶，他们三人一起办起了《诗》刊，也许是他们的《诗》刊影响很大，当叶圣陶、刘延陵、朱自清三人正在为《诗》月刊出版而努力的时候，导致学校闹起了风潮，最后被解聘。

在残蝉声断梧桐叶的萧瑟深秋，朱自清接到浙江第一师范学校的聘书，他怀着离索的心情，行色匆匆地从上海赶到杭州。学校对他不但很热情，还通过他把叶圣陶也请到了杭州一师。他和叶圣陶在一起继续办《诗》月刊，同室相对品茗闲聊，小馆对饮，共泛西湖，生活得很有兴味，一方面有挚友相伴，另一方面是学生中的文艺活动也十分红火。

朱自清在一师，除了教书，培养文艺青年也十分活跃。浙江一师在当时是全国有名的中学，与北京大学南北呼应，因最早受到新思潮的影响，许多追求进步的学生纷纷从远道赶来求学，其中的汪静之便是从安徽绩溪来的。1921 年 9 月，他在《新潮》《小说月报》上发表了新诗，在校里小有名气，被同学们称为诗人。

除了汪静之，还有潘漠华、魏金枝、赵福平（柔石）、冯雪峰等一批爱好文艺的学生。他们除了联络一师外，还有蕙兰中学、安定中学和女师的文艺爱好者，共有 20 多人。1921 年 10 月 10 日，他们一起到西湖的平湖秋月、三潭印月、葛岭抱朴庐等岛屿游览、座谈，宣告成立"晨光社"。社名是潘漠华取的，就是"曙光"的意思，以表示他们对美好事物的热切向往。朱自清和叶圣陶被他们聘为顾问。

1922 年春，朱自清在北京大学任讲师，因生计所迫只好从北京大学回来。不久，他应允了浙江六师校长郑鹤春的聘请，把妻子和儿女留在杭州，只身去浙江六师教书。

浙江六师设在台州，是个山城，朱自清是乘船到台州去的，船到埠头，再坐轿子去学校，因是山区，轿子一路走的都是僻路，使他十分诧异，这是个府城，为何这样冷清！其时因是春天，又是个薄阴的日子，走着幽寂的山路，难免有些苍凉，仿佛有秋意之感。到了离北固山不远的卖花桥边，他方看到青山下在绿树掩映中的几幢洋房，这便是学校了。

朱自清来到学校，见教学大楼十分破烂，其柱子如同鸡骨，地板好似鸡皮，他登上教学楼，扶栏往远望，眼前果然开阔，远山上幂着白云，四周阒无人声，也无人影，就连天上的鸟也没有一只，但瑟瑟地响着的松风，从山后传来，他顿时像脱却了人间烟火，大有飘飘欲仙之感。

六师的学生很朴实，他们对朱自清早已慕名，于是热烈欢迎他的到来。朱自清孤身一人，每到晚上，孤灯独影，特别想家，当他看到那盏闪烁不定的灯火，就强烈地想念远在杭州的妻子武钟谦。

想到妻子，他就联想到家庭的矛盾，朱自清为此感到十分痛苦。他以此为素材构思的小说《笑的历史》，是他写的第一部短篇小说。作品通过一个叫作小招的少妇凄婉诉说，揭露了旧式家庭对一个青年妇女的精神迫害。小招未出嫁时，是一个活泼爱笑的姑娘，出嫁后渐渐由爱笑到不敢笑，进而由不笑到爱哭，甚至讨厌别人的笑了，只要听到笑声，心里就非常难受。通过对小招截然不同的生活道路的描写，发出了悲愤的控诉。该小说在《小说月报》上发表后，其反响十分强烈，社会效应极好。

六师学校的庭院里，有一株枝繁叶茂的紫藤花。他闲时喜欢在花下徘徊，遇到暖和的晴日，鲜艳的花朵引来嗡嗡的蜜蜂，酝酿着一庭春意。只要学生们上课去了，院里就只剩下他一人，他便独自欣赏那苍老遒劲、宛转而上的枝干和一缕缕下垂的细丝，临风摇曳。他也喜欢到南山殿望江楼上看浮桥上憧憧人影；到东湖水阁九折桥上看柳色水光；到后山沿路看田野、看天；到南门外看雪白的梨花，有好几次，他爬到北固山顶，领略那飕飕的高风。

北固山坐落在城区的北面长江边上，山壁陡峭，形势险固，南朝梁武帝曾题书"天下第一山"来赞其形胜。雄踞山巅的甘露寺建于东吴甘露年间，蜀主刘备来东吴招亲，曾在甘露寺演绎了脍炙人口的考婿故事。

宋宁宗嘉泰三年（1203）六月，辛弃疾被起用为浙东安抚使，他在第二年的阳春三月改派往镇江任知府。镇江历史上曾是英雄用武和建功立业之地，此时成了与金人对垒的第二道防线。当他登临京口（即镇江）北固亭时，触景生情，写下了《南乡子·登京口北固亭有怀》："何处望神州，满眼风光北固楼。千古兴亡多少事，悠悠。不尽长江滚滚流。年少万兜鍪。坐断东南战未休。天下英雄谁敌手？曹刘。生子当如孙仲谋。"

朱自清被北固山深厚的历史底蕴所感染，当他站在山巅上寻找历史胜迹，欣赏那小小的、绿绿的田亩，感到神清气爽。可惜的是，他更多的日子是闷在屋子里。

白天，当空中的太阳被浮云遮住，绿纱般的白雾环拥着寂静的青山，朱自清便默默地倚在窗口，天上没有一只鸟，地上也看不到一个人影，只有阵阵清风送来远方的悠悠钟声，他又想起远方的妻子了。

因为朱自清还没有与一师完全脱离关系，家小也在那边，3月间，一师的同学来信，要求朱自清回去，于是他决定回杭州。六师的同学得知消息后盛情挽留，他只好答应他们："暑假后，一定回台州来！"

一师的同学，尤其是晨光社的汪静之、潘漠华等，对朱自清的回来特别高兴，因为他们正酝酿着成立一个新的文学社团。这事与应修人也有关系，他是浙江蕙溪赭山人，当时在上海绵业银行工作，也是爱好文艺。4月1日，他在杭州，和汪静之、潘漠华、冯雪峰等四人漫步在白堤，在雷峰塔下吟诗，互看诗稿，正好汪静之已编好诗集《蕙的风》即将出版。他们经过商量，由应修人将自己的和冯雪峰、潘漠华的诗作进行挑选，又在汪静之《蕙的风》底稿里抄出六首小诗编成诗集，取名为《湖畔》，由于出版诗集要有名义，于是应修人便提议，成立了"湖畔诗社"。

在朱自清的支持下，湖畔诗社所编的《湖畔》共收录诗61首，于4月间出版，这是"五四"诗坛第五本新诗集，朱自清十分重视，于5月18日写了一篇评论《读〈湖畔〉诗集》，对《湖畔》作了全面的评价，也是他对《湖畔》评价的第一篇，后发表在6月11日《文学旬刊》上。

6月，文学研究丛书《雪潮》诗集由上海商务印书馆出版，收录了朱自清、周作人、俞平伯、徐玉诺、刘延陵、叶圣陶、郭绍虞、郑振铎等八人的诗作，朱自清的17首诗排在第一集，均在北京和浙江时所作。郑振铎在《短序》中写道：这是他们内心情感"趄率"的表现，"虽说不能表现出时代精神，但也是各人的人格和修养的反映"。

因曾答应六师学生暑假后来台州，于是在9月间，朱自清带着妻子和两个孩子来到台州，一家人在一起，日子过得温暖。他先后两次在台州，一直是笔耕不辍，创作了不少作品。2月1日，为汪静之《蕙的风》作序，在5月至10月间，先后写了《短诗与长诗》（发表在4月《诗》一卷四号），同月，他的小说《别》在上海商务印书馆出版的文学研究丛书《小说汇刊》上发表。更为值得关注的是，这段时间内，他还发表了几篇重要的散文和新诗；其中散文诗《匆匆》作于3月18日，发表在4月11日的《时事新报》副刊《文学旬刊》三十四期；《小舱中的现代》，写于7月30日，发表在9月《小说月报》十三卷九号。12月29日，他作长诗《毁灭》，发表在1923年3月《小说月报》十四卷三号。也是在这个日子，他离开了台州，来到温州第十中学。

温州浙江第十中学原系温州府学堂，创办于光绪二十八年（1902），其校舍是原来的中山书院，辛亥革命后改为省立第十学堂。

在十中，朱自清的教学任务较重，他不仅在中学部教国文，还在师范部教公民和科学概论。他办事执着，教学认真，态度严肃。为了把所教的知识能够较为全面地传授给学生，播种新文学种子，他讲究教学方法，非常注重教学效果，这种严谨的教学态度深受学生的欢迎。

他善于在教学中积累经验，创造出特别作文记分法，即要求学生，首先将本学期的作文题目在作文本首页的一边依次写下，并注明起讫页数，另一边由他记分，首格代表90分至100分，次为80分至90分，如此顺推下去。他每批改一篇作文，就在应得的分数格里标上一点，学期结束时，只要把这些记号连接起来，便出现了一个升降表，全学期成绩的进退就一目了然。这种记分法极大地诱起学生写作的兴趣，并激励了他们的进取心。学生们都很喜欢听他的课，中学部和师范部各年级的学生也争着要求听他的课。对事业执着的他，只要学生有要求，不管有多大的付出，从不考虑自己身体的承受力，奔波于两部之间，尽量满足学生的要求。学生们常常到他家拜访，向他请教问题，三三两两，络绎不绝，简直是门庭若市了。

朱自清有时还邀集一些学生一起到三角门外，去看妙古寺的"猪头钟"，到江心寺看古井，渡瓯江去看白水，坐船去探访头陀寺，通过这些郊游，师生之间增加了交流，沟通了情感，相处十分融洽。

十中校园与雁荡山相对，位于瓯江之滨，一座叫作籀园的园囿，林木蔚郁，曲径回环，位于校园的东南；在道司前，原校址西首，还有一栋朱柱飞檐、庄严典雅的亭院，名为怀籀亭，这是为了纪念清代温州大儒孙诒让而筑的。孙诒让字仲容，号籀廎。十中仓桥分部后面有座小山，名曰中山，晚清中山书院就设在这里。十中有了这样悠久的历史，使朱自清对这里很有感情，他还特地为十中写了一首校歌：

> 雁山云影，瓯海潮淙，
>
> 看钟灵毓秀，桃李葱茏。
>
> 怀廎亭边勤讲诵，
>
> 精山春舍坐春风。
>
> 英奇匡国，作圣启蒙，
>
> 上下古今一治，东西学艺攸同。

歌词言简意深，不但对学校优美的环境作了生动的描画，而且把学校的业绩作了高度的概括，既有对过去贤儒的景仰，也有对学校未来的期望，而字里行间流露的，则是朱自清对教育事业的殷殷之情。

来十中之前，朱自清心里一直潜伏着"丝毫立不住脚"的"空虚"感，在十中，他的思想经过一番整理，心情略趋平定。4月间，他写给俞平伯的信中说："我们不必谈生之苦闷，只本本分分地做一个平常人吧。"

这时,他只想立住脚跟,老老实实地做自己的事。为此,他无不感慨地说:"我们无论如何不能不寻一安身立命的乡土,使心情有所寄托,使时间有所消磨,使烦激的旋涡得以暂时的平恬。"

这时他只想立定脚跟,做自己乐意做的事。到夜里,人们可以望见他那小书房的窗口,不到更深不会熄灭。

朱自清虽然对温州十中有感情,但为了生计,1924 年 2 月下旬,他不得不离开温州到浙江宁波任教。因家里的经济十分艰难,为了节省开支,朱自清只得一个人去宁波。

朱自清在宁波四中教的是国文,他根据自己在教学上积累的经验,不用部颁教科书,自编教材,将鲁迅的《阿Q正传》《风波》等作品编进教里材去。他教学十分严谨,每上新课,课前备课充分,上课讲究方法,循循善诱,深受学生的欢迎。由于与学生们的关系非常融洽,学生们也常到他的住处求教,他每问必答,绝不敷衍了事,因为来访的人多,他索性在屋中放一张桌子,让学生们环桌而坐,他不厌其烦地解答学生们提出的问题,或释疑语义,或阐明语源,或传授方法,像这样的询问往往每次达数小时。

在四中教师中,他与夏丏尊交往较多,夏是浙江上虞松夏人,大朱自清 12 岁,1921 年在上海中国公学任教时,经刘延陵介绍,结识了朱自清。

为了给学生创造练习和写作的机会,朱自清和夏丏尊竭力倡导印行校刊,大量发表学生文章,而这些文章大多数经过朱自清修改润饰。

这样一来,学生的课外活动及自习有了较多的时间,朱自清建议校方聘请校外的名师、学者来校做学术报告。方光焘、刘延陵、恽代英、陈望道、杨贤江等均应邀做了讲演。9 月 19 日,他做了《我们对文学的态度》的讲演,主张文学要"表现时代的要求与理想"。

宁波文学研究会的成员不少,且多为四中的教员,朱自清与夏丏尊等筹划成立宁波分会，以四中为阵地，约请会员聚会，研究"文学与人"的问题。这些活动的开展使宁波的文化生活大为丰富。

谁知朱自清不习惯宁波的生活，常常怀念温州的山水和友人，再者，家眷又不在身边，少不了有些孤独感，烦闷之余，他便喝酒、抽烟，时时想念妻子和儿女。在次年3月间，他写的《别后》一诗，真实地反映了他的生活和心情。

3月8日，虽说"五四"已经处于低潮，而在他的心中"五四"还是一个阳光明媚的春天。他创作了短诗《细雨》。

对于短诗的创作，他曾说过："在艺术上，短诗是重暗示，重弹性表现，叫人读了仿佛有许多影像跃跃欲出的样子。"（《长诗与短诗》）是年，他创作的《细雨》一诗中，出现的是一幅新鲜美丽的景象：东风浩荡，细雨蒙蒙，人在和风细雨中，大地充满了春的气息。


> 东风里，
>
> 掠过我的脸边，
>
> 星呀星的细雨，
>
> 是春风的绒毛呢。


《细雨》一诗洋溢着积极向上、力求进取的欢愉的气氛。通过这首短短的小诗不难看到，他这颗年轻的心在"五四"风暴的冲刷后，已经焕然一新了。

4月间，朱自清写完《温州踪迹》中的两篇文章后，终于松了一口气。

到了暑假，中华教育改进社在南京召开第三届年会，朱自清不是该社社员，但他却很想观光，遂于7月1日乘火车前往上海，2日，他和上海的社员一起前往南京。7月3日开始大典，他们坐黄包车赶到会场列席旁听。一到会场，只见黑色的警察和灰色的士兵，一片肃立，原来有大人物到场。他们走进会场，见台上正中端坐着督军齐燮元、省长韩国钧、督办高恩洪，他们犹如三尊佛像，使会场一片肃静。

大会开始后，齐燮元张开大喉咙训话，他拿腔作势，一字一板地在"中华教育改进社"上做拆字戏法，先讲"教育"，继说"教育改进"，再谈"中华教育改进"，最后则在"社"上大做文章，层层递进，胡说八道。朱自清越听越不是滋味，感到这齐督军讲话实在是"半篇八股"。他这才感到，这次所谓的教育改进会，实际上只是一幕喜剧。自己满怀增长知识的希望而来，没想到反惹了一肚子气。

会议一结束，他马上回到温州与家人团聚。8月4日，他收到东亚图书馆寄来两本《我们的七月》杂志，32开本，装帧很美，他看了很高兴。

暑假结束后，他乘船回到宁波四中。

# 情结白马湖

在杭州湾东岸的杭甬线中段，上虞县横塘、五驿二乡境内，距县城5.5公里处，有一片群山环抱、风景秀丽的平原，其间碧水潋滟的白马湖迤逦数里。《上虞县志》对白马湖也有记载：创于东汉，原名鱼浦，传说虞舜避丹朱到上虞时，曾在这里打鱼。《水经注》记载：白马潭，潭之深无底，传云创湖之始边塘屡崩，百姓以白马祭之，因以名水。

春晖中学创建于1922年12月，坐落在波光潋滟的白马湖畔，校长是教育家经亨颐先生，校舍为半西式，简洁整齐、设备精良、校风朴实，富有民主气氛，蔡元培、黄炎培、胡愈之、何香凝、张闻天等著名学者曾到这里讲学、考察，推行新教育，传播新文化，学校一时誉满全国，有"北有南开，南有春晖"之称。

春晖中学在湖的最胜处，春日自然最好。湖边的山青得要滴下来，满满的湖水、软软的，清澈如镜。小马路的两边种着桃树与杨柳。小小的桃枝上缀着几朵重瓣的红花，像夜空的流星。杨柳迎着暖风轻轻地摇曳着，时而传来火车锐而长的汽笛声，别有风味。春天，白马湖雨中菜花的颜色最鲜艳，夜里虽然什么都看不见，但可静静地受用春天的气息。夏夜最有好处，有月时，可以在湖里划小船，四面都是青霭，在船上远望，看不到湖岸，湖边的村庄像是海市蜃楼浮在水上。他被这里的山色水光迷住了。若没有月亮呢，便在田埂上看萤火，颇有一番意味。

湖的尽头有一个三四十户人家的小村落，叫作西徐岙，姓徐的多。这个村落与外面本是不相通的，村里人要出来得撑船。后来春晖中学在湖边造房子，这才造了两座玲珑的小木桥。

1924 年，朱自清在宁波四中任教时，为了增加收入，就应校长夏丏尊之请，也在白马湖春晖中学兼课，3 月 2 日，他便前往白马湖春晖中学上课。

他在车上便看到了"春晖中学"的路牌，白地黑字，像个小秋千架似的，心里很高兴。下车出站后，其山光水色扑面而来，令他应接不暇。

通向春晖中学，是一条狭长的煤屑路。那黑黑的细小的小颗粒，脚踏上去，发出一种摩擦的噪声。路途中还有一座小小的黑色的木桥，由这边慢慢隆起，到那边又慢慢低下去，像犁轭似的弓在水上面，看上去显得很长。朱自清走到桥上，见桥两边的纹栏杆玲珑可爱，他十分喜欢，于是在桥上逗留了好久。

这天正好是个阴天，山的容光被云雾遮了一半，仿佛淡妆的姑娘，羞涩地用纱遮掩来着。但三面映照起来，那山青翠葱郁，映在清碧的湖水里，自是一番妙景。他的左手是个大湖，右手是个小湖，满满的湖水仿佛要漫到他脚下。湖在山的趾边，山在湖的唇边，仿佛要将山全吞下去了，绿水被青山悠悠地揉成一片软软的碧波。

白马湖是曲曲折折大大小小的许多湖的总称。湖水清澈见底，沿铁路的水，都没有这里的清，遇到旱年的夏季，别处的湖都长了草，而白马湖仍是一顷碧波。朱自清弯了两个弯，又过了一重桥，当面有山挡住了去路，山旁只留下极狭窄的小路，挨着小径，穿过山角，豁然开朗：春晖中学的校舍和几处人家都已在望，远远看去，房屋的布置疏散有致，绝无拥挤局促之感。他缓缓走到校前，正好碰着夏丏尊，夏引他过了一座水门汀的桥，便到了学校里。校里最多的是湖，粼粼的湖水，绕着校舍，潺潺地流着，其次是草地，看过去芊芊一片。朱自清常住城市，熟悉城市里生活，见到这空旷、幽美、静谧的地方，却反像是"乡下人初进城"一样，满眼的惊异，心里有一种说不出的喜悦。学校的房屋格式、布置固然疏落有味，里面的用具也无不显出巧妙的匠意，楼上的房子都有栏杆，凭栏远眺，山色水光，排空送翠，令人心旷神怡。

朱自清安排好自己的行李，晚上又到几位同事家去坐坐，见壁上有字有画，布置井井有条，他感到这种美与学校美丽的自然环境是一致的。

朱自清在春晖每个月其实只有15天。春晖浸润着"五四"的革新精神，积极推行新学制，采用新教材，崇尚民主，关系和谐，朱自清非常喜欢这里的同事与师生之间的融洽气氛。他觉得这里老师之间关系很亲密，大家共事用不着有什么防备，也没什么顾忌，也很自由，只要按照自己要做的做便是了。他以前在别处教书时，总要做几个月的"生客"，然后才能坦然。这里没有层叠的历史，又结合比较单纯，故没有对"生客"的猜疑，这正是朱自清所深愿的。

春晖的教师与学生之间也没有界限，在一般学校里，师生之间往往隔开一无形的界限，这是足以减少教育效力的事。学生对于教师"敬鬼神而远之"，教师对于学生，是尔为尔，我为我，休戚不关，理乱不闻！这样两厥的形势如何说得到人格化？如何说得到"健全人格"？而春晖中学没有这样的情形，无论何时都可以自由说话，一切事务常常通力合作，感情既无隔阂，事务自然都是开诚布公，使朱自清深深地感到，春晖的环境都是一致的真诚。

他刚来兼课时，曾邀俞平伯到白马湖来玩，那时俞平伯辞了上海大学的教席，正在家里闲住着。1924 年 3 月 8 日，俞平伯搭新江天船到宁波，又在宁波乘火车到百官，再雇轿到白马湖。他在春晖耽搁了三天多，朱自清每天都有课，他听了一堂课，感到朱自清教学认真，课堂气氛也相当活跃，他在日记中写道："学生颇有自动之意味，胜一师及上大也。"

9 月 16 日，朱自清接到夏丏尊的来信，他按夏的要求赶到白马湖，校方正式聘请他来白马湖春晖中学任教。因家眷在温州，正巧遇上温州兵乱，他赶到温州，把妻子儿女接到宁波，于 10 月 12 日赶到白马湖。

朱自清在春晖的任课较多，教学作风民主，常常启发学生独立思考，共同讨论。

春晖的教材多选自《新青年》《新潮》《向导》《创造季刊》等杂志，朱自清教这些文章时通常由自己先念一遍，有时间也叫学生念，然后进行讲解。他也不排斥古文，从《虞初新志》和《白香谱笺》两书中选读一部分。

朱自清对中国的教育问题也有自己的主张和见解，也取得了较好成绩。在实际教学中，他十分注重对学生进行全面的人格培养，认为学生学习能否认真用功，关键在于教师，"固然要看你们的教法如何，但更要看你的人格影响如何"。因此，他决意要从自己做起，以严正的态度对学生进行教育。

他批改作业一丝不苟，和以前一样，每个学生都有一张成绩升降表，让他们能够看到自己的学业进步和退步。他对学生们说，做学问要认真，不能有半点马虎，提倡做"窄而深的研究"，反对夸夸其谈触及一点不及其余的浮夸作风。反对学生写些内容浅薄的作品，主张要有"味"，要有生活。"味是什么，粗一点说，便是生活，纯化的生活便是个性，便是'自我'。"（朱自清《无题》白马湖读书像）

他对学生严格要求，特别是这些真知灼见对学生的启发很大。不仅如此，他还十分重视对学生的思想素质的培养，主张要以"高等的趣味代替低等的趣味，养成优秀的习惯，使不良的动机不容易有效"。（朱自清《春晖一月》）

他教导学生，不要"时时回顾从前的黄金时代"，也不要"时时等待着将来的奇迹"，更不能"及时行乐"。

他要求学生面向实际，把握住现在，要"把'现在'捉住"，发展它，改造它，补充它，使它健全、和谐，成为完美的一段落、一历程（朱自清《刹那》）。这实际上就是他那"尊崇实际"的刹那主义。

朱自清喜欢春晖，实际他对春晖的认识并不深透，看上去，白马湖虽然波平如镜，非常宁静，而内底却充满了矛盾，新思想的冲突在悄悄地形成。到了年底，平静的白马湖果然掀起了波涛：一个寒冷的早晨，一个叫作黄源的学生戴了一个大毡帽上早操，遭到体育教员的训斥，声称要开除他，于是引起了冲突。匡互生与丰子恺支持学生，那些守旧的教员本来对学校的民主作风看不惯，便乘机打压学生活动，并攻击思想先进的教师。结果学校提前放假，还开除了 28 名学生。匡互生认为春晖中学已经不是实施理想教育的园地了，于是与丰子恺等一些教员集体辞职，于 12 月的一个飘着雪花的早晨，背上铺盖打着雨伞走了。许多学生赶来送别，在驿亭站台上呜咽痛哭，不肯离去。1925 年春，匡互生等在上海小西门和黄家阙路租了华中艺术大学宿舍，创办立达中学（后改为立达学园）。

朱自清对春晖中学也感到失望，但又无法离开。现在良友散尽，使他兴味索然，就连白马湖美丽的风光也似乎大为减色了。好在他第一个创作的集子《踪迹》由上海亚东书局出版了，给他充满愁绪的心灵带来一丝安慰。

《踪迹》分为两辑，第一辑收诗歌 31 首，第二辑收散文 7 篇，封面是丰子恺设计的，这时他的散文创作刚刚起步，诗歌除《雪朝》里 17 首外，其余都已收进。郑振铎读了《踪迹》后评价道："朱自清的《踪迹》是远远超过《尝试集》里任何最好的一首，功力深厚，已绝不是尝试之作，而是用了全力来写的。"（郑振铎《五四以来文学上的争论》）全集的字里行间，都凝结着他的辛勤汗水，刻印着他过去了的生命游踪，人生旅途的青春足迹。

初夏，白马湖的山还是那么青，白马湖的水还是那样绿，但白马湖的景致，最好的时候是黄昏，湖上的山笼着一层青色的薄雾，在水里映着参差不齐模糊的影子，水光微微，有些暗淡，像是一面古铜镜。轻风吹过来，湖面上漾起一两层波纹，但立即平静了。虽说这里的风景还是那样迷人，但不像当初那样使他感到"莫名喜悦"和"许多惊诧"了，他的生活情趣与以前大不一样。

如今，密友均已星散，许多雅趣也难以复得，在寂寞的白马湖，朱自清又陷入了自我反思的苦闷之中，他不知命运之神将会怎样安排自己的生活。

> 我现在做着教书匠，我做了五年教书匠了，真个腻得慌！
> 黑板总是那样黑，粉笔总是那样白，我总是那样的我！成天儿浑淘淘的，有时对自己活着，也会诧异。（朱自清《海阔天空》）

眼下，他对教书"真个腻得慌"，不愿意在这条"死路"一直走下去，甚至想改一个职业，换一个行当，希望多方面接触人生，了解生活。他想，假如能做个秘书，能够看看官是怎样做的；他也想去企业做个职员，看看资本家是如何度过自己的岁月；他又想去当一名记者，多了解一些稀奇古怪的事情；他也想去做戴着龌龊的便帽，穿一身粗布制服的工人；做拖着黄泥巴的农人；当一名扛枪的军人，但他最后猛然醒悟："这些都是非分的妄想！"简直和"癞蛤蟆想吃天鹅肉"一样！看来，自己想改换职业是不可能的。

他和夏丐尊一起，来到一所小学和学生讲故事、做游戏，倒是很有趣，还和邻近的农人谈天、喝酒，也很有味，但他总感到"阶级的障壁不容易揭开"。

他又向往旅行，这样可以扩大自己的眼界，三峡的幽峭，栈道的蜿蜒，峨眉的奇伟，他都很倾慕。还有南国珠江的繁华，北国蒙古的风沙，也有很大的吸引力。

他盼望能够跨出国门，领略日本的樱花、俄国的列宁墓、德国的康德故居、南美的平原、南非的大沙漠，假若再有机缘，还想去北极的冰天雪地领会极限的挑战。可是仔细一想，自己只是个"一钱不名的穷措大"，立即兴味索然了。

"人们很难计算他们的将来，即使是最短的将来。"面对如此社会，如此人生，他要想突破生活的牢笼，比登天还难！

在这样的社会里，这就是一代知识分子苦闷的呼声！

"幻灭虽然幻灭，可还得活下去。"（朱自清《我生在一个动乱的时代》）因此，他们的思考是深刻的，有憧憬、有愿望、有要求，可悲的是，他的知识与智慧不能为他的翅膀增添一分力量，以便突出局囿他们灵魂的囚牢，而能够翱翔太空，最后只能够颓然陷入生活的泥淖，无不彷徨。

朱自清对白马湖腻透了，其心情冷漠而孤清，自从走出校门，奔波各地的教书生活已经是五年了，尝遍了其中的酸甜苦辣。他决意要走，要离开这个令人生厌的教育界。

次年2月间，朱自清给好友俞平伯去信，表示想"脱离教育界"，"想到北京去"，3月又去信，说"颇思入商务"。

毕业考试后的一天，有几个学生一道去看望老师朱自清，他刚好在写作，见到学生，便放下笔说道："你们要离开这里了，我也要走了。"

学生们诧异地问："你到哪里去呢？"

"我还想好好地读几本书，找一个能够自学的地方。"朱自清这样回答说。

学生们不解："这里不是很幽静的吗？图书馆里也藏着很多书。"他们实在不愿意朱老师离开。

面对学生的依恋，朱自清苦笑道："我想到商务印书馆去。"他语气坚定地接着说："只要有书读，报酬、职位在所不计。"

俞平伯没给他联系上商务印书馆，在一个偶然的机会，把朱自清介绍到清华大学国文系任教授。

暑期过后，他把一家留在白马湖，一个人匆匆赶往北京。

# 初到清华园

朱自清自北京大学毕业离开北京，没想到五年后的 1925 年仲夏之际，又匆匆回到北京。

北京依旧，但物是人非。面对这个熟悉而陌生的古都，却是举目无亲，只好在朝阳门边朋友家暂住下来。他写信与清华大学教务长张仲述先生联系，约定第三天的上午去看他。

从前在北京读书的时候，他老在城圈里待着，四年间虽说游过几回西山，但清华从来没去过，对它很陌生。

他写信时也和那个朋友商量过，从朝阳门那儿，10 点赶得到清华园么？他那时已经来过一次，似乎记得"长林碧草"，于是朋友劝他 8 点动身，雇洋车直到西直门换车，免得老等电车误事。到了去看望张仲述主任的那天，谁知 9 点才出门，由于心急，路上又遇到没想到的麻烦，赶到张先生家，差不多是 12 点了。

清华大学原先是清华学校，1909 年，清政府决定利用美国退还的庚子赔款选派学生赴美留学，为了使学生能够尽快适应在美国的学习和生活，决定在北京设立一所留美预备学校，时称"游美肄业馆"。是年 9 月，选定海淀区东北的清华园作为肄业馆的馆址。并将清华园内的原有建筑进行了修整，改"工字殿"为"工字厅"，作为游美学务处的办公地。新建宿舍、礼堂、校医院及老师住房等建筑。于是，一所按照美国教育理念设计的新式学堂在这个古老的园林中诞生。1911年初，肄业馆改称为清华学堂，1912年更名为清华学校，1925年初，清华进行改革，增设大学部，2月，朱自清写信给俞平伯，欲离开教育界，想在商务馆觅事。正在这时，清华大学正托胡适物色教授，胡适找到了俞平伯，但是俞平伯没有去，他推荐了朱自清，得到了胡适的应允而被聘。

和张教务长联系好后，过了两天，朱自清带着简便的行李，从朝阳门朋友家搬出，住进了清华园古月堂。清华园很美，绵密的绿树丛中蜿蜒着清澈的溪流，郁葱的伞松，青青的草地，宽敞的教室，巍峨的礼堂，不大的荷池里，晃荡着岸边小树的倒影，池莲迎风起舞，发出阵阵幽香。

朱自清刚从南方来，很快感到这里别有一番风味，与南方不同。但初来乍到，又没有什么朋友，只是孤身一人，感到十分寂寞。在江南时，他晚上睡眠极好，总是一觉睡到天明。来北京之后却睡不安稳，夜夜做梦，但这些梦却又没有一个清楚的，醒来后不知所云，惘然若失。于是他进城找一个小酒馆借酒浇愁。

不久，他接到父亲的来信。他想到父亲的好处，他老人家那穿棉布袍黑马褂的背影出现在眼前，顿时泪如泉涌。

压抑与思念的心情激发了他创作的强烈冲动，10月，他写了散文《背影》，在文坛上备受关注。

3月18日，发生"三一八"风暴，反动政府的血腥屠杀又搅乱了朱自清本来已经平静了的思绪，也撞开了他的记忆之门。使他回想自己走过的路，所向往的生活，在《塑我自己的像》一诗中，他曾为自己的未来"塑"过"像"：

在我儿时，

家里人都教我塑像：

……让我在一间小屋里，

塑起自己的像。

　　家里人曾要他"好好地塑一座天官像"，但他觉得"天官脸上笑得太多了，而且弯腰曲背的"，于是他不做天官，要做将军和诗人，便背着家里人，偷偷地塑起一座"将军"的像，家里人很欣赏，全都"微微地笑着"。可是，"骏马与宝刀，终于从梦里飞去"。于是他悄悄地打碎这座像，另塑一个"用手支撑着下巴"的思想者的像，但"这么塑，那么塑，塑了好些年，怎么也塑不成"！到后来他只做一个谦逊的"寻路的人"。可悲的是，就连这么一个小小的愿望，也都无法实现。

　　所谓"塑像"，其实就是理想，一尊尊塑像的破碎，一个个理想的破灭，绵长的思绪，心血的潮踪，反映的正是朱自清主观愿望被现实风浪不断粉碎后的痛苦呼声。

　　漫漫人生旅途，茫茫风云变幻，通向理想天国的路在何方？虽然"寻路人的像"被恶势力压碎了，雕塑失败，可是他的灵魂还"在云雾中立着"，但是那么朦胧，那么渺茫，彷徨惆怅的情绪塞满了他的心胸。

　　自从写《战争》一诗后，朱自清对写诗倦怠了。可是7月，他又写了长诗《朝鲜的夜哭》，说的是朝鲜的亡国之痛。诗的开始便勾勒了朝鲜凄惨荒凉的景象：

西山上落了太阳，

朝鲜人失去了他们的君主。

太阳脸边的苦笑，

永远留在他们怯怯的心上。

太阳落时千万道霞光，

如今只剩了朦胧的远山一桁。

群鸦遍天匝地的飞绕，

何处是他们的家乡？

何处是他们的家乡？

气氛十分哀伤，在沦亡的国土上，老百姓要"痛痛快快地来一哭君王"，而结局却是招来了敌人铁蹄的践踏。这种对朝鲜沦亡的悲痛，寓寄的正是朱自清对祖国备受侵略的哀愁。他曾在2月间写过一首长诗《战争》，从行为心理角度，揭露人类为了"生存竞争"，使人间充满"呐喊厮杀"之声的战场。写完诗后，他将诗稿给汪敬熙看，他是朱自清北京大学的同学，系山东人。他看后对朱自清说，你不能做抒情诗，只能做史诗。朱自清从他的话中体会到，"这其实就是说我不能作诗"。（朱自清《背影序》）

长诗《朝鲜的夜哭》是他最后的一首诗作，全诗共134行，仅次于《毁灭》。他在这首诗中，一反过去散文化的表达，注意押韵，讲究韵律，常以叠词叠句来加强节奏，有一种流畅和谐的乐感。可惜的是，他没有沿着这条道路对诗歌继续探索下去。

当《朝鲜的夜哭》发表在7月10日的《晨报》副刊时，朱自清已经南归白马湖了。

一晃已是夏日了，天气格外炎热，即使是白马湖绿树成荫的地方，也被如火的太阳烤得冒烟，未见一丝凉爽。朱自清为了还一笔多年的文债，冒着酷暑，在房间里翻阅着白采的诗集《羸疾者的爱》，为他的诗集写一篇评论。谁知刚开头写了一点，他便中暑病倒了，头昏脑胀，无法动笔，这时刘薰宇恰好来了一封信，传来不幸消息，白采已经病死在从香港回到上海的船上；他的遗物、文稿、信件、笔记都存在立达学园里。朱自清茫然若失，把信看了好几遍，十分悲痛。觉得他死在即将到吴淞口的船中，实在是太残酷了。他怀着悲痛，在炙人的热浪中，抱病写完了《白采的诗》。他在文章中详尽地剖析了《羸疾者的爱》的思想艺术特色，并把全诗的基调概括为"对现实世界的诅咒和对未来世界的憧憬"。

时日匆匆，不觉到了 8 月下旬，已是暑假将尽，他把家事略做安排，只身北上，至上海时，又到立达学园稍做逗留，与叶圣陶等好友相会，并了解了白采的情况。原来，白采在厦门集美学校执教，暑假往西粤漫游，后在香港扶病乘公平轮回上海，船快抵达吴淞口时，竟不幸溘然长逝。

立达学园曾于 1925 年成立立达学会，朱自清系 59 名会员之一，他们的杂志《一般》决定在 10 月号出版"纪念白采栏"，叶圣陶、夏丏尊等人均撰文纪念。朱自清在立达学园写了《白采》一文，深情地叙述了与他的结识经过和他独特的个性，"一个有真心的可爱的人"。

当他正准备离沪时，突然接到郑振铎发来的请柬，因鲁迅接受厦门大学的聘请，于 8 月 26 日从北京南下，29 日到达上海，郑振铎将于 30 日在消闲别墅设宴欢迎。

这是朱自清第一次和鲁迅见面。

宴会后，朱自清和立达学校告别，乘车北上了。他回到清华园后，接到丰子恺寄来的画集，并为画集写了一篇"跋"，在《文学周报》发表时已经到年底了。

朱自清来北京一年多，而身边既无家人，也无朋友，生活不免有些孤寂。他是个重感情的人，对妻子儿女非常思念。1927 年元月，他决意回白马湖，将家眷接到北京来。

他带着妻子及两个孩子阿采和闰生来到清华园，住在清华西院45号，西院环境幽静，生活也较为安宁，朱自清除了教学之外，还专心研究旧诗词，模拟五代诗词和汉魏六朝诗。他写了不少诗词，后来以《敝帚集》结集，其目的只是为了更好地研究中国旧诗词的奥义。所以他不轻易给人看，只把古诗请教于黄晦闻先生，并时常和俞平伯切磋词艺。

家眷来京后，他有妻子儿女相伴，生活非常安定，他在暖融融的家里全身心地努力创作。除了对当前作品进行评价，他还抽空为《小说月报》写了篇随笔《说话》，主张文章语言要像"行云流水"一般自然。"文章能达到这样境界的，简直当以说话论，不再是文章了。但这是怎样不易达到的境界。"这种"谈话风，也正是他自己散文创作所做的追求"。

写作之余，他常常在清华园里散步、赏花，他喜繁花老干的杏、临风婀娜的小红桃，贴梗垒垒如珠的紫荆。不过，他最喜欢的，还是西府的海棠，那花儿不论是繁也好，淡也好，都非常艳丽，却没有一点荡意。就连那高高的、疏疏的树干，也英气逼人。有时俞平伯来了，他俩经常在花树下徘徊。他也偶尔到城里去，有一次，还带着武钟谦和孩子们玩了万生园。

时值春寒料峭，树梢积雪还未融化，北京的大街小巷寒气袭人，因此行人稀少。而上海却是红旗如海，人涌如潮，工人运动热火朝天，到处是一片光明。

工人运动的猛烈高涨，革命阵营不断扩大，从根本上动摇了统治阶级的根基，使蒋介石不安起来，便于3月26日从安徽赶到上海，布置反革命政变，进行血腥屠杀。

1927年4月12日，黄浦江畔响起了罪恶的枪声，工人纠察队缴械，解散总工会，所有革命机关被封闭，3天之间，300人被杀害，500多人被捕，

3000多人失踪。鲜血染红了黄浦江水，硝烟在空中弥留。就在这一夜之间，乌云蔽天，光明胎死，历史的车轮倒转，白色恐怖的浓雾迅速弥漫全国。

"四一二"的枪声打乱了朱自清的思绪，连日来心神不安。他耳濡目染这历史的悲剧发生，心里有种说不出的苦涩滋味。

他在 5 月的一个傍晚，夹着一支香烟，伫立在窗前沉思着，暮霭中，长空中飘浮着几朵白云，星星般的灯光在暮色中有些迷蒙，当夜色即将合拢的刹那间，他似乎有所感触，随即填了一阕《和李白〈菩萨蛮〉》：

> 烟笼远树浑如幂，青山一桁无颜色。
>
> 日暮倚楼头，暗惊天下秋！
>
> 半庭黄叶积，阵阵鸦啼急。
>
> 踯躅计行程，嘶骢何处行？

他放下手中的笔，心境仍是一片灰色。

转眼进入 7 月盛夏，天气又热又闷。这几天，朱自清心里颇不宁静，一个晚上，他在院子里坐着乘凉，忽然想起天天走过的荷塘，在这满月的光里，总该有另一番样子吧。

这时，月亮渐渐高升，墙外马路上的孩子们的欢笑声已经听不见了；妻在屋里哄着孩子，迷迷糊糊地哼着眠歌，他悄悄地披上了大衫，带上门出去了。

夜，是那样的静，月儿，在浮云中缓缓地穿行。沿着荷塘，有一条幽僻而曲折的煤屑路，白天都少有人走，夜里自然更是寂寞了。荷塘四面长着许多树，蓊蓊郁郁的，显得有点阴森。

路的一旁是些杨柳和一些不知道名字的树。没有月光的晚上，这条路阴森森的，但今晚很好，有着淡淡的月光。

路上只有他一个人，背着手，慢慢地踱着，路上淡淡的月光，身旁是静立着的苍翠树丛，这个静谧的世界，好像是特意为他铺排的，渐渐觉得好像超过了平常的自己，到了另一番天地，在另一个世界里。

他独个儿在这片苍茫的月色下，什么都可想，什么也可以不想，像是一个自由人。白天的一切都可以不理，好好地尽情享受独处的妙处。这样一想，心境似乎松弛了许多，要好好受用一番荷塘香月了。

曲曲折折的荷塘上面，一眼看去，满塘绿荷，高出水面很多，像是亭亭玉立的舞女的裙；在层层的叶子中间，零星地点缀着些白花和荷苞儿，有袅袅地开着的，有羞涩地打着朵儿的，有如一粒粒明珠，像碧天里的星星，又如刚刚出浴的美人。微风吹过，送来缕缕清香，仿佛远处高楼上渺茫歌声似的。这时候叶子与花也有一丝丝的颤动，像闪电一般，霎时传过荷塘的那边去了。叶子本身是肩并肩密密地挨着，宛然有了一道凝碧的波痕。叶子底下是潺潺的流水，遮住了，为能见一些颜色，而叶面却更见风致了。

月光如水一般，静静地泻在那一片叶子和花上，薄薄的青雾起伏的荷塘里，叶子和花仿佛在牛乳中洗过的一样，朦朦胧胧的，有如梦幻。今晚虽是满月，天上却有一层淡淡的云，所以不能朗照。塘里的月色并不均匀，使月光显得有些迷蒙。这些，在朱自清的感觉和境界中恰到好处：不明不暗，不浓也不淡，一切都是那么调和、适中、静谧，这正反映了他从中和主义思想出发，追求刹那间安宁的情趣。

荷塘四面，远远近近，高高低低都是树，而杨柳最多。这些树将一片荷塘重重围住；只在小路一旁，漏着几段空隙，像特为月光留下的。树色一例都是阴阴的，乍看像一团雾，树梢间隐隐约约的是一带远山，树缝里也漏出一两点灯火，树上的蝉声一高一低地叫着，树下水洼里的青蛙"阁阁"

地应和着，听着这蝉声与蛙声，他略已平静的心境不免有所触动，心中不禁叹道："热闹是它们的，我什么也没有。"

触景生情，他忽然想起采莲的事情来了。采莲是江南旧俗，很早就有，而六朝时期为盛，诗歌里就有所记载。他的脑际又浮起历史上采莲的盛景，无数少女荡着小舟，唱着艳曲，除了这采莲人，还有许多人在岸上围观，那是一个热闹的季节，也是一个风流的季节。梁元帝《采莲赋》里有精辟的描写：

> 于是妖童媛女，荡舟心许，鹢首徐回，兼转羽杯；櫂将移而藻挂，船欲动而萍开。尔其纤腰束素，迁延顾步，夏始春余，叶嫩花初，恐沾裳而浅笑，畏倾船而敛裾。

朱自清轻轻地哼着梁元帝的《采莲赋》，沿着小径慢慢往回踱着，由诗里可以想到当时采莲时的嬉戏的光景，但一联想到自己当前的处境，不禁喟叹："这种趣事，可惜我们现在都无福消受了。"他又记起《西州曲》里的句子：

> 采莲南塘秋，莲花过人头，低头弄莲子，莲子清如水。

念罢诗句，不禁触景生情，今晚如有人采莲，这儿的莲花也算得"过人头"了。古西州即今江北一带，由是又蓦地想起南方的生活，想着想着，猛一抬头，不觉已到了西院自己的家了。他轻轻地推门进去，什么声息也没有，妻子已经熟睡好久了。

过了几天，他把这晚在荷塘边的漫游和遐想写成一篇散文，这就是脍炙人口的《荷塘月色》。

朱自清在《山野缀拾》里曾说，作家应"于人们忽略的地方，加倍地描写，使你于平常身历之境，也含有惊异之感"。虽然荷塘就在清华园内，他"日日通过"，可谓是"平常身历之境"了，但他以诗人的灵敏来感受它，"使这绿叶田田，荷花朵朵，清香缕缕，月色溶溶"，像一幅清新、美丽的画卷，朦胧的梦幻，像一杯醇厚绵长的醇酒，让人意味深长，不忍释手。

在《荷塘月色》的全文中，他把笔力集中于荷塘与月色。在着墨上，首先写静态，着力写荷塘。再写荷叶、荷花和花苞，紧接着写微风吹来的花香。后写动态。捕捉那微风过处叶动花颤的情状："像闪电般，霎时传过荷塘的那边去了。叶子本是肩并肩密密地挨着，这便宛然有了一道凝碧的波痕。"不论是静止画面还是动态景象，都形象地传达出了荷塘富有生机的风姿。他在这一段里，没有一句提及月光，但处处都存在着淡淡的月光，这月色就融化在他通过观察之后的具体描写之中。

接下来写月色，他先着墨于流水般月光倾泻在花叶上的情景："薄薄的青雾浮在荷塘里"，这是实写，而"叶子和花仿佛在牛乳中洗过一样，又像笼着轻纱的梦"，则是虚拟，但虚中见实，贴切地表现了朦胧的月色下荷花飘忽的姿态。虚为实用，营造出一种勾人心魂的意境。

《荷塘月色》的艺术成就，除了描写技巧上有独到之处外，在语言上也独具特色。在这方面，他主张"新而不失自然"，以"不欧化的口语"（《你我·序》）来绘神状态、表情达意。例如"我悄悄地披了大衣，带上门出去"，"这路上阴森森的，有些怕人"等，均平白如语，自然流畅，没有丝毫的雕琢痕迹，读着让人感到十分亲切。

朱自清在遣词造句上也是准确贴切，在描写月光如流水般，静静地泻在这一片叶子和花上，用了一个"泻"字；薄薄的青雾浮起在荷塘里，则是用"浮"字，这"泻"与"浮"，把月光和雾气点活了。而荷叶拥挤却用了"挨"字。接下来用"田田"形容荷叶的茂盛，用"亭亭"来刻画荷叶直立的优美状态，这一连串的动词，新颖、形象，"一丝""一道""一带""一两点"都是量词当形容词用，生动地发挥了丰富、润色、强化形象，渲染和加强诗情画意的作用。

他在《荷塘月色》的多种表现手法上，运用自如，处处生辉。文章里面有鲜明的比喻，出水的荷叶"像亭亭的舞女的裙"，打着朵儿的花苞，像"粒粒明珠"，"如碧天里的星星"，这不但贴切，而且生动；有明显的对比：弯弯杨柳的稀疏"倩影"，在"峭楞楞如鬼一般"的灌木"黑影"的比衬下，越发轻俏；以"没精打采"的灯光来映衬月色的明亮，以蝉声和蛙声来烘托四周的寂静；还有生动的拟人手法；如那袅袅开着的荷花像"刚刚出浴的美人"，把立在水面的白荷写得极为标致。

《荷塘月色》这篇散文，朱自清以尽情欣赏无边荷香月色为线索，从出门经小径至荷塘复又归来，从空间顺序来表露内在思绪，于静观默察中反映"独处的妙处"的复杂心情。其笔墨由荷塘向月色再到荷塘四周逐渐拉开，由特写到幻境，由静景到动境，有里有外，由近及远，疏密相间，把月光和荷塘融为一体，在有限的篇幅中写尽了月下的种种景色，其构思巧妙，想象丰富，充分地显示了朱自清散文上构思的艺术成就。

在这段时间里，朱自清心里总在惦念远方的朋友，每想起和他们在一起的那些日子，感到生活特别有味。"山乡水乡""醉乡梦乡"，跟现在的生活比，称心得多。一天他午饭后无事可干，便从书架上抽出一本旧杂志消遣，无意间却从中翻出三年前夏丏尊的一封信，想起夏丏尊对待朋友的真情。想来，自己已有半年没有给他写信了，在这动乱的年月里，他会是怎么样呢？

朱自清洗砚磨墨,提笔写信,数说自己的心情。的确,不知从什么时候起,一直是心绪不宁,坐卧总感到不安,想到南方的山山水水,夏丏尊在生活上对自己的关怀,说不完的心里话,一一从笔尖上流了出来。天宇迢迢,茫茫人海,挚友在何方?

这封信蕴含着对动乱时局的不满,也表露了他对朋友的真情,他写完信,墨迹一干,便送放到了邮筒里。他特把信寄往台州师范学校的刊物《绿丝》,假如编者能把信刊载在《绿丝》的末尾,就有可能与旧友见面。在这动乱的年月里,他是多么希望能够听到南方朋友的声音,在这腥风血雨的南方,多么迫切地想知道朋友们的生活啊!

他不宁静的心,还不止这些。"大约我现在住在北京,离开时代的火焰或旋涡还远的缘故吧,我不能说清这威胁是怎样;但心是常觉有一点除不去的阴影,这却是真的。我是要找一条自己好走的路;只想找着'自己'好走的路罢了。但哪里走呢?或者,那里走呢!"(朱自清《那里走》)这个问题一直萦绕在他的心头,像影子一样无法摆脱。在春节的假期里,特别是春节后,开始了认真思考,也反顾了这10年来的时代步伐,他在2月7日所作的《那里走》一文中写道:

> 在我的眼里,这十年中,我们有着三个步骤:从自我的解放到国家的解放,从国家的解放到阶级斗争;从另一方面看,也可以说是从思想革命到政治革命,从政治革命到经济革命。

他认真地分析社会,思索人生,日夜在思想的"国土"上驰骋。他深入地解剖自己,其思考是长远的、深刻的、实事求是的。

他也深深地感到,"我们的阶级,如我所预想的,是走向着灭亡"。(朱自清《那里走》）就像一座老房子，虽然时常修葺，但因年代久了，终有被风雨打得坍倒的一日。既然"是在向着灭亡走；但我们为什么非得跟着？为什么不革自己的命，而甘于作时代的落伍者"（朱自清《那里走》）？

他抽着烟，在房间里来回踱着，不断地扪心自问，审视自己走过的路，反省着，深思着，终于发现了症结所在：

> 我解剖自己，看清我是一个不配革命的人！这小半由于我的性格，大半由于我的素养。（朱自清《那里走》）

他特别是感到自己因循守旧的性格，意是走在人后，而不能走在人前，不能超越时代，归根结底，是小资产阶级因素的影响：

> 我在小资产阶级里活了 30 年，我的情调、嗜好、思想、论理与行为方式，都是小资产阶级的；我彻头彻尾，沦肌浃髓是小资产阶级的，离开了小资产阶级，我没有血与肉。（朱自清《那里走》）

朱自清清醒地看到，在这大分化的年代里，有的人叛变本阶级，走到新的营垒中去，而自己因包袱太重，不能效法那些人。他胸怀坦荡地表白，自己不能投向无产阶级的原因，并明确表示："为了自己的阶级，挺身与无产阶级去斗争的事，自然也决不会有的。"

既然不能革命，也绝不反对革命，于是"我懒惰地躲在自己阶级里，以懒惰的同情自足至多也只是灭亡"（朱自清《那里走》）。

那么，自己将怎样走？该往哪里走？他原本是学哲学的，而对文学有了兴趣，"因新文学的诞生，引起了思想的革命"，后来索性丢掉哲学，走上文学道路。现在情况又要变了，自己该怎么办呢？作为现实主义的作家，"当此危局，还不能认真地严格地专走一条路——我还得写些，写我自己的阶级，我自己的过、现、未三时代"（朱自清《那里走》）。

他经过认真的思考，感到国学比文学将更会远于现实，如果担心政治风暴袭来的话，这才便有"安全的逃避所"。他终于确定了自己的路："'国学是我的职业，文学是我的娱乐'，这便是现在我走着的路。"（朱自清《那里走》）

但是这样的选择对朱自清来说是痛苦的、消极的，只不过是"想找一件事，钻了进去，消磨了这一生"。

他也意识到，这是一条走不通的路，但他觉得只能这样走下去而无他途。自己曾那样讴歌"光明"，追求"红云"，为了寻找黑暗中的一点萤火，付出了他青春的代价。"五四""五卅""三一八"，他总是努力地迎着时代的流云直追，其结果却是，心中的灯被现实的风沙一盏盏地扑灭了，美丽的梦被现实生活的风暴击得粉碎。他惊呆了，失望了，只能惶惶地去找避风的港湾，"就是将来轮着灭亡，也总算有过称心的日子，不白活了一生"。

但他毕竟是个执着于追求进步的知识分子，虽然定下了"好走的路"，可心中却依然会考虑这路"哪里走"，"走那里"的问题。

# 潜心文教

岁月匆匆，时光荏苒。次年，北京又有重大变革。1928年，随着政权易手，北京改名为北平。接着，南京政府于 8 月 17 日，决议将清华学校改为国立清华大学。其校长温应星随着奉系军阀倒台而离职。早在 4 月，物理系首席教授梅贻琦被批准为改制后的教务长。

梅贻琦为天津人，美国吴士脱工业大学毕业，学识广博，曾被公认为"科学各教授的首领"。他不仅作风民主，而且富有办学的才干。

梅贻琦上任后，将大学部进行调整，因以前大学部只是分为普通和专门两科，学习年限一般定为两年或三年，致使目标不明确。梅贻琦结合社会的需要，把两科制改为学系制，设立了国文、西文、物理、化学、历史、政治、农业等 17 个学系，并制定了新的组织大纲和学程大纲。

10 月，朱自清的散文集《背影》由上海光明书店出版。这本散文集的出版，大大地提高了朱自清的知名度。革新后的清华大学文学院院长、中国文学系主任，由杨振声担任，他对朱自清的创作十分欣赏。他是朱自清的大学同学，对朱自清的学问和为人都很器重，系里的一切计划都和他商量。

在北平，当时各大学中文系都存在两个问题：一是新文学与古代文学应如何承接；二是如何与外国文学交流。过去，中国文学一直与中外新潮隔绝，如何处理这些难题，一些老师都在观望，而学生们则十分困惑。杨振声经过与朱自清商量，决定了中国文学系教学方针应是：注重新旧文学的贯通与中外文化的融会。

这个方针完全立足民族，立足现代革新，朱自清带头实践。他在一年内开了"歌谣"和"中国新文学研究"两门新课。他新开的这两门课，首先打破了中国文学原来的以文字、声韵、训诂之类为主的格局，对学生入门之导均以许（填）郑（玄）之学，使课程中带有浓厚的尊古倾向。

朱自清这两门新课的设立，使五四以来文学和民间文学成为一门独立的学科，尤其是难以登大雅之堂的"歌谣"，内容十分丰富，这在向来比较保守的文学系中显得特别新鲜突出，也引起了学生们的浓厚兴趣。

"中国新文学研究"分"总论"和"各论"两部分。总论共分三章，第一章"背景"，第二章"经过"，第三章"外国的影响"与"现在的分野"。

"各论"分五章，前四章分析五四以来的诗歌、小说、戏剧和散文等创作成就，并介绍种类体裁的理论主张，尤其是着重分析评价每一文体的重要作家作品的思想艺术风格和成就。

最后一章"文学批评"，主要介绍五四以来有社会影响的各种文学见解和主张。这门课是对五四以来文学历史的总结，又是当代文学创作的评价。朱自清在讲课时他特别注重对作家创作风格的研究，从而引导学生关心现实。

在教学上，非常严肃认真，甚至有些拘谨。在教学观念上，他极其尊重他人的意见和看法，以避免有个人好恶和门户之见。

朱自清也是当时的知名作家，然而，他在课堂上从不讲自己的作品，后来同学们发现了这一点，有一天向朱自清提出了这一看法，谁知朱自清面红耳赤，非常紧张，说："这并不重要。"

学生们不肯，觉得这很重要。他见学生们还在坚持，便十分严肃地说："我写的些个人情感，大半是真的。早年的作品，多是无愁之愁，没有愁偏要愁，那是活该，就让他自个儿愁吧。"

对于新人的作品，他非常注重，只要发现，便立即补充，张天翼的《鬼土日记》和臧克家的《烙印》一出版，他就在课堂上讲开了。他特别认真，如若发现有讲错或不妥之处，下次讲课一定会提出更正。有一次，他讲到张天翼时说："这是一位很受人注意的新作家，听说是浙江人，住在杭州。"第二次上课时，他立即声明更正："请原谅我，上次我讲课时，说张天翼是浙江人，恐怕错了，有人说他是江苏人，还没弄清，你们暂行空着罢。"

上课时，他注重启发和鼓励学生独立思考，大胆地发表自己的意见，每当听到他们有新的见解便非常高兴："啊，你们的意见很新！"

在教学中，朱自清严谨持重，绝不做主观论断，如果谈到某种文学现象时，他总是尊重客观事实，实事求是地评述。如讲"革命文学与无产阶级文学时期"，他在介绍创造社与太阳社的文学观点和主张的基础上，对当年的罗普文学创作倾向提出了三点批评意见，持论十分公允全面。

他备课也是极其认真，讲义就有三种，一种铅印，两种油印，随时可以充实修改，最好的讲义稿是有很多剪贴补正的地方。因此，他的讲课很受同学们欢迎，师范大学和燕京大学也时常请他去讲课。1933年以后他再没有开这门课，也许是负担太重了吧。

朱自清课堂纪律特别严，经常点名，但记忆力不好，点了两三次后才记住了，这也是与其他教师之不同。有一次，一个男同学没来上课，第二天他在走廊里看到了他，便叫了他的名字问："你昨天怎么没来上课？"

吓得那位学生满脸通红，连忙道歉。

他不仅上课认真，批改作业也是同样认真。他和俞平伯对批改学生作业是否改得详细的问题，曾做过有趣的讨论。俞平伯不赞成多改，其理由是，学生只注重分数的多少，对老师的评语就不那么仔细看了。朱自清不同意这种看法，仍坚持认真批改，就连一个标点符号也不放过。

天有不测风云，11 月 26 日，才 31 岁的爱妻武钟谦在扬州不幸去世，噩耗传来，朱自清痛不欲生。料理完妻子的丧事后，在北平的几年中，他除了俞平伯没有什么朋友，生活无味，心境寂寞，时时念旧，所以南方变成了他的心理磁场，深深地吸引着他。在华灯初上的傍晚，特别是万籁俱寂的深夜，他苦苦地思念南方诸友，夏丏尊的豪情与诚意，丰盛的晚餐和美丽的紫薇，让他难以忘却。好友刘延陵漂泊不定的生活和不幸的婚姻，特别是他的病与远游，一幕幕地清晰地出现在脑际，如同是在昨天。丰子恺当年在白马湖弹奏贝多芬的《月光曲》，也想起他的漫画，他近年随从弘一法师学佛茹素。他十分敬重叶圣陶那狷介的风格和朴真的品性，也羡慕他的勤奋与精思。

他在《怀南中诸旧游》一组五首古诗中，对这些已逝的生活温情地寻觅，情怀诚挚，思纤绵长，细细咀嚼，不觉热泪盈眶。可见他丧偶后心情是多么的寂寞。

叶圣陶曾托他为自己编个选集，已经拖了很长时间，还未动笔，一直为此事感到愧对老友。暑假无事，便打算动手。于是每日躲在书房里，挥扇仔细阅读叶圣陶的短篇著作，选择篇目。他做事认真，一丝不苟地编选，颇有心得，又着手写完《叶圣陶短篇小说》书评。

对于叶圣陶的短篇作品，他认为"初期的作风可以说是近于俄国的，而后期可以说是近于法国"。他本着严肃持正态度，对叶圣陶的作品进行精辟的论述，也充分表现了他的美学思想和学术作风。在选编作品中，激起他和叶圣陶的许多往事重现，又想起了两人的友谊。也是为了这份友谊，他在酷热里着手写《我所见到的叶圣陶》。他在文中细细地叙述与叶圣陶的交往经过。以白描的手法，他的寡言与和易，他的天真与诚朴，从他的穿着、处世、起居、情性等方面，勾勒出了一个诚挚的心灵，再现了一位现实主义大师的个性风貌。对远方的亲朋好友的深深情谊，无不贯穿在全篇的字里行间。

编选完叶圣陶的选集后，又出现一个钻心的苦恼，使他昼夜不安、梦寐不宁。因他对现实抱有"暂时超然"的态度，以致他对当前的文艺运动都不愿意介入，生活圈子极为狭小，以致渐渐感到心灵之水也有点枯窘了。先前他写诗，后来写散文，近来却什么也写不出来了。他很痛苦的是："许多人苦于有话无处说，他们的苦还在话中，我这个无话可说的，苦却在话外。我觉得自己像一片枯叶，一张料纸，在这个大年代里。"（朱自清《论无话可说》）

他在空荡荡的房间里冥思苦想，总觉得自己多年来只是恓恓惶惶地在这个小小天地里辗转，为填饱一家人的肚子庸庸碌碌地在浊流里挣扎，内心十分痛楚，他悲哀地说：

　　我永远不曾有过惊心动魄的生活，即使在别人想来最风华的少年时代，我的颜色是灰色的。（朱自清《论无话可说》）

他又一次默默地审视自己的足迹，翻阅自己生活日历，发现自己过往的岁月竟是如此惨淡，又那样单一：

> 我的职业是三个教书，我的朋友永远是那么几个，我的女人永远是那么一个。……既不深思力索，又未亲身体验，范畴总是范畴，此处也只是廉价的，新瓶里装旧酒的感伤。（朱自清《论无话可说》）

朱自清是坦爽直白，严肃正视人生，严格剖析自己的，而剖析是为了探索。虽说他的心境彷徨，但仍然是不务空想，脚踏实地，继续摸索着向前走下去。

朱自清对清华大学中国文学系所采用的方针，即用新观点研究旧文学，这一点，他和杨振声始终是一致的。1933 年下学期，在新婚不久的妻子陈竹隐的支持下，在教学之余，他安心从事自己的研究。他深入研究陶渊明和李贺的作品，并写了《陶渊明年谱中之问题》一文，订正了历来不妥的看法。因这是第一次写考证文章，当文章在《清华学报》九卷三期上发表后，他高兴地寄一本给叶圣陶，请他"教正"。除此之外，他还致力于当前创作的研究，读了卞之琳的《三秋草》、穆时英的《南北极》、张天翼的《小彼得》等作品，并写了评论。

他在教学中对学生要求非常严格，在"陶诗"课堂里，经常要学生背诵或默写，字写错了都要扣分。这样一来，一些学生怕拘束而不敢选他的课，以致使"李贺"的课只有五人选修。但人少并不影响他讲课的心情，他仍是待人诚恳，态度平和，对学生也是客气地将他称"您"或者是"先生"，就是不熟悉的也绝不直呼其名。

他的办公室，在座位的周围全是放置书架。他的行踪也非常简单，每天除了上课、吃饭和休息，便是看书、写文章、处理事务。学生们也常来找他商量选课的事，他很认真，该怎么选修，从不马虎。但出发点是很一致的，即据学生们各自的实际情况，因材施教，循循善诱地指导。如他劝学生吴组缃选修外文系的课，鼓励他学英语和法语；在他隔壁居住的余冠英，他太太叫"竹因"，而朱自清的太太是"竹隐"，因此人们称他们的住宅为"四个斋"。

学生们也常常在课余时间结伴到"四个斋"来叙谈，朱自清送茶递烟，热情款待。一天，学生们在朱家大谈茅盾的《子夜》，对这部长篇推崇备至，认为这部长篇小说，不论取材还是思想气魄，都是中国新文学时代的巨制，是站在时代尖端的作品。他谈到自己的创作，感慨万千地说："写小说真是不容易，我一辈子都写不成小说，不知道从哪儿下笔。铺展不开，也组织不起来，不只长篇，就连短篇也是。"

"你不是写过短篇《笑的历史》和《别》么？"一个学生说。

"那算什么！"朱自清的脸红了。

他在严谨执教的同时，文艺创作从未停过。他以厚实的生活积累，以及视觉感观和回忆，集中创作了旅欧的观感。仅10月，便写了《威尼斯》《佛罗伦斯》《罗马》《滂卑古城》等四篇杂记，继后又写了《瑞士》《荷兰》等6篇，均在《中学生》杂志上发表。1934年9月，他又写了《旅欧杂记》，由开明书店出版，共收散文11篇，由叶圣陶题签。

对旅欧创作的杂记，朱自清在谈到创作意图和自己的心境时，他说道："书中各篇，以记述景物为主，极少说到自己的地方。这是有意避免的：一则自己外行，何必放言高论；二则这个时代，'身边琐事'说来到底无谓。"（朱自清《欧游杂记》）

《欧游杂记》充分体现了他这一时期的创作特色，他淡薄了过去抒情的浓厚色彩，既不像《桨声灯影里的秦淮河》，对现实感受的心境，淋漓尽致地抒发，也不像《荷塘月色》那样，通过情与景的交融，婉转地把自己的内心感受宣露。也是在这一时期内，他从过去的生活中撷取题材，写的回忆性的散文。在《冬天》里，他描写儿时在寒冷的冬天里和父亲围坐在屋里吃白煮豆腐；和叶圣陶冬夜泛舟，在台州与妻武钟谦温馨地在一起的情景，均以绵密生动的笔法创设了各种不同的气氛，使人感到真实亲切。在《择偶记》里，在平淡轻松的叙述中，反映了一代青年不幸的婚姻命运。游记《南京》等散文，发表后均获得读者的好评。

1932 年 11 月 16 日，鲁迅为探望母病从上海来到北平，消息一传开，中文系的学生们便向系里提出请他来校讲课的要求，朱自清立即答应。24 日，他带着清华中国文学会的邀请函，到阜成门内三条胡同 21 号鲁迅的住宅请他到清华讲演，谁知鲁迅婉言拒绝了邀请。朱自清生气地回来，不住地抹着额头上的汗水，对学生们说："他不肯来，大约是对清华印象不好，也许是抽不出时间。"末了他又说："他在城里有好几处讲演，你们进城去听吧，反正是一样的。"他还是极力推荐学生们去。

这次鲁迅利用北上探亲的机会，与北平"左"翼文学团体的成员见面，还特地向"左联"提出，要纠正关门主义，要做好要求进步、作风严肃的老作家的团结工作，注重培养青年作家，办好自己的刊物。

鲁迅回到上海后，北平"左联"以"北平西北书店"名义创办了《文学杂志》刊物，他们利用做筹备工作的机会团结进步作家。

1934 年 4 月 25 日星期天下午，北平"左联"文学杂志社在北海五龙亭举行茶话会，郑振铎、朱自清、周作人等人都收到函邀，结果只有朱自清和郑振铎应邀出席，北平"左联"热情招待，他们边喝茶边对北平的文艺工作交换了很多意见。事后，北平"左联"负责人之一的万谷川（陆万美）将情况函告鲁迅，鲁迅十分高兴，他在复信中说："郑朱皆合作，甚好。"

没过多久，郑振铎联系朱自清、章靳以等人筹备创办《文学季刊》，在筹办中的一些问题，他们便常与郑振铎商议。

郑振铎在燕京大学任教，住在学校里，清华大学与燕京大学有一段路，他们经常在郑振铎家商量到深夜，完成了工作后，朱自清和李长之便踏着月色，穿过四野的犬吠，沿着崎岖的山路说说笑笑地回来。

1934年1月1日，《文学季刊》诞生了，主编是郑振铎、章靳以，朱自清是编辑人员之一。刊物由立达书局出版，16开本，每期300多面，可算得上是当时国内最大型的文学杂志。章靳以在北海三座门大街租了一套房子作为编辑部，巴金从沪来京就住在这里。刊物旨在团结广大作家，发扬"五四"文学战斗传统，推动新文学创作，得到了鲁迅、冰心、老舍、丰子恺等大力支持。朱自清特地为刊物写了一篇关于长篇小说《子夜》的书评，指出该长篇小说在当时文艺界的价值，并指出："我们现代的小说，正应该如此取材，才有出路。"（朱自清《子夜》）

通过在燕大兼课和编辑《文学季刊》，朱自清和郑振铎有了较多的接触，增加了情感，结下深厚的友谊。郑振铎非常器重朱自清，遇事向他请教，也常与他约稿。他最佩服的是朱自清做事认真的负责精神。特别是朱自清在燕大"每上一堂课，在他是一件大事，尽管教得很熟的教材，但他在上课之前，还须仔细地预备着，一边上课，一边还是十分紧张"。（郑振铎《哭佩弦》）

他写文章也是如此，有人问他每天写多少字，他说500字。他之所以写得慢，常常是改了又改，绝不肯草率发表，哪怕是稿子寄出后，若发现有不妥之处，立即将文章追回，待修改好后再寄。遇到讨论问题时，也总是深思熟虑，不肯轻易发表意见。他有一次参加燕大朋友的晚宴，大家热烈讨论"中国字"是否艺术的问题，绝大多数人认为是有艺术的，只有郑振铎和冯友兰意见相反，郑振铎见朱自清一言不发，便问道："佩弦，你的主张呢？"

他郑重地答道："我算半个赞成吧。说起来，字的确不应该成为美术，不过，中国书法，也有他长久的传统历史，所以我只赞成一半。"

听了他这番话，郑振铎说他是个"结结实实的人"。

1935 年元旦，"全国木刻联合展览会"在太庙举行为期一周的展出，展览会得到朱自清的大力支持，并将自己多年收存的青年木刻家的作品全部寄来，各地木刻作者也把自己的作品送来，作品十分丰富。经过统计，古代木刻作品有 60 余幅，现代版画作品有 100 余幅，外国创作 70 余幅，尚有中外木刻书籍画册 30 余种。朱自清一贯对民间文艺和青年创作有兴趣，便在 5 日这一天特地进城参观，让他感到兴奋的是，有很多作品反映的是工人和农民的生活，从作品内容看，这些年轻的艺术家肯定对工农生活非常熟悉，心中很是赞赏。同时也感到自己对木刻太生疏，决心今后要多读几本这方面的著作。

自从去年日本外务省情报部长天羽发表声明以后，日本军阀居然把魔爪伸向东北，向冀、鲁、晋、绥等省施加军事压力，策划所谓的华北自治运动，妄图霸占中国的野心已经昭然若揭。

朱自清从城内返回时天气不好，阴云密布，枯树在寒风中萧瑟着，路上的行人不多，街头一片萧索。他心里十分凄惶，近日来，心情一直烦躁，他担心着国内局势的发展。

开学后不久，朱自清就新生入学与校庆展览之事忙得不可开交。一天，第十年级新生找上门来，要他为他们写一首级歌，朱自清不好推辞，还是答应了。

日本企图霸占东北的野心使朱自清的心情极为沉重，他坐在书房里，心思悠悠。从蜿蜒千里的兴安岭到异石突兀的凤凰山，从发源于长白山的松花江到松林密盖的镜泊湖，祖国的这些美丽大好河山眼看就要改变颜色了，这怎不令他担忧？他秉势凝思，百感交集，时局的感触涌起的感情浪峰猛烈地撞击着他的心门，以致难以自制。他稍做镇定，长吁了一口气，谱写了一首歌，歌词里交织着朱自清忧国忧时的情感涛声。

4月28日是清华的校庆，朱自清忙于检查巡视展览室的布置情况，便一大早就起床到展览室忙开了。展览的内容十分丰富，有恐龙化石，有唐人写经卷，也有影画。来宾很多，反响很好。校庆过后，他又到天津南开讲演，校方十分热情。讲演后，他又和20多位同学座谈，与老师见面，晚上设便宴招待，宴罢又举行座谈会，会后又陪他参观劝业场，回来后他累得筋疲力尽。

一天，郑振铎向他说，上海良友图书公司的文艺编辑赵家璧要编一套规模宏大的，反映"五四"以后第一个10年的文艺理论、创作、史料的《中国新文学大系》，其中诗集选编拟请他担任。并说，如果时间紧张，可以找一个人帮助也成。

编纂这个丛书计划，朱自清曾听说过，但把"诗选"交给自己来做，他确实有些意外。

新文学大系酝酿于去年上半年，经过各方面的协商，由蔡元培写总序，诗歌原定郭沫若选编，因他曾写过指名道姓地责骂蒋介石的文章，于是赵家璧和茅盾、郑振铎一起商量，才决定让朱自清来负责这一工作。

朱自清接受任务后，便开始搜集资料，忙碌起来。凡"五四"以来，像《新诗集》《新诗年选》等各种新诗集的选本，他均设法搞到，认真地读，对于"五四"时期出版的重要刊物也要翻阅，他又把清华大学图书馆藏新诗集借了出来，凡清华未收的，他设法搜集。这时，赵家璧从上海给他寄来一些，他在闻一多家里也找了一点。还冒着酷暑到八道湾拜访周作人，借来许多新诗集，两人还对《中国新文学大系》的选编工作交换了意见。

在忙于选编诗集时，正是炎热的夏天，他埋头在书房挥汗如雨，从7月半开始到8月13日竣工，历时一个多月。

《诗集》共选59家，408首。他在5000字导言里，依据自己的见解，把"五四"以来十年的诗歌创作分为三派，即自由诗派、格律诗派和象征诗派。并十分精辟地论述了各派崛起的缘由、特点、价值，也分析了不足之处。《诗集》选择客观，论说科学，比较真实地反映了"五四"后十年间诗歌创作风貌，概现了一个时代诗人的艺术成就。

通过选编诗集，朱自清的世界观又有了很大的变化。7月11日，他的第五个儿子思俞出生，无疑，这又给他增添了负担，但最让他烦恼的是民族危机日益强烈，平津一带危在旦夕，臭名昭著的《何梅协定》签订，整个河北政权崩溃，军队撤退，官员撤换，抗日运动取消。在日本侵略者的导演下，华北五省"自治""独立""冀东事变"等一幕幕丑剧相继开锣。

这些，朱自清昼夜不安地思考着，他对敌人猖獗和群丑的无耻无比愤怒，可是他又想不出解决这些问题的办法，因此心情极为不安，内心非常痛苦。

第六章　南度入滇

# 北京沦陷

1935 年，北平爆发了震惊世界的"一二·九"爱国运动。

12 月 9 日这天，天气非常寒冷，北平瑟缩在怒号的朔风中，数千名学生冒着严寒，冲破军警的层层封锁，一路高呼"反对华北自治运动！""打倒日本帝国主义！""武装保卫华北！"等口号，从四面八方拥向新华门，向国民党军事委员会北平分会请愿。群众准备向即将成立的"冀察政务委员会"所在地，即外交大楼示威时，宋哲元调来大批军警，用大刀、木棍向手无寸铁的学生施暴，并逮捕了 30 多名学生，100 多名学生受伤，年轻的学生们以血肉之躯将中国历史推向一个重要关头。

反动政府的血腥镇压并没有吓倒心系祖国存亡的学生们，"一二·九"之后，学生们的爱国斗争仍然在继续。他们罢课、发表宣言，高呼"打倒日本帝国主义"，要求政府反对内战，一致抗日。14 日，《立报》以《北平消息》为题，发表了朱自清写给谢六逸的信，其信的大致内容是：

记者先生：……这回知识分子最为苦闷，他们眼看着这座文化重镇，就要沦陷下去，却没有充足的力量挽救它。他们更气愤的，满城都让魑魅魍魉白昼捣鬼，几乎不存一分人气。他们宁愿玉碎，不愿瓦全。

也就在这一天，北平报纸披露，"冀察政务委员会"将于 12 月 16 日成立宣告成立。

是可忍，孰不可忍！ 16 日，万名爱国学生再次上街游行，清华、燕京等校学生，在清晨 6 点钟，便冒着刺骨寒风出发，但被军警拦在西直门和阜成门外，学生越过铁路，奔到西便门，发现城门又被关闭，于是便冲开城门进入市区，与各路游行队伍会师天桥，召开 1 万多名市民参加的大会。

朱自清和另外两位教师也参加了这次大游行，途中当看到军警戒备森严，他很想劝学生们返校。当他看到学生们奋不顾身地冲城时，他打消了这个主意。他对市府镇压学生极为不满，回到家里心中还愤愤不平。他情绪高昂，热血沸腾，虽然半壁江山胡尘蔽天，但他从这些年轻的学生身上看到了希望。因此他并不悲观，怀着激动的心情写了一首《维我中华》：

希望青年人，"卧薪尝胆，努力图自强"！

1936 年春，北平大中小学生组成 600 多人的联合歌咏团，在天和殿举办露天音乐会，向广大市民演唱。

2 月 29 日的晚上，天空乌云密布，还刮起了风，阴沉沉、冷飕飕的，整个清华园沉浸在一片黑暗中。虽然夜深了，但朱自清还未就寝，正在和陈竹隐谈话。忽然听见外面传来急促的叩门声，朱自清连忙打开门，见黑暗中站着两位惊恐瑟缩的女学生。原来，二十九军的士兵在今夜闯进了学校搜查宿舍，骚扰了一个多小时，捕走了 21 个学生，她们是来避难的。朱自清夫妇俩赶忙地将两个学生让进家中，又为她们张罗住宿，度过不安之夜。

在这民族危亡的严峻形势下，初春的北平风风雨雨，极不平静，使朱自清的心境难以安静下来。但在3月间，终于迎来了一件惬意的事，他的散文集《你我》由商务印书馆出版了。这部散文集是郑振铎要他编的，因此，他在去年就开始着手搜集近十年来所写的文章，全集共计29篇，分为两集，甲集是随笔，乙集是序与跋和读书录。

4月底，朱自清应邀去张家口旅游，他在赐儿山顶俯瞰张家口风光。次日乘车到大同，看石窟中的石刻，极其雄伟壮丽，在洞中逗留了三个小时。回北平后，又忙于教学的事。5月30日，吃过午饭后，忽然接到三弟从扬州寄来的信，拆开一看，不禁大吃一惊，原来母亲病重，信里催他汇款回去。朱自清在惊恐之余，又忙拿金戒指乘车进城兑换，但没有成交。晚上只好留宿在朋友家，第二天赶回家中，又接到父亲的信，母亲已于5月28日五时一刻去世了。朱自清悲痛万分，因工作太忙，不能奔丧，便把钱汇了回去。7月初，朱自清乘暑假之便，立即回扬州看望。

新的学年开始了，朱自清开"中国文学批评史"，这是一门新课，颇费精力，他哪里也没去，集中精力准备。

10月19日，由文学系进步学生组成的"清华文学会"的一些干部正在商议事情，朱自清冒着风雪闯进会所，气喘吁吁地向大家说："鲁迅先生去世了！"

众人听了，不禁大吃一惊，均把震惊的目光投向朱自清。原来，朱自清在城里得到了这个不幸的消息，特地赶回来报信的。

会所外，北风怒号，大雪纷飞。室内，人们垂手低头，悲痛万分。最后，"清华文学会"决定给鲁迅先生举行追悼会，由朱自清写介绍信，让他们到鲁迅先生家向朱夫人借来照片和文稿。

10月24日，"清华文学会"在同方部举行鲁迅先生追悼大会，朱自清和闻一多出席，并做了讲演，对鲁迅先生的逝世深切哀悼。

11月16日，朱自清又特地进城到鲁迅先生家访问了朱夫人，他们谈了很久，朱夫人告诉他许多鲁迅的事情。

第二天，他又和冯友兰一起到绥远劳军。原来，自8月以来，在日本的唆使下，傅作义部队在绥远两次打败了伪蒙军的进攻，并收回了白灵庙和大庙，举国欢腾，掀起了绥远抗日热潮。朱自清等人是代表北平市民往绥远慰问的。

12月10日凌晨，张学良毅然发动"兵谏"，派兵到临潼华清池拘禁了蒋介石及其重要干将10余人，提出了停止内战、实行民主、坚持抗日的八项主张，并致电中共中央，邀请中共派代表至西安共商救国大计。这便是震惊中外的"西安事变"。

消息传到北平，民众对真相不明了，于是议论纷纷，孰是孰非，莫衷一是。朱自清也是惶恐不安，他在12月13日的《日记》中写道：

得知张学良在西安扣蒋消息，惟详细情形不知，此真一大不幸。

他在15日的《日记》中又写道：

下午开教授会，决议通电中央，请明令讨伐张学良。当场推举起草委员七人，由余召集。

20日，朱自清在家中汇集资料，准备写一篇论文《诗言志辨》，这时，一位陈姓朋友登门拜访。他们在闲谈中，不觉谈到西安事变，朱自清感觉到他言论过"左"，于是忙向他表示，自己的立场"与政府相同"。（朱自清《日记》）

在中国共产党的正确方针指引下，"西安事变"得到了和平解决，国共终于坐在谈判桌上形成一致意见，蒋介石得以释放，内战停止了，国内暂时出现一点新气象。

清华大学照常上课，朱自清一面忙于教学，一面专心致志地写《诗言志辨》。但民族的危机感，仍像磐石一样压在心头。

转眼，血雨腥风的 1936 年过去了，朱自清感到自己不觉中年届四十。不惑之年的到来让他不胜感慨：

> 盛年今已尽蹉跎，游骑无归可奈何？
>
> 转眼行看四十至，无阑还畏后生多。
>
> 前尘项背遥难望，当世权衡苦太苛。
>
> 剩欲向人贾余勇，漫将顽石自蹉磨。

他在诗中回首往事，感喟世事之艰辛。展望未来，既感叹自己韶华已逝，但也不愿消沉，仍须坚持自策自励向前走去。

新学年开始后，朱自清和闻一多、朱光潜忙于《语言与文学》杂志发刊事；又与林徽因、叶公超讨论当前的创作，如何其芳的《画梦绿》、曹禺的《日出》等作品的艺术成就；和李振声、沈从文、林徽因等一起到厂甸闲逛，晚上又参加胡政之晚宴，工作节奏松紧有序，非常称心。

《语言与文学》杂志于 6 月终于发刊了，这是一个学术性很强的刊物，主编由闻一多担任，朱自清给予很大的支持。他的论文《诗言志辨》就发表在创刊号上，这是一篇研究古代文学批评"意念"的专著，它既有力地批判了传统的经典学说，又详细地阐释了文学历史的真相，为中国文学批评开辟了拓新之路。

7月初，便到了暑假，校内除了等待就业的毕业生外，初年级的学生参加军训，一些教师出去旅游，可朱自清哪里也没去，他把自己关在屋里，正在写一篇论文《文选序〈事出于沉思义归于翰藻〉说》，他沉溺于苦思之中，又广泛搜求资料，认真对比分析，计划从小处入手，简释文学批评史上的重要内容。

7月7日夜，朱自清还是沉浸于他的论文写作之中，他靠在南窗下，吸着香烟，边写边思索，从窗口吹入的夜风吹散了他手头蓝色的烟雾，他感到拂过身上的夜风确有点凉意。

深夜，万籁俱寂，墙上挂钟的"嘀嗒"声格外清脆。突然，远处传来密集的枪声。那急骤的枪声打破了清华园的寂静，惊醒的人们纷纷打开窗子，伸出头来惊恐地四处张望。朱自清忙放下笔，掐灭了手中的香烟，在小房烦躁地踱步，他预感到有重大事情将要发生。

这是日本帝国主义发动的震惊中外的七七事变。

原来，卢沟桥的日军士兵未经过中国地方当局的同意，竟自在中国驻军阵地附近举行所谓的军事演习，并称有一名日军士兵于演习时失踪，要求进入北平西南的宛城县（今卢沟桥镇）搜查。中国守军拒绝了这一要求，日军便向卢沟桥这一带开火，向城内的中国守军进攻。中国守军第二十九军37师219团予以还击。中国守军和日军在卢沟桥激战，日本派大批援军向天津、北京大举进攻。29军副军长佟麟阁，132师师长赵登禹先后战死。7月，天津沦陷。

7月8日早晨，日军包围了宛平县城，并向卢沟桥中国驻军发起进攻。中国驻军国民革命军第二十九军219团官兵奋力反击。特别是3营营长申仲明，在该营10连任排长，他亲赴前线指挥作战，最后战死。驻守在卢沟桥北面的一个连仅余4人生还，余者全部壮烈牺牲。

七七事变是日本帝国主义拉开的大规模侵华的序幕，也是中国人民抗日战争的开始。

7月27日，朱自清他们进城后，城门便关了。市区内虽然还算平静，但街上还是有些乱。第二天凌晨，睡在床上的朱自清听到隆隆声，他估计是炸西苑兵营，于是赶忙起来到胡同口买报去。这儿与西长安街相通，有城西到城东的电车道。可是两头不见电车的影子，行人不多，洋车也很少，街上显得空荡荡的。只有两个警察，可他们沉着脸不说话。

朱自清买好报一看，觉得这仗肯定是打定了，便拿着报匆匆回到住的地方。隆隆声还在稀疏地响着。门口接二连三地叫着"号外"，人们买来抢着看，各种消息都有。6点左右，一架飞机在上空盘旋，一打一打地抛纸片。

天黑下来了，稀疏的隆隆声密集起来，这是炮声，也许是敌人在进攻西苑或南苑。一会儿警察挨户通知，要塞严窗口和门儿什么的，预防敌人飞机夜里放毒气。朱自清虽然不相信敌人敢在北平城里放毒气，但还是按照警察嘱咐的办，一直忙到深夜12点钟才睡。

29日天刚亮，电话响了，一个朋友用确定的语气说，宋哲元、秦德纯昨夜里都搬走了！北平的局面变了！

原来，七七事变发生后，国民党政府的妥协助长了日本帝国主义的嚣张气焰，25日，日本帝国主义向北平附近的廊坊发起进攻，28日，又出动飞机坦克猛扑南苑，以致北平陷落。

北平的沦陷打破了他多年迷恋"国学"的绮梦，此时他已经意识到，只有奋起抵抗，而别无他途了。一天，有位学生要投笔从戎，奔赴沙场，朱自清非常激动，他激昂地说道："一个大时代就要到临，文化人应该挺身而出，加入保卫祖国的阵营。"

学生很感谢老师的鼓励，请他在一本小册子上题几个字，他拿起笔来，在上面写了岳飞诗《满江红》中的一句：

　　　　壮志饥餐胡虏肉，笑谈渴饮匈奴血！

　　他题完词后，沉吟片刻，又在署名后的左面写道："时远有炮声。"

　　8月5日，荷枪实弹的日本侵略军，开进了清华园，门口均站立着日军，美丽的清华园陷入了魔掌，北平终于沦陷。

# 讲学伤播迁

1937 年 9 月 10 日，教育部正式宣布在长沙和西南设立临时大学。长沙方面，以南开校长张伯苓、北京大学校长蒋梦麟、清华校长梅贻琦、教育部代表杨振声、教育部常务次长周炳琳、北京大学文学院院长胡适、北京大学教授傅斯年、南开大学教授何廉、湖南省教育厅长朱经农、湖南大学校长皮宗石为筹备委员会委员，并指定张、蒋、梅为常委，杨为秘书主任，负责长沙临时大学的筹备工作。长沙临时大学以北京大学、清华、南开为班底，接收三校流亡学生。

按照安排，清华的师生纷纷整理行装准备南下。因动乱中携带家属不便，朱自清在陈竹隐的帮助下匆匆收拾衣物，先单独前往长沙，清华、北京大学、南开三所大学组成的临时大学就设在那里。

他怀着无限眷恋的心情，告别妻儿，告别了这个熟悉的小院，匆匆赶往天津，再从天津直达湖南长沙。

他是在 1925 年经俞平伯介绍到清华园，一晃便是 12 个春秋了。他清楚地记得，当时是满怀希望而来，谁知现在竟是仓皇地离去，不免有了些怆然。但他坚信，自己一定会再回北平，回到这个美丽的清华园。

北平车站乘客特别多，因检查极严，汇集的人流拥挤不堪。朱自清好不容易挤上车，因人心惶惶，车内一派杂乱，其景象无不让人心碎。在车上待了好久列车才缓缓启动，晚上到达天津后他住进了六国饭店。

23日下雨，天气骤冷，朱自清乘车到塘沽，搭轮船到青岛，于28日抵达，在新亚大饭店住了一天，见青岛市容萧条，街市冷淡，不能长住，于是乘车到济南，又乘津浦车南下到徐州，时值半夜。10月1日，从徐州转郑州，2日早晨到达汉口，住在扬子江饭店，下午到武汉大学参观访问，并与先期到达的闻一多相会，4日到达长沙。

临时大学先期工作千头万绪，一切工作均为草创急就，临时大学本部设在长沙小东门外韭菜园圣经学校，朱自清便在这里住下了。临时大学共设4个学院，17个学系。朱自清任中国文学系主任，并被推为本系教授会主席。

由于学校校舍不足，于是校部决定，将文学院设在南岳衡山山麓圣经书院，为临时大学南岳分校。

南岳市位于衡山脚下，附近有所"圣经学校"，里面有座名叫"停云楼"的两层小楼房，文学院的教师们都住在这儿。

11月3日，没想到是个大雨天，朱自清仍是与同人乘汽车到南岳，下午到达。教师住处与教室相隔约有半里路，位于一个小山坡上，因房间不多，于是决定两位老师合住一室。房子怎么安排，在这特殊时候，用不着挑人和选房，还是用国人认为最公平的办法抽签。抽签由朱自清主持，幸运的是他抽到了一间单人住的小房间。

他们到了南岳后，开学前的准备工作草草完成，便立即开始上课了。在这非常时期，上课教学虽然开始了，但过的仍是避乱生活，好在大家不分彼此，俨然又回到学生时代的生活方式。

闲暇时，师生们集体上山游逛寺庙古迹。南岳是风景名胜之地，有许多历史名人的踪迹。朱自清和冯友兰等临时大学的教授们游览衡山，拜谒了南岳为纪念宋代张栻、朱熹聚会论学而立的二贤祠，冯友兰不禁题诗感怀"亲知南渡事堪哀"。他之所以说南渡事哀，是想起了"永嘉之乱"晋人南渡的往事及"靖康之变"的宋人南渡的往事，倍感"半壁江山太凄凉"。

他们上山游览胜地，或者下山在山脚下的小镇购买生活用品，或苦中作乐到饭店小酌几杯。朱自清酒量不大，微醉即止，从不失态。

南岳分校虽然条件十分艰苦，但老师们都埋头学术研究，笔耕不辍，冯友兰写《中国哲学史》，闻一多考订《周易》，朱自清则继续撰写《文选序〈事出于沉思义归乎翰藻〉说》，他经常到南岳图书馆收集资料，他的那个小房窗口，每到夜深还亮着。很快，他们在南岳便是三个月了，生活虽然艰苦，但大家和衷共济，在一起很充实也很愉快。1938年元旦那天，朱自清和浦江清等六七位老师游览了南岳观河林，他还和浦江清抒发了"讲学伤播迁"的内心感慨，写了《元旦南岳观河林纪游联句》。

临时大学刚在长沙站稳脚跟，局势又发生了变化。

1937年12月，日寇侵占了南京，对这座古城进行了惨无人道的大屠杀，并以海陆空的阵势沿长江逆江而上，直逼武汉，危及长沙。1月19日，临时大学校长蒋梦麟专程前往重庆面见蒋介石，商谈临时大学的前途问题。蒋介石指示，临时大学迁往昆明，理由是：云南群峰叠嶂，易守难攻，加之有滇越和滇缅公路，易于搬迁，于是国民党政府批准了这个计划。

1938年1月20日，学校举行43次常务会议，为了能够把学校继续办下去，决定将学校迁至昆明。2月5日，南岳文学院师生回长沙，与其他三院师生会合。长沙临时大学分三路前往昆明：一路沿粤汉铁路到广州，再从香港经越南海防，乘滇越铁路火车至昆明；一路是组成湘黔滇旅行团，步行至昆明；一路从广西入云南，朱自清和冯友兰是这一路，他们分别乘包车从长沙南岳出发，途经南宁、龙州，出镇南关入安南，再乘火车至昆明。

2月17日，他们到达历史悠久的古城桂林，这里风景秀丽，气候宜人，是举世闻名的旅游胜地。从桂林到阳朔，漓江如同一条绿色的丝带，飘荡于烟雾之间。朱自清、冯友兰、陈岱孙等人乘船游览了桂林山水。不过，艰辛的长途跋涉，使朱自清感受很深。他在《日记》中写道："做一恶梦。在梦中我几乎死去。"

漓江两岸青峰奇秀，碧流澄澈，如诗如画，大有"群峰倒影山浮水，无水列山不入神"之妙。朱自清等一路流连山水，饱览风光。面对美丽的大好河山，联想到自己一路风尘的现状，不禁百感交集，其中的悲苦难以言表。24日宿柳州，25日作《漓江绝句》：

> 招携南渡乱烽催，碌碌湘衡小住才。
> 谁分漓江清浅水，征人又照鬓丝来。

朱自清共写了四首绝句，还有律诗写漓江风景，看起来是描写山水，抒写风俗人情，但是，像"上滩哀呼动山谷，不是猿声也断肠"之句，不仅是哀民生之艰，叹江山如画，也夹杂着大好河山被倭寇入侵的隐忧，寄寓他关注祖国的命运，向往振作的、难以抑制的郁勃之情。

他们刚要到达镇南关时，谁知冯友兰左臂碰折了，一到河内，朱自清立即将他送往医院，还陪了他两天才离开。

3月14日下午5时20分，他们抵达昆明，住在拓东路迤西会馆，即今天的拓东第一小学，门牌拓东路361号。在这里，他接到三弟国华的来信，里头还附有父亲的信，信中说，他寄回家的80元钱收到了，家里一切平安。这钱是去年10月朱自清在长沙时向学校借薪寄去的。现在得知全家平安，感到很宽慰。

昆明是久负盛名的历史文化名城，位于滇东高原中部，滇池之北，风光旖旎，四季如春。3月20日，正好是星期日，朱自清见天气很好，便和几位教师同去云浮西山闲游。西山海拔2000余米，森林茂密，层峦叠翠，郁郁葱葱，素有滇中原"绿翡翠"之美称。朱自清他们来到华林寺，寺山门外有莲池，寺内殿是形态各异的五百罗汉，形象颇佳。他们又来到太华寺，观看有名的银杏和玉兰。他在一个小院内看到一个先生和三位女士、两个孩子。其中的一个太太极像陈竹隐，一个四岁左右的孩子也酷肖思俞，朱自清观望良久，思家之情油然而生，顿时十分伤感。

后来，他们来到三清阁，拾级而上，来到石室平台，扶栏俯视滇池，见滇池苍苍茫茫，烟霞氤氲，海天一色，这气象万千、波澜壮阔之美景，让朱自清的精神为之一爽。

这时，临时大学决定，文学院和法育学院设在蒙自。4月2日，教育部下令，改组临时大学为西南联合大学，定于5月开学。于是，朱自清于4日前往蒙自。

蒙自在昆明南部，至越南边境不远，是个弹丸小县。县城只有三四条街，几间店铺，即使是穿城而过，也花不了多少时间。朱自清觉得"蒙自小得好，人少得好"。"城里只有一条大街，不消几趟就走熟了。书店、文具店、点心店、电筒店，差不多闭着眼睛，便能找到门儿。城外的名胜去处，南湖、湖里有崧岛，军山，三山公园，一下午全可走遍，怪省力的。"（朱自清《蒙自》）

蒙自的生活虽然艰苦，但也有很多乐趣。大街上有家卖粥的，带着煎粑粑，因为干净便宜，联大的师生光顾小店的较多。掌柜是个四川人，虽然白发苍苍，但脸上总是挂着微笑。他喜欢在每张桌上摆些竹器、瓷器，糖粥粑粑等"精品"，他们把这个铺子叫"雷稀饭"。

蒙自有个火把节，这是彝、白、纳西、哈尼、傈僳、拉祜、普米等民族的传统节日。乡下过节在六月二十四的晚上，城里是二十五的晚上，每家都在自己家门前，烧着芦秆和树枝，一声锣响，金角齐鸣，每家抬着米酒、炒豆等食品，男男女女围坐在火光周围，孩子们提着布火球晃来晃去，跳着唱着，冷静的城市顿时热闹起来。"这火是光，是热，是力量，是青年。"（朱自清《蒙自》）他们在一片茫茫黑暗里，在热烈的跳着唱着叫着，面前的这欢乐时刻，涌起了一团团的热火，暗示着生活的伟大。朱自清十分喜欢这样的热闹场面，尤其在抗战时期，觉得这样能够鼓舞人们的精神，意义非常重大。

蒙自冬春两季雨水很少，南湖每遇枯水季节，一半干得不剩一两滴水儿，但到了夏季，水涨得溶溶滟滟的，沉静的湖充满了活力。有位叫李崧的军长，他命军士筑了湖上的路，种上了尤加利树，还点缀了一些石桌石磴，写了一些匾额，把军山修整成小小的公园。

蒙自比较偏僻，报纸需要几天才能到，朱自清十分关心抗战，他也和学生相处得极好，闲暇时常到他们宿舍走走，有时还请他们到自己家闲聊。有时探寻家书中传来的消息，尤其是扬州方面的。他也和学生们一起关心抗战情况，交换时局看法，有时还拿出地图和他们一起对照一城一镇的位置。

5月底，朱自清得到妻子陈竹隐带着孩子从北平来滇的消息，心中不禁大喜。自从离开北平之后，他心里一起惦记着妻子儿女，6月初，他赶到海防把他们接到蒙自。

火把节过后不久，学期即将结束了，因这届西南联大成立不久，很多工作还未就绪，所以均以原校的名义发文凭。清华这届毕业生，还编纂了一本"清华第十年级刊"的纪念册。编委还请朱自清写了几句话，以资鼓励。

朱自清很爽快地答应了，于是他提笔写道：

  诸君一定不负所学，各尽其能，来报效我们的民族，以完成
抗战建国的大业的。

  朱自清的题词对学生充满了殷切希望，学生们捧着毕业证非常感动。当学生们走上蒙自车站月台将要离开与他朝夕与共的蒙自时，朱自清高举礼帽不停地挥动着，向启动的小火车上的学生们告别。

  联大在昆明西北三分寺附近购置了100多亩土地，盖了百多间教室和宿舍，但均以泥筑墙，茅草为顶，非常简陋。这样一来，校方便决定将文学院从蒙自分校迁到昆明。朱自清一家，于9月3日随校从蒙自迁到昆明。

  28日，天气晴好，九架日机突然空袭昆明，学校在昆华师范学校租借的教职员宿舍被炸，死伤者甚多，其中还有少数学生。下午，朱自清在昆师见到被炸的死伤人员，心里十分悲愤，他在《日记》中写道："见死者静卧，一厨子血肉模糊，状至惨。"

  11月8日，由于新学期已经正式开学，朱自清除了指导学生选课，他在这学期开讲"文学批评"，需要做好课前准备，因此他连日来一直很忙。

  "文学批评"这门课他花了很长的时间准备，材料丰富，观点明确，可以说，他是站在整个文化进化历史高度来看问题的，绝不是就事论事，局囿于文学理论批评的本身，而着重关照到社会、政治、思想、习俗各个方面，阐述历史文化现象及其生产的原因，达到了一定的深度。

  朱自清在创作上是个极其认真的人，在教书上也是一样的认真负责。特别是在联大这样的条件下，在教学上，他从未有半点马虎，总是兢兢业业地工作，每天总是在12点以后才休息。他对学生严格要求，对自己也

没有半点放松。一天，他饮食不慎闹肚子，但还是连夜批改作业。陈竹隐劝他休息，他却说："我已经答应明天给学生发作业。"陈竹隐没办法，只好在他批改作业的桌旁放个马桶，让他边拉边改，一夜间拉了十多次，天亮后不仅脸色蜡黄，眼睛也凹陷深窝。人变了样，没顾上洗脸，便提起书包上课去了。

他修改学生的作业一直仔细认真，从不马虎，毫不吝啬自己的心血，坚持做到有错必改，看到精彩论点则用红笔画上圈圈。

为了帮助学生改正错误，于是给他们找出材料，使问题有资料可查，做到较为透彻的理解。

昆明素有春城之称，"冬不极寒，夏不极暑，盛夏如五月，盛冬如九月"，可谓四季如春，繁花似锦。

距昆明百余里的石林，千嶂叠翠，奇峰危石，蔚为壮观。朱自清在去年已经领略了市内风景，而石林风光却未观赏，于是他便和浦江清等10余人，利用3月春假之机会到那儿去游览。

15日清晨，他们在滇城路乘车到狗街，午餐后，有的骑马，有的乘滑竿上山，朱自清觉得山高路陡，于是步行，晚上6点到达。翌晨，他们到东南石林，途中见景色单一，有点兴趣索然。于是他雇了一匹马，当一进入石林胜地，精神不禁为之一爽。他见这里群峰壁立，移步景换，气象万千。一座座拔地而起的山峰石柱，犹如一片莽莽森林。朱自清午餐后来到石林中央的水池，池中碧水泛波，蓊蓊郁郁，别有风情。第二天，他乘滑竿游览了大、小叠水河，瀑布。他看到一行白练从天而降，轻轻飘拂，落入深潭，声呼宏大，山谷响应宛如万马奔腾。这游览石林的三天，算是他苦中作乐，尽了兴。18日，他们回到昆明。

转眼抗战已经两年了。两年来，很多国民党军队在抗战中与日寇奋勇血战，直至英勇献身。台儿庄大捷、平型关大捷等胜利鼓舞了全国民众抗日战争的热情，也使朱自清对抗战充满信心，积极参加抗战活动。1938年3月27日，"中华全国文艺抗敌协会"在武汉成立，他被推为理事。该年1月，云南分会在昆明召开，他和吴晗、杨振声等出席了会议，拥护长期抗战的国策，并一致要求通缉汪精卫，给他名正典刑。眼看今年的"七七"就要到了，昆明各界举行抗战两周年纪念会，联大师生参加了献金、画展等宣传活动，支持抗战。朱自清写了《这一天》一文，热情讴歌抗战精神。表现了他热爱祖国、拥护抗战的热情，非常动人。

这学期，他向学生主讲"宋诗"，所用的课本是他在《宋诗钞》中精心选编而成的。这是他对宋诗下过很深功夫的一门学问，所以讲解精辟详细，十分生动。他在10月12日上第一节课，走上讲坛，便在黑板上写了刘长卿的《送李录事兄归襄阳》和苏轼的《和子由渑池怀旧》两首七律，他以这两首诗入手，讲解唐诗与宋词的区别，其韵味也有不同。前者是抒发感情，后者则是讲道理，唐诗主抒情，宋诗主说理，唐以《诗风》为正宗，宋则以文为诗，即所谓的散文化。

他上课时不仅逐字逐句地解析，还常常要求学生在课堂上练习，所以，上课前学生不敢不预习，凡选他的课的学生，虽然感到吃力而又受益不少。

入滇池以来，朱自清的行政事务缠身，他为此很苦闷。在职务上，他除了任中文系主任外，又担文学院院务委员会召集人、贷金委员会召集人等职。由于应酬频繁，琐事繁多，使他无法潜心致力于学术研究，内心很烦恼："你看我什么学问也没有，什么也拿不出来，我实在非用功不可了。"于是他想辞去这些职务，潜心研究学术。

1939年，寒假即将到来，他辞职的事一直是努力争取，学期结束时，便以健康为由终于辞去了中国文学系主任职务，准备把精力放在国学研究上。不过校方仍把清华国文系主任留下。翌年新学期开始不久，中国文学系主任由罗堂培继任，可没想到一个座谈会上，为文学系应该走怎样的路发生了争执。

座谈会的主持者是罗常培，他是著名语言学家，那天他还特意打扮了一下，其学者风度颇为潇洒。他介绍了一位中国文学系的学生刘北汜，在他填的表里，说他自己爱读新文学，讨厌旧文学、老古董，这些意见，惹得罗常培大为恼火，不免有些狼狈。

罗常培的话音刚落，朱自清却霍地起身支持刘北汜："中文系应指导学生向学习白话文的路上走。"

杨振声也同意这个意见，这下，座谈会变成了辩论会。

在又一个暑假，朱自清又逢休假了，他借此机会又辞去清华国文系主任，获得批准后他舒了一口气。他给在外地的吴组缃写信，诉说了自己的研究著述计划，说自己"中国文学批评史中问题在研究"，也准备写"关于语言意义的书"，题目是《语文影》。

# 细雨成都路

朱自清年休，因为生活原因，与妻子陈竹隐商量，决定举家去成都。因手头有点紧，他狠下心去当铺变卖了从英国带回的那台留声机，才凑足盘缠。

一到成都，朱自清把家安顿在东门外宋公桥报恩寺。虽然房子简陋，但收拾得颇为洁净，他就在这样艰苦的环境里开始学术著作。

在这里，他对《经典常谈》功夫下得最深。这部著作是研究文学历史的入门书籍，涉及面较广，《说文解字》《周易》《尚书》《诗经》《春秋》《诸子》《左传》《战国策》《楚辞》《文赋》无所不谈，其目的是启发人们的兴趣，引导对经典学习的愿望。他在这部书的构思和写作中，对文学史籍历来以作家为主而分条叙述和以文体分编标目的体例有了较大的突破。他把文体叙述和文体历代演变状况与自己的观察结合论述，使各种文体眉目清楚，脉络分明。他在评论作品和文学流派时，始终保持平心静气、实事求是的态度，并注意到普及的广度和力求达到学术研究的高度，使二者能够有机地统一。

成都位于四川盆地北部，是我国西南地区非常闻名的古城，三国时期为蜀国古都。他在成都住下来后，觉得成都城市较大，但能够指出其特色却不容易，这点有些像北平。不过，他又觉得，既然像北平，似乎觉得又不成其特色。他记得易君左先生有首题为《成都》的诗是：

> 细雨成都路，微尘护落花。
>
> 据门撑古木，绕屋噪栖鸦，
>
> 入暮旋收市，凌晨即品茶。
>
> 承平风味足，楚客独兴嗟。

他很喜欢易君左的诗，认为只要住过成都的人，就会领略这首诗的妙处。

再则，这首诗多少能够体现这座古城的一点风情，就是抓住了成都的"闲味"。而北平也闲得可以，但成都的闲与北平似乎像而不像，非细辨不知。

成都的乌鸦多，诗中的"绕屋噪栖鸦"，自然是指"据门撑"着的"古木"，那些栖鸦便是栖息在这上面噪着的，这种"入暮"的声音和景色，城东南也许听不见，西北城人少些，尤其住宅区少的地方，在静悄悄的白昼该听得见那悲凉的叫唤吧。

成都春天常有毛毛雨，毛毛雨的春天，正是养花的天气。城里花多，而爱花的人家更多，即所谓的"天街小雨润如酥"。成都路相当好，但有点泥滑，却不至于"行不得也哥哥"。缓缓地走着，呼吸着新鲜空气，倒是让人闲在心里、骨头里了。若是在庭院中踱着，时而看见一些落花，静静地飘到微尘里，贴在地上，那更是闲得没影儿了。

北平的春天短，风尘多，人家门前也有树，可是成行的多，独居的少。而成都旧宅门前栽得一棵泡桐树或黄桷树，多是粗而大，往往让人只见树而难以看到屋，更难看到门洞儿。说是"撑"，一点也不冤枉，这些树赣粗偃蹇，老气横秋，北平是见不到的。北平的"闲"又是一副格局，对成都那种"入暮旋收市，凌晨即品茶"的"承平风味"，朱自清自然颇有感慨，这种"承平风味"，战后还能承下去不能呢？

朱自清在那简陋的房屋里致力用白话文编写《古诗十九首释》，"诗是精粹的语言"，他认为没有什么神秘感，"语言，包括说的和写的，是可分析的，诗也是可以分析的。只有分析，才可以得到透彻的了解"。他用我国最早的五言诗，选十九首来分析，其目的则主要是"帮助青年诸君的了解，引起他们的兴趣，更重要的是养成他们分析的态度"。他认为，"只有能分析的人，才能切实地欣赏是在透彻的了解里"（朱自清《古诗十九首释》）。

时值夏天，虽然很热，但他夜以继日，孜孜不倦地写作，接连写了四篇文章，简明阐释古诗的创作背景、剖析诗文诗义和诗的典故及艺术手法，来诱发青年读者对诗歌的兴趣，培养他们的文艺鉴赏能力。

就在朱自清潜心学术研究的时刻，国际形势又发生了新的转折。1940年9月，德、意、日缔结了军事同盟。在德国怂恿下，日本急于尽快结束中国战争，竭力推行南进政策。这样一来，成都形势陡然紧迫，物价暴涨，以致民不聊生。那时正值春季，加之天旱无雨，青黄不接，于是饥饿的农民涌进城内抢米仓，"吃大户"，使城内动荡不安。朱自清十分同情灾民，认为"没饭吃要饭吃是人情"，"所谓人情，就是自然的需求，就是基本的欲望，其实也是基本的权利"。

要说，此时他自己的"基本权利"也到了受到威胁的境地了，正如他在《犹贤博弈斋诗钞·自序》中所说的："警讯频传，日懔冰渊之戒，生资不易，时惟冻馁之侵，白发益滋，烦忧徒甚。"

当时李长之到成都去报恩寺，当他见到朱自清时，不禁惊讶万分，一个才四十出头的人，却"头像多了一层霜，简直是个老人了"。

友人潘伯恩，安徽怀宁人，文学造诣很深，常与朱自清唱酬。当目睹朱自清住在陋室里过着困窘的生活，心中不忍，特赋诗两首，以表时势不平：

缩手危邦涕泪痕，起看八表变同昏。
细思文字真何用，终有人知未报恩。

至竟书生道固殊，杜陵强项是前躯。
报恩岂必皆同轨，要令人间见饿夫。

朱自清读了他的两首诗后，坦然处之，次韵奉和两首：

梦痕黯澹杂烟痕，一片江山眼未昏。
惭愧书生徒索米，雕镌文字说冤恩。

今世书生土不殊，鸡栖独乘日驰驱。
问津未识谁沮溺，登龙争看贱丈夫。

朱自清在成都生活虽然枯燥，但也有舒心畅意之时。11月14日，陈竹隐生下一个女孩，给家庭带来一点乐趣。这时，他没想到友叶圣陶登门拜访，不禁高兴之至。

1941年1月31日，叶圣陶将家眷从乐山接到成都，朱自清特地从东门赶去祝贺。在成都，朱自清常和叶圣陶赋诗唱和，互诉衷肠。他在《近怀示圣陶》五言古诗中有诗句：

累迁来锦城，萧然始环堵。

索米米如珠，敝衣余几缕。

老父沦陷中，残烛风前舞。

儿女七八辈，东西不相睹。

众口争嗷嗷，娇婴犹在乳。

百物价如狂，距躟孰能主！

他把自己忧世伤时的情怀深情绵绵地向老友倾诉，虽然自己甘守清贫，但绝不聱謈于当前风雨如晦的现实。面对山河破碎，群黎呻吟，他感到无限痛心。他的这首长诗，沉郁顿挫，感慨悲凉，读后让人深切地体会到处于饥寒交迫中的诗人的凄凉，反映了一个知识分子在凄风苦雨中对祖国、对人民的殷切之情，对抗敌救国的坚贞之志。

写完这首诗，他的心情久久不能平静。他想到与叶圣陶结识的经过，想起他那独特的性格与纯朴的品性，想起两人在杭州同室对床夜话，西湖同舟共泛，他对自己一直是热情关怀，激越的思潮像不尽的湍急溪流，激动的他，在寄赠长的诗中，融叙事于抒情之中，情意绵远，体现了他对故土旧人的一片真情。

在这期间，他还和肖公权唱酬，写了很多诗。肖公权住在西门外的光华村，和报恩寺相隔不远，但面谈的时候不多，彼此多为"觅句"交邮寄出，每一个星期至少一次。肖公权把觅句和求教一起与朱自清交流，受益匪浅。他对此感激地说："他是我写诗过程中，最可感谢的益友。他赞许我的话，我虽然极不敢当，但经他屡次指点出诗中的甘苦，我学诗便有了明显的进步。"（肖公权《朱佩弦和他的诗友》）

他的这些诗并非无病呻吟，也不只是礼节的应酬，而是对现实有感而发，于是有人评论说："暇居一年，与肖公权等多唱酬作旧诗，格律出于昌黎、圣喻、山谷间，而内容却是新的。"（于维杰《朱自清和学术研究》）

他把这些诗都收在自编的《犹贤博弈斋诗钞》里，自谦地说，这些旧诗都是"偏意幽玄，遂多戏论之类，未堪相赠，可自娱"（朱自清《犹贤博弈斋诗钞·自序》），所以不能发表。

有个叫牧野的年轻诗人，受成都文协分会委托，在 8 月的一天，到报恩寺来拜访朱自清，并请他在暑假期间文协分会主办的文学研究会做个讲话，朱自清愉快地答应了。他喜欢年轻人，又留他闲聊。

朱自清给文学研究会讲演的题目是《文学与新闻》，过后，牧野又到朱自清这里来过多次，还带来一些新出版的诗刊和诗集。他通过与牧野的交流，产生了对诗的研究兴趣，十年前，他是一个热情奔放的诗人，现在又转向学术研究，但从未忘情于诗，就在教学中诗也占有很大比重。

因诗的关系，他和牧野感情很快加深，牧野生病在南郊疗养，他特地赶去看望。

抗战烽火燃起了他对诗的热情，于是又借了许多诗刊和新诗集，在空余时间翻阅，计划写些评论文章。

一年的假期即将结束，朱自清准备回昆明了，为了节省开支，朱自清考虑再三，决定将陈竹隐及孩子留在成都。

叶圣陶闻讯赶来相送，到了码头，两人执手相对，默然无语。老友不期相见，又在他乡匆匆离别，自此天各一方，不知何时相晤，彼此心中均难免有几分惆怅。叶圣陶临别赠诗两首。"不谓秋风起，双来别恨新""此日一为别，成都顿寂寥"，朱自清含泪惜别，思绪纷飞。

10 月 8 日，朱自清搭小船顺岷江而下，两岸青山连绵，船头江水滔滔，他在船中远望蓝天白云，心里默诵着叶圣陶的诗句，不由十分感激他对自

己的深情厚谊。特别是一年来的交往，音容笑貌，点点滴滴，涌上心头，
于是提笔和韵两首：

> 论交略形迹，语默见君真。同作天涯客，长怀东海滨，
> 贪吟诗句拙，酣饮酒简醇。一载成都路，相偕意能新。

> 我是客中客，凭君慰沉寥。情真河渎水，路隔短长桥。
> 小聚还轻别，清言难重招。此心如老树，郁郁结枝条。

夜里，明月满江，烟水浩茫。渺渺江月，使朱自清又蓦然想起成都的亲人，
不禁黯然神伤。

船到乐山停搁一天，他趁机去武汉大学探望老朋友朱光潜、叶石荪、
杨人梗等人。

乐山有"海棠香国"之美誉，在唐代开元年间开凿的大佛高达 70 余米，
体态雍容，神意自若。朱光潜陪他在龙寺、龙泓洞等处尽兴游览。

16 日，船经干柏树、宜宾，过干碓窝险滩，18 日晚到达纳溪。19 日
自纳溪乘车，不料天下大雨，未到叙永县城车站，却因油尽，车在离城不
远的地方停住，便摸黑步行进城，走了十多里泥巴石子路，让他非常狼狈。

叙永是个边城，蜿蜒多姿的永宁河曲折地穿城而过，河上有上下两桥，
朱自清站在桥上眺望，山高水深，颇为旷远。城东长街十多里，均为石板铺成，
既宽阔又颇有气派。城西马路石子像刀一样尖，每到下雨时到处是泥浆，
很不好走。联大在这里有个分校，朱自清第一晚到这里，人家待他很好，
于是他便在这里住了下来。也许是在船上蜷曲久了，很好睡，只是一夜尽
在梦境中度过。第二天起床后，写了一首《好梦》诗，寄给朱光潜。在叙永，

他还和李广田相晤数次，李广田有十多年没见到朱自清了，他写道：

> 相隔十年，朱先生完全变了，穿短服，显得有些消瘦，大约已患胃病，特别引起我注意的是他的灰白头发和长眉毛，我很少见过别人有这么长的眉毛的，当时还以为这是长寿的象征。（李广田《记朱佩弦先生》）

他和李广田谈的是抗战文艺，特别是抗战的诗，谈得非常愉快，通过这次谈诗，他下决心从事评论抗战诗歌工作。他在叙永待了 10 天，至 11 月初才回到昆明。

1944 年夏，朱自清因三个孩子住院，把一副砚台和碑帖换了几个钱，还不够路费，于是向朋友借钱，7 月 8 日乘飞机赶回成都，他这是第一次坐飞机，飞机给他的感觉就是快，两个半小时便到了重庆。7 月 13 日，他从重庆到成都，宿于内江，14 日晚抵达家中。这天正好是陈竹隐的 39 岁生日，亲朋来了一些，正要开筵，见他回来，皆大欢喜。

孩子们的病基本痊愈，只有小女儿在成都市立医院治疗，医院里的刘云波医生是陈竹隐中学同学，彼此很要好。当陈竹隐回到成都居住后，老朋友见面更是高兴。陈竹隐在成都这几年，承她的帮助太多，特别是在医药上。她为人善良慷慨，朱家有人生病都是找她。他们一家大小四口都住过院，朱自清十二指肠溃疡，也承她打了二十四针。这次小女的病情危险，多亏了她把自己存着的特效药拿了出来，才抢救了这条小生命。

刘云波医生医德颇受朱自清敬重，"她不忽略穷的病家，住在她的医院的病人，不论穷些富些，她总是叮嘱护士小姐们务必一样和气，不许有差别。如果发现有了差别，她是要不留情教训的。街坊上的穷家到她的医

院看病，她常免他们的费，她也到这些穷人家里去接生。对于朋友自然更厚"。（朱自清《刘云波女医师》）

有的时候，刘云波医生知道教书匠穷，他们家去找她看病，一个钱也不要。后来，朱自清拟了一副"生死人而肉白骨，保赤子如拯斯民"的对联送给她，字是叶圣陶写的。

第七章　游历欧洲

# 体味西伯利亚风光

1931 年 8 月，朱自清获得了公费出国游历的机会，到欧洲旅游。22 日，是个阴天。浮云满天，凉风习习，气候宜人。朱自清心情很愉快，脸上堆满笑容。在胡秋原及妹妹玉华等 10 余人的陪同下，他们来到火车站。8 时 25 分，火车汽笛长鸣了一声，车轮在"咣咣"的节奏中加快，列车徐徐离站而去，排列在站台上的陈竹隐和玉华他们向朱自清挥手告别。

火车从北平车站出发后，24 日到达哈尔滨，他们住在北京旅馆。经打听，哈尔滨是个有趣的地方，分道里、道外、南岗、马家沟四个部分。

这里纯粹不是中国味儿。街上满眼都是俄国人，且都会说俄国话，也大都有些外国规矩，但并不矜持，也没有卖弄的意思。这些外国化氛围并不是特意做作，而是生活中的自然现象，与洋大人治下的上海，新贵族消夏地的青岛、北戴河，宛然是两个世界。

这里虽是欧化的都会，但闲的处所竟有甚于北平。大商店上午 9 点开到 12 点，下午 3 点开门，5 点便关门。晚上电灯打开，让五彩缤纷的窗饰点缀着坦荡荡的街市。穿梭的男女，比白天还要多。街两旁很多休息用的长椅并没有树荫遮挡，许多俄国人就在这么四无依傍地坐在那儿，有些是消遣的。

当天，他们游逛"特市公园"，见入园门口蹲伏着的两只草狮子，满身碧油油的嫩草，神气极了。穿过用各色花拼成美丽的、对称的图案，便看到园内有小山，有曲水，有亭有桥。桥是外国式，以玲珑取胜。水中可以划船。来到特市公园外，警察告诉他们市内还有一些小园子。

这里的路都用石块铺成，路上尘土很少，因为路好，汽车也好。车很平稳，票价不高，车速也快，满街都是车，扬手就来，和北平的洋车一样。

这里还有一样便宜东西，便是俄国菜。第一天，朱自清他们在一个天津馆吃面，以为便宜，哪知第二天吃俄国午餐，不但比天津馆好，而且还要便宜得多。去年暑假在上海有人请吃"俄国大菜"，似乎那时很流行。大约也因为是价廉物美吧，后来在西伯利亚各站也是如此。

这里的松花江，江中有个太阳岛，夏天的人很多，有的带着一家人在岛上整整要逗留一天。岛上最好玩的自然是游泳，其次算是划船。朱自清不大喜欢这地方，因为觉得这里不整洁，走着不舒服。他是和徐君一同去的，想下水洗浴，但又没有带上衣服，岛上有一个临时照相人，于是他们坐在小船上让他照了一张。岸边穿着游泳衣的俄国妇女和孩子共四五人，跳跳蹦蹦地挤到他们的船边，有的站在水里，有的趴在船上，一同照在那张相片里。这种天真烂漫倒让他感到几分温暖。

见这里满街都是俄国人，走着的，坐着的，女人似乎要多一些。黄昏在大街一走，或在南岗秋林洋行前面走，拥拥挤挤的尽是人，非常热闹。上海大马路等处，入夜也是闹嚷嚷的，但乱七八糟地各有目的。哈尔滨街上也是挤满了人，却几乎全是逛街的，这忙里偷闲的光景别处是没有的。

26日，他们登车启程，第二天到满洲里，傍晚日落时分，晚霞似火，景物之佳，为其所向未睹。晚过黑龙江，二时许，列车抵达赤塔。展现在他眼前的，便是西伯利亚千里黛绿的平原。

他原以为，西伯利亚的气候也许是恶劣的，北风呼啸，冰雪连天，灰蒙蒙的天空，让人感到危机四伏。即使是夏天，也只是淡淡的斜阳。

可朱自清在车里凭窗瞭望，所见的却并不惊心动魄。大概是夏天的缘故，荒凉诚然不错，但沿路没有山影，千里的青绿，好像西伯利亚温和地化作平常的郊野了。原野上缀点着的木屋，蹲在毛毛细雨中，有一种特别的韵味，这是向所未见的。

也许是没遇上好时候，朱自清在西伯利亚七日，可五天是下雨。头两天倒是晴天，第一天的落日真好看，只有那个时候才让他承认西伯利亚的伟大。

随着傍晚将尽，平原渐渐苍茫起来，它的天际不像白天那样分明，似乎是无穷无尽地伸展开来。西方的那片深深浅浅的金光像是大海。那金光绚烂，又像是熊熊的火焰。虽说色调深浅不一，但这浓淡分明，一块一块的，像是写意油画，深邃、神秘。他们指点着，让想象任意驰骋：这些像岛屿，那些像在微风中摇动着的船只……

28日傍晚，车过举世闻名的贝加尔湖，这是个非常有名的湖，也是朱自清所渴想一看的。他记得郭沫若的诗里有苏武在贝加尔湖畔牧羊，真是个美丽而悲凉的想象。在这暗淡的暮色中朱自清不禁也怀古起来了。

晚餐前，他们忽见窗外很远的一片水，大家猜，这是贝加尔湖吧？晚餐时，车已经沿着湖边走了。夜来了，只见渺渺一片无穷无尽的白水，十分平静，十分寂寥，没有一只帆影，也没有一个鸟影，似乎每一点都是同样的寂静，单调极了，这莫不是死亡之国吧？东边从何处起，他没有留意。但朱自清坐在窗前，足足有两个钟头，还是坐在那里呆看，贝加尔湖依然在窗外。

车到欧亚两洲交界处，朱自清在车上悠闲地抽着香烟，品着香茗，细细观赏着窗外的景象，这里颇有中国意境，外面绵延不断的高山与悠然流着的河水，在几里路中曲了几曲。山高而峻，不见多少峰峦，如同削成的一座大围屏。车在山下沿着河走，河岸也是高峻的，水像突然掉下去似的。从山顶到河面，整整齐齐地叠了几叠，除曲了那几曲外，这几里的路非常整齐。河中见一狭窄的小舟，一个人坐着缓缓地划着桨，那船和人都是灰蒙蒙的，暗淡的，如同一幅中国画。

朱自清车上的房间一共有四个人，白天只是他们三个男人，晚上来了一位女人，像是做工的，她坦然睡在上铺，第二天便走了。最后来的是一位叫作约瑟的经济学博士，他是从俄国来的，朱自清便和他们一起玩纸牌，又给陈竹隐写信。

在这8月最后的一天，朱自清以给叶圣陶写信的方式，为《中学生》杂志写《西行通讯》，报道途中的见闻。

9月2日，列车本该下午2点到达莫斯科，因误了5个钟头，到莫斯科时天已经黑了。朱自清本来一心想看看这个红色都城，可眼前是一片黑夜，让他大失所望地上了车。在当日的《日记》中他写道："恨未睹赤都光景也。"

列车继续向西飞驰，3日下午，在波兰换上去巴黎的车，晚上在车上吃的饭，侍者穿着小礼服，鞠躬和客人说话，列车驶过莱茵河。莱茵河发源于瑞士的阿尔卑斯山中，穿过德国，长约2500米。从马恩斯到哥龙，这段算是中莱茵河，这里天然风景并不异乎寻常的好，但古迹却异乎寻常的多。尤其是马恩斯与考勃伦兹之间，两岸上布满了旧时的堡垒，高高下下，错落有致，斑斑驳驳的，有些已经残破，有些还是完好无损。这中间住过英雄，也住过盗贼，或居险自豪，纵横驰骋，也曾热闹一番。

哥龙在莱茵河西岸，是莱茵河西岸最大的城，在德国数第三。在甲板上看去，满眼是教堂的钟楼与尖塔。虽是一座繁华的商业城，却不大有俗尘扑在脸上。英国诗人柯勒律治说：

人知莱茵河，洗净哥龙市，

水仙你告我，今有何神力，

洗净莱茵水？

列车4日经柏林，5日抵达巴黎，朱自清和朋友们住下来游览城区胜景。他和同伴们一起游览了卢浮宫、凡尔赛宫、巴黎圣母院、铁塔、殖民地展览会等。

巴黎位于法国西北偏中，塞纳河穿过巴黎城中，像一道圆弧。河南岸也称左岸，有著名的拉丁区。北岸也称右岸，区域面积是左岸的一倍，巴黎的繁华区就在这里。其右岸不是穷学生常去的地方，所以有一中国朋友说他是左岸人，抱"不过河"主义。区区一衣带水，却分成两等人。

朱自清他们先去逛的是卢浮宫。卢浮宫好像一座宝山，朱自清来到这里后大发感慨，这里蕴藏的东西实在是太多了，让人不知从哪里说起好。不过，算是以画为最，还有雕刻、古物、装饰美术等，真是琳琅满目。乍一进去，让他摸不着头脑，弄得糊里糊涂的。宫中最脍炙人口的有三件。

一是达·芬奇的《蒙娜丽莎》像，大约作于1505年前后，是觉孔达夫人的画像，相传达·芬奇这幅画像用了四个钟头。因为要那甜美微笑的样子，每回临像时，总是请些乐人弹唱给她听，让她高兴一些，结果像画好了，她还真是在微笑。

二是米罗《爱神》像。1802年，米罗岛的一个农人发现了这像，只要500元钱便卖给了法国政府。据当代考古学家研究，这座像作于公元前100年左右。那两只胳膊没有了，它们是怎么个安法，却让考古学家们大大地费了一番心思。

这座像不但有生动的形态，而且还有温暖的骨肉。特别是她那强壮而清明，单纯而伟大，朴真而不奇。所谓清明，是身心健康的表象，与麻木完全不同。其风格与公元前 5 世纪希腊巴台农庙的监造人、雕刻家费铁亚司相近。

三是萨莫色雷斯的《胜利女神像》。女神站在冲波而进的船头上吹着一支喇叭。但是现在头和手都没有了，剩下的只是翅膀与身子。

凡尔赛宫在巴黎西南近郊，原是路易十三世的猎宫，而路易十四觉得这个地方好，便加大修饰。路易十四是所谓的"上帝的代表"，凡尔赛宫便是他的庙宇，而法国贵人一半多住在宫里，他有 14000 个侍从，比如吃饭就得 500 人伺候。

那时是法国艺术鼎盛时期，一切都成为御用的，集中在凡尔赛宫和巴黎两处。凡尔赛宫里的装饰力求富丽奇巧，用钱无数。金添彩画的天花板，木刻华美的家具，花饰、贝壳与多用错综交会的曲线纹等，这便是所谓的"罗科科式"。

宫中还有大镜厅，17 个大窗口正对着 17 面同样大小的镜子，拱顶上绘着路易十四世打败德国、荷兰、西班牙的情形。1919 年 6 月 28 日，第一次世界大战后那个祸根一样的和约，便是在这个富丽堂皇、奇花异石的凡尔赛宫签订的。

朱自清他们来到慕名已久的铁塔。铁塔在巴黎的西面，塞纳河东岸，高约 1000 英尺，算得上是世界最高的铁塔。全塔用铁骨造成，如同网状，空处多于实处，轻便灵巧，亭亭直上，颇有戈昔式余风。

铁塔头两层有"咖啡"、酒馆及小摊儿等，电梯步梯都有，电梯上下两厢，一厢载直上直下的客人，一厢载头层停留的客人。

朱自清他们游完巴黎后，8 日上午登车，下午抵达伦敦，暂行寓居旅馆。

# 伦敦修课

朱自清在伦敦住下来后，便是购买衣服及必要的生活用品，并和友人游览了伦敦堡、博物馆、海德公园、伦敦大街、帕尔议会大厦、白金汉宫。

然而，朱自清在伦敦开始进修、漫游的时刻，祖国山河却遭受到日寇铁蹄的蹂躏。

1931年9月18日，驻中国东北的日军，炸毁了南满铁路在柳条湖附近的路段，炮击东北军大营，重炮猛轰沈阳城，19日侵占沈阳，又分兵进占长春、本溪、牛庄、营口及安东等地，21日，日军几乎全部侵占了辽宁、吉林两省千里江山，制造了震惊中外的"九一八"事变。

朱自清是在《泰晤士报》上得知日军在东北制造了"九一八"事变的，心中非常焦急，但远在国外的西欧，虽有心报国却效力无门，救国无方，只是徒有一腔热血。

10月8日，朱自清到皇家学院办理上课手续，学校规定要选修四门课，且须主课，他稍做权衡，遂决定不在这所学校进修。第二天去另一所大学联系，没想到非常顺利，很快办理好全部手续，可以上课了。他修语言学及英国文学，每星期二、四、五下午都有课，星期一下午还要听讲演。

他把自己全天的活动做了个安排：早上念英文生词，读报；下午上课，晚上写信或访问朋友。他还定了每阶段的读书计划,其涉及面极广,包括《圣经》、欧洲文学历史、神话故事、各类型的现代作家作品,以及莎士比亚、哈代、高尔斯华绥、康拉德、劳伦斯、萧伯纳、沃德、查理德等人的作品。除了文学,他还要涉及音乐和艺术,决心要在这次欧游中好好地充实自己。

10月10日,朱自清在查林路上散步,见前面走过来一位中国青年,当看得清那青年面孔时,觉得有些面熟,于是他马上停步,仔细打量,终于认出他来,原来是清华大学学生柳无忌,他还听过自己的课,也是个好学生。

在这异国他乡不仅遇到了本国人,而且还是自己的学生,这不能不让朱自清非常高兴。特别是自己客居异国他乡,一个交心的朋友也没有,这不能不让他忧闷。现在他乡遇故知,有了柳无忌,他心中十分高兴。从此两人交往甚密,经常结伴逛游。

伦敦海德公园周围满是铁栏杆,大小正、侧门有九个,但游人出入无数,是伦敦公园中最大的一个公园。园的南北都是闹市,园中心却是静静的。灌木丛里各色各样的野鸟,不时传来清脆的鸟鸣声。夏天绿草地上人影丛丛,或躺下或相对而坐,使人感到像是在乡下,而忘记了是在世界顶级大城市里。那草地一片迷蒙的绿,像绿水,像青烟,像梦幻,亦虚亦实,让人感到很难得的舒坦。即使是冬天,这里也是这样。西南角上有一条河,看上去占地也有三亩,养着好些水鸟,如苍鹭之类。这里还可以划船、游泳,并有救生会,让下水的人放心大胆。这条河便是雪莱的情人西河女士自沉的地方,但那是120年前的事了。

海德公园东北是摄政公园,动物园又在摄政公园的东北犄角上,园里最好玩的是黑猩猩茶会,非洲南部的企鹅也是人们特别乐意看的。这些公园都是在市内,位于泰晤士河北。河南偏西有个大大有名的邱园,却在市外。

园中有博物院四所。东南角上有一座塔,但不能上,造于18世纪中叶,那正是中国文化流入欧洲的时候,这塔也许是受到了中国的影响吧。

这时,朱自清正为住所伤透脑筋,他曾在几条街道打听过,不是房租太贵就是房东不理想。提起这个,不料柳无忌也在寻找住处,于是两人不约而同地想到一块,找一个能够同住的地方,彼此也有个照应,特别是在一起也比较热闹。

不久,柳无忌在伦敦西北部芬乞来路找到了一个老大的房子。房东歇卜士太太原是个阔小姐,又受到良好的教育。朱自清也特地访了这家,感到很满意。他在日记中写道:"因为这个地方的女房东是个与人为善的妇人""这里的伙食比我们住处好,女房东对每件事情很认真"。因此他决意搬去,住在侧房里。

新居给朱自清带来清新的生活,让他非常满意。虽然歇卜士太太并不怎样喜欢中国,但她很有教养,为人乐观,不但喜欢说话,也很会说,是个地道的贤妻良母,颇"有中国那老味儿"。

歇卜士太太结婚时得着她姑母一大笔遗产,靠着这笔遗产她支撑这个家庭20多年。歇卜士先生在剑桥大学毕业,一心想作诗人,成天在云里雾里。后来,太太的儿子大战时参了军,在大战快完了的时候传来噩耗;女儿后来成了给人家管家的老妈子。

房东太太一开口便滔滔不绝。12月25日圣诞节,英国人过圣诞节,像中国人过旧历年的味儿,送贺年片、圣诞树等,很热闹。圣诞节的晚上,朱自清在朋友的房东老太太家里吃火鸡、酸梅布丁;那位房东太太手头有点窘,却买了几件旧家具,还买了一只二十二磅重的火鸡来过节。可惜女仆不小心烤糊了点儿,老太太自个儿唠叨了几句,大节下,也就算了。

朱自清除了学习外,大部分时间用在游览。不过,在雾重重的伦敦,他多数出行与柳无忌同行。

伦敦对名人故居保存很好，李健吾从巴黎到伦敦来玩，朱自清便和他一起去参观约翰逊的住宅。约翰生博士宅在旧城，是三层楼房，位于一个小广场的一角。博士是1748年进宅，住了11年，太太是在这里去世的，他和助手在那三层楼的小屋里编了那部大字典，寓言小说《拉塞拉斯》据说也是在这屋子里写成的，他是晚上写，只写一个礼拜，为的是要付母亲下葬费用。屋里各处，如门堂、复壁板、楼梯、厨房等装置与陈设无不古气盎然，楼下会客室内还存放着他编的那两部著名的大字典。后来伦敦约翰逊社便用这所宅子作会所。

他们来到伦敦市北汉姆司台德区的济慈故居凭吊。这里虽然不是济慈的故乡，可他在这儿住过，也在这里恋爱、在这里受人攻击，在这里写下了不朽的诗歌。那时，这里还是乡下，没有这么热闹，但他钟情于这里的著名风景，才与朋友布朗同住下来。

济慈他们住的房屋后是个大花园，绿草繁花，非常幽静，可惜的是，中间的那棵老梅树已经枯死。据布朗追记："1819年春天，有只夜莺在屋子近处做巢，济慈常静听它的唱歌以自悦。一天早晨吃完饭，他端起一张椅子，坐在草地上的梅树下，直坐了二三点钟。进屋子的时候，见他拿着张纸片儿，塞在书后面去。问他，才知道是歌咏我们的夜莺之作。"

朱自清拜读了《夜莺歌》的复制件，深感诗人的文笔浑厚有力。

这所屋子保存下来不易。1921年，业主想出售。为了把济慈的故居保持下来，有人出面做工作。于是又冒出个主意：由人翻盖招租。这里地段好，脱手一定快，本区市长知道后，赶紧组织委员会募款1万镑，当款募得差不多，投机的建筑公司争先向业主讲价钱。在这千钧一发之际，市长和本区四委员迅速行动，用私人名义担保付款才挽回危局。那时正当世界大战之后，为这件事在英国募款是不容易的。

他还去过泰晤士河旁，访问维多利亚时期的散文家加莱尔故宅。加莱尔于1834年住到这所宅子里，一直到死。他的书房在三层楼，所著的最后一本书《弗来德力大帝传》就是在这里写的。这间房前面临街，后面是小园子，他让前后都砌上夹墙，为的是怕街上那嚣声。他喜欢穿浴衣，苏格兰国家画院所藏他的画像，便是穿着浴衣。二楼是加莱尔夫人房间，房里放着架小屏，上面不规整地贴着世界各地的风景和人物画片。

他也瞻仰过坐落在热闹地区的狄更斯故居。他屋子里热闹的是画，画着他小说里的人物，墙上尽是大大小小的画，还有那滑稽突梯，让房子里充满了春气。屋子下一层是厨房，所谓"丁来谷厨房"，地道的老派英国式。厨房的架子上摆着带釉陶器，也都画着狄更斯的人物。朱自清最有兴趣的也是狄更斯宅，给他增长了许多见识。

朱自清很喜欢逛街，伦敦头等饭店总是法国菜，二等的有意大利菜。只有旧城馆子和茶饭店等才是本国味道。头等饭店朱自清没去过，意大利馆子倒去过两次。有一家在牛津街，规模不小，饭店里有女杂耍和跳舞者。他们坐下来后，头一道菜是生蚝之类，一种特制的盘子上面围着七八个圆格子，每一格放着一个生蚝，吃起来样子很雅。另一家在由斯墩路，也是个热闹的地方，但这家店却很小，其通心粉做得最好，将粉切成半分来长的小圈儿，用黄油煎熟了平铺在盘儿里，撒上些干酪（计司）粉，轻松鲜美，妙不可言。

他在街上偶然会碰到提着筐子卖落花生的，推着四轮车卖炒栗子的，引起了他对祖国的思念。栗子车上有炉子，花生和栗子装成一小袋一小袋的，一面炒一面装一面卖。这些小本经营，在伦敦颇有点古色古香，点缀一气。栗子是干炒，与他们江南的"糖炒"的差得太多了。英国人爱吃干果，如核桃、榛子等。他们有一种干果夹，像钳子，只要将干果放在夹子里，使劲将夹子一捏，"咯"的一声，皮壳便碎裂了。而他们江南苏州有瓜子夹，像剪刀，小巧玲珑，但用不上劲儿。

大不列颠博物馆附近的小街上有一家诗铺，设在一座建筑物的地下室里，不大显眼，要花很多时间才能找到。铺子是诗人赫洛德·孟罗于1912年创办的，其用意是让诗在社会上能够产生影响。为了达到这一目的，孟罗除开办书店，还办杂志社、读诗会，在每星期四晚上开展活动。许多诗人几乎都在这里读过诗，入场券也很便宜，只收六便士，朱自清进去过两次。

朱自清在伦敦的文化生活也相当丰富，他常去听音乐，看芭蕾，学跳舞，参观各种博览会。

伦敦人喜欢去加尔东尼市场，但市场只在星期二和星期五上午10时开放。市场另外几家旧书旧货铺子，却似乎常做买卖。又有些像小市，去的人很多，有点像北平的庙会，朱自清对这里很感兴趣。

1932年2月26日，恰逢星期五，他特地去逛了一次。

他先到外头一家旧书铺，见书铺没窗没门，到处灰蒙蒙的，门口还有个小水潭。他从乱书堆中间进去，看到书是分门别类的，里间是"文学"，变了味的空气，一走进去便感觉到异味扑鼻。这里《圣经》最多，整整一箱子，不相干的小说左一堆右一堆，他没想到挑出了一本《莎翁全集》，几本正正经经的诗选。铺子里还卖旧话匣片子，不住地开着让人听。

市场里摆摊儿的，男女老少应有尽有，还有缠着头的印度人。摊子上卖的是日用品什么的，布匹、小摆设，花样倒不怎样多，但有一点相同，那就是多半为古旧过了头的东西。有几件日本瓷器，中国货却看不见。朱自清踱了半天，看见一个铜狮子镇纸，够重的，狮子颇有点威武，要三先令（二元多），还了一先令没成交。

快散市时，却看到地上一本厚厚的大册子，他拿起来一看，原来是书纸店里私家贺年片的样本，这虽说是废物，但印得很好看，又各不相同，问价才四便士，合两毛多，便马上买下了。出门时又买了几个擦皮鞋的绒卷儿，价格也便宜。倒是那本大册子拿起来很不方便。正在为难之时，他抬头却见前立着卖纸口袋的，大小都有，买东西的人大概都要买上这么一只。他发现从门口外沿路一直到大街上，差不多都是提纸口袋的。回国后，朱自清把这些给太太和孩子们瞧，他们都爱不释手。朱自清要他们猜价时，都说至少要四元钱。

远在伦敦的朱自清，时刻挂念着国内局势的发展。他十分注意阅读报纸，关心国内的情况。

自"九一八"事变后，日本帝国主义便拉开了中国全面抗日战争的序幕。自1931年占领中国东北后，为进一步发起全面战争，日本陆续运兵入关，以图侵占中国，于是开始了疯狂的侵略。

有一天，他和柳无忌参加北京大学同学聚餐会研讨国事，还被选为北京大学同学会书记。当他得知日军对上海进行军事挑衅时，心中十分不安。他在1月22日《日记》中写道：

> 我们的国家现在正处于危急关头，我们正在忧患中没落。我们能做什么呢？有一件事是显而易见的，不能再讲空话了。

1932年1月28日，日军向上海江湾、北站、吴淞等地发起进攻。广大上海人民，不顾蒋介石不抵抗政策，协助驻守淞沪的十九路军奋勇抗击，英勇杀敌，毙伤日军万余人，这就是震惊全国的"一·二八"事变。

29日，他从收音机里听到"一·二八"事变的有关消息，更是忧心如焚。

　　大约在 3 月间，他在伦敦街头遇到好友朱光潜。1925 年，朱光潜到英国爱丁堡大学学文科，1928 年获文学硕士学位，1929 年 11 月又到伦敦大学的学院学习，致力研究西方哲学，写了《谈美》和《文艺心理学》两本书。朱光潜很佩服朱自清的学问和为人，把《谈美》和《文艺心理学》两本书稿交给朱自清，请他批评指正。

　　八年前，朱自清曾看过朱光潜的论文《无言之美》，很喜欢他说理透彻，现在仔细地读了《文艺心理学》之后，深感朱光潜的学识更加渊博了，心中十分欣慰。

　　《文艺心理学》实质是一部从心理学观点来研究美学的论著，在当时是一门年轻的学问。朱自清很欣赏这本书，认为他的态度是科学的，而"全文文字像行云流水，自在极了。他像谈话似的，一层层地领着你走进高深和复杂里去"。（朱自清《文艺心理学·序》）

　　《谈美》是以《文艺心理学》这本书为依据，用简洁朴素的语言，介绍美学与心理学的理论。朱自清对这本小册子也很欣赏，认为它并不是《文艺心理学》的节略，而是有其完整体系的论著。

　　4 月 5 日，朱自清为《文艺心理学》和《谈美》两本书各写了一篇序言。虽然他对自己的评论"并不感到满意"，但是觉得"自己尽到了大的努力"。（朱自清《日记》）

　　朱自清在英国期间，赶上莎士比亚故乡亲朋戏院落成，朱自清和刘崇鋐、陈麟瑞两位先生和柳无忌夫妇，一同赶到"爱文河上的斯特拉福特"去"躬逢其盛"。他们在那里一连看了三天戏。三天来，他们看的、吃的、住的样样都有意思。莎翁的遗迹触目皆是，其思古之幽情油然而生。

　　朱自清他们还赶上《爱丽丝漫游奇境记》的作者加乐尔的纪念，当时某刊物上登着那活着的、真的爱丽丝 13 岁的小影，《泰晤士报》举行纪念登载《伦敦的五十年》的文字，也是在这个时候。其中一篇 50 年来的男女社交，最惹人产生今昔之感。朱自清本想都把这些写进杂记里，由于种种原因，他觉得还是藏拙为佳。

## 游历欧洲

　　自去年 9 月到达伦敦，一晃已经过去半年多了，眼看假期将尽，该做归计了。4 月 21 日晚上，他与柳无忌夫妇商量，计划同去欧洲旅游。柳无忌和朱自清共处了一段时间，对他的为人很钦佩。

　　现在，柳无忌完成在伦敦的进修任务，看完了博物院所存的中国通俗文学书籍，且与从美国来的未婚妻结了婚，正要她同去欧洲度蜜月。

　　五六月，他们在欧洲开始漫游，巴黎看得最细。他们游览了刚果广场。这广场很宽阔，四通八达，周围都是名胜。中间巍巍矗立着埃及拉米司第二的纪功碑。这座高达 76 英尺的巨碑为方锥形，上面刻有象形文字。碑于 1836 年移到这里，已经有 100 多年了。左右两边各有一座很大的铜喷水，水池边环列着代表法国各大城市的铜雕像，其中有一座代表太司堡。太司堡于 1870 年割归德国，直到 1918 年 11 月签好和约后，太司堡才重归法国。

　　广场东是砖厂花园，这里也有喷水池，白石雕像成行，被一丛丛绿树掩盖着。这里四围是软软的车马，花园里花草分一畦畦的，并排成精巧的花纹互相对称着，整洁玲珑，虽让人赏心悦目，但没有野情，也无蓬勃之气，像北平的巴儿狗。

　　刚果广场西是大名鼎鼎的仙街，直达凯旋门，有四里半长。凯旋门地势高，从刚果广场看去，好像没有多远似的，但一走过去才知道。街东半截子是园子，因密密的树叶遮着，西半截子才真是非常宽敞的街道，笔直笔直地向凯旋门奔凑上去。巍峨的凯旋门盘踞在街的尽头，好像在半天上，欧洲名都街道，怕再没有能赶上这儿了，所以称"仙街"。街上有戏院、舞场、饭店，够游客们乐的。

刚果广场东北，有四大街衔接着，是巴黎最繁华的地方。珠宝等大铺子差不多都在这儿。各店铺五花八门的陈列窗玲珑精巧，五光十色，让人目不暇接，保管让你看不完，也看不倦。沿街道安着咖啡座，有点像北平的茶座，"咖啡"本是法国的玩意儿，巴黎差不多每条街道都有，而巴黎人似乎成了癖，就像他们南方人爱上了茶馆。

"坐咖啡"也有派别，所谓派，是指文人艺术家而言。因咖啡和人是熟的好，久而久之，某派坐某咖啡，便成了自然之势。一个人独坐咖啡，久了就会闷得慌，这与我国南方人上茶馆一个样。

巴黎最大的"咖啡"有三个，都在左岸。这三座"咖啡"名字里，都有"圆圆的"意思，都是文人艺术荟萃的地方，是电灯壁画的立体派，那一个是当代画派。除"坐咖啡"之外，还有"站咖啡"，与我国南方站在柜台边喝酒一个样。长长的柜台，客人围着要吃要喝的，这样要便宜一些，为的是不要人伺候，图的是舒服。

朱自清他们还逛了歌剧院。歌剧院位于塞纳河的右岸，威尼斯式门墙，乌暗暗的，走近细看，才看出上面是精美的雕饰。下一层一排七座门，中间有小雕像，其中是罗特的《群舞》。罗特是现实主义作家，所以《群舞》有血有肉，有情有义。院里的楼梯全用大理石，白、滑、宽，以宏丽著名。低低的栏杆，加上罗马式拱门，一对对爱翁匿克式石柱，雕像上的电灯烛，堆花簇锦一般美丽，那片灯光，像海又像月，照着你缓缓走了上去，让人既浪漫，又轻松怡然。

这里还有供人们在幕门散步的休息室，休息室是一个顶长顶高的大厅，满厅是华丽的灯光，成排的落地窗帘，地下是毯子，几座高大的门边均略有装饰。客人们穿梭来往，穿着各色各样晚礼服的太太和小姐们露着脖子和膀子，"衣香鬓影"。歌剧院是国家的，只演古典的歌剧，间或也演队舞，都是富丽堂皇的。

国葬院在左岸，原是巴黎护城神圣也奈韦夫的教堂，大革命后，一般思想把崇拜神圣转为崇拜伟人，于是修建国葬院，其中虽然有所变动，但在 1855 年终于定了下来。伏尔泰、卢梭、雨果、左拉都是葬在这里的。院内规模很大，建有罗马式圆拱门，架着些圆顶，顶上装饰着图案和画，中央穹隆顶高达 272 英尺，可以上去。院中的壁上绘着法国与巴黎的历史故事，其中名笔颇多。

沙畹（19 世纪）的便不少，其中《圣也奈韦夫俯视着巴黎》一幅，表现的是夜深人静时带着倦意的圣也奈韦夫，在她保护下的巴黎非常宁静，她显得那样慈祥和蔼、一往情深。

巴黎的名胜还有左岸的伤兵养老院，收藏废弃的武器及战利品。院有穹隆顶，高达 340 英尺，直径 86 英尺，造于 17 世纪，优美庄严，胜于国葬院。在洲西关的圣龛堂，是巴黎戈昔式建筑中最美丽者。

毛得林堂在刚果广场的东北，造于近代。

朱自清在巴黎住了三个星期，该玩的地方基本上玩过，因为时间紧，卢森堡博物院、巴黎博物院等胜地没来得及去，但卢浮宫他去了三回，遗憾的是，也只是看了一个犄角，都是"走马观花"地看了。

在欧游中，朱自清他们在两个月的时间里走了 5 个国家，12 个地方。在巴黎待的时间最长，其次是在柏林，他们在这里玩了两个星期。

在柏林，他游逛了柏林最大公园梯尔公园，在那里欣赏了望不到头的绿树和隐现其间的小湖、小溪。

柏林的街道宽大，来往的车辆不多，最大最阔的一条街叫菩提树下，柏林大学、国家图书馆、新国家画院、国家歌剧院都在这条街上。不仅如此，街东接博物院、大教堂、故宫；西边到著名的勃朗登堡门，过了门便是梯尔公园。

街道经梯尔公园，还是直伸下去，有近40里之长。勃朗登堡门和巴黎的凯旋门一样，也是纪功的，建于18世纪末年，其式样好似仿雅典奈昔克里司门，高66英尺，宽68码半，两边各有六根多力克式石柱子。顶上是站在驷马车里的胜利神像，雄伟庄严，表现出德意志国都的神采，但在1807年被拿破仑当作胜利品带走了。

梯尔公园位于菩提树门西，是柏林最大的公园，东西六里，南北二里，地势天然生成，加上树种得巧妙，小湖小溪或隐或显，也安排得恰到好处。这里有湖有水，有树有荫，空气清新，地势开阔，走进公园，使人立即感到神清气爽。

园里的大道旁，齐刷刷地排列着高高的绿树，树下有的地方排着些白石雕像，在一片绿色中显得格外洁白。园子里有不少花坛，其中罗森花坛中的玫瑰最好，非常出名。

园子有一座天然围墙，圆圆地绕着，上面爬些藤条，使绿的小圆叶子在围墙顶参差不齐地长着。坛中的两个小方池飘满雪白的水莲花，玲珑地托在叶子上，像惺忪的星眼。两池之间是一座皇后雕像，四周的花香好像是为她供养着的，因此，梯尔公园景点人工胜于天然，真正的天然却又是一番境界。

除了梯尔公园，朱自清他们又来到司勃来河中一个小洲上参观了七个博物院。他被那里闻名世界的壁雕和古迹吸引了。

不过，这里虽然称洲，是因为周围陆地太多，河道几乎被挤得没有了，加上十六道桥，走上去毫不觉得身在洲中。

洲上共有七个博物院，其中六个是通连着的。但最奇伟的是勃嘉蒙与近东的两个古迹。勃嘉蒙在小亚细亚，曾是希腊的重要城市，柏林博物院在那儿掘出了一座祭大神宙斯用的大享殿，虽说建造于2200年前，但规模宏大，雕刻精美。大享殿掘出来后，经学者苦心研究，按原来的样子修补起来，安放在一座特大的屋子里。屋顶上的玻璃能让阳光从上面下来，墙是淡蓝色的，衬出这座白石的殿，格外有神。周围是爱翁匿克式廊柱，在锁口的地方有若干层台阶，上面各有殿基，殿基上，柱子下，便是那著名的"壁雕"。这是希腊建筑的特别方式，狭长的条石上，是雕刻着的故事，嵌在墙壁中间，这种壁雕颇有名作，如现在大不列颠博物院里的雅典巴昔农神殿的壁雕便是。总之，博物院的整体建筑秀美之至。

近东古迹院里的东西，是19世纪末，或是20世纪初，德国东方学会在巴比伦和亚述发掘出来的，中间巴比伦的以色他门最为壮丽。修建悠久的门、墙上的浮雕，古朴典雅，墙上浮雕着一对对龙和牛，与中国的龙不同，这里的龙是巴比伦城隍马得的圣物，牛是大力神亚达的圣物。博物院除了众多内容丰富、构图优美的图像，还有巴比伦里正殿的面墙，颜色鲜美，上面的图案却是以植物为主。

小洲上还有新博物院、故宫博物院等，他欣赏了这些闻名世界的壁雕和古迹、气象万千的古建筑，深深地感到德意志深厚的文化底蕴和气势恢宏的魄力。

在柏林，一个偶然的机会，他结识了青年诗人冯至。冯至很喜欢朱自清的作品，他曾读过朱自清的《雪朝》。

冯至住在柏林西郊，有一天，他特地请朱自清到他的寓所小花园里喝咖啡。没过多久，又陪他到柏林西南的波茨坦游览无忧宫。波茨坦是佛来德大帝城，冯至常来这个地方。

有"欧洲的公园"之称的瑞士，虽然国家不大，但自然环境不错。在这里，逛山的味道比游湖还好。

瑞士的湖水都是蓝的，一平如镜，在阳光照耀下，那水在微风中摇晃着，如同西方小姑娘的碧眼。若是遇上阴天或者下着小雨，湖上便一片迷蒙，水与天混在一起，如同在梦中一般。在大风的时候，水面上便皱起粼粼细纹，有点像颦眉的西子。湖水时有变幻，但朱自清觉得，这些在山上可以更好地领略到。特别是逛山乘的是车，比船的速度要快，一会儿见到湖，一会儿湖不见了；本来湖在左边，不知怎么一拐弯，湖到右边了，非常有趣。山上还可以欣赏山谷，风景流连低回，目不暇接，境界层出不穷，的确淋漓痛快。

卢参在卢参湖的西北角上，与劳思河相连，从两湖中穿过，便看见河上低低的一座古水塔，这儿的灯塔称"卢采那"，有人猜"卢参"之名是由此而出。一天，朱自清和柳无忌夫妇住在山脚下一个旅馆里，因登山费用很高，需要花去他清华半个月的官费，柳无忌夫妇不敢去。而爱好山水的朱自清却不计较这些，兴致勃勃地独自登山旅行。他在途中换过两次车，还要经过一隧道，从车窗往外看去，可以看见阳光下亮晶晶的冰川。山上厚厚的积雪，阳光淡淡的，强烈的反光，耀得人睁不开眼。山上不时雪崩，沙沙地往下掉，朱自清觉得"很好玩儿"。他在早上9点上车，回来时已经是下午5点多钟了。

朱自清和柳无忌夫妇一起在柏林玩了两个礼拜，别处没待过三天以上，其中佛罗伦司、罗马两处，因为赶船，多半是坐在美国通用公司的大汽车里看的。大汽车拐弯抹角，绕得头昏脑涨的，辨不出方向。晚上回旅馆查看地图，已经隔了一层，不像自己慢慢摸索或跟着朋友走那样亲切有味。

罗马历史上是大帝国的都城，现在它的荣光虽然早已过去了，但从七零八落的废墟里，后人还可以仿佛于百一。

罗马市东是斗狮场，还可以看到大概的规模；在许多宏伟的废墟里，这里算是情形好的。斗狮场南面不远是卡拉卡拉浴场。古罗马人颇讲究洗澡，浴场造得好，朱自清他们去的一所更是华丽，全场用大理石砌成。地上是用嵌石铺成的，还有壁画、雕像，用具也不寻常。房子高大，分两层，都是圆拱门，走进去觉得很稳，四面金碧辉煌，与壁画雕像相得益彰。

古罗马人上浴场不单是为洗澡，他们可以在这儿商量买卖、和解讼事等，这与江南人上茶馆有一样的作用。

罗马从中古以来便以教堂著名，康南海《罗马游记》中，引用杜牧的诗"南朝四百八十寺，多少楼台烟雨中"，与这里有些相像。

到滂卑故城虽然也是匆忙的，因时间和朋友稍为多一些，让一个朋友引领到处走了一下午。

滂卑故城在奈波里之南，在意大利半岛西南角上，维苏威火山在它的正东。因火山喷发，那崩裂的灰土山一般地压下来，将一座繁华的滂卑城活活地埋在底下，直到1748年，大剧场与别的几座房子出土，才有了头绪，系统挖掘是1860年，到现在，这座城虽然大半都出来了，但工作还在继续着。

从滂卑城的道路、建筑、壁画、雕刻、器皿等，都可以看出，滂卑城的文化很高，但这种文化大体上是从希腊输入，罗马人自己的很少。滂卑沿海当时与希腊交通，也是个商业城市，人民很富裕，生活非常奢靡，"饱暖思淫欲"，从来酒色连文。滂卑人在酒上是极放纵的，到处都是酒店，家里多有藏酒的地窖，酒店有些像杭州绍兴一带的，酒垆与柜台都在门口，里面没有多少地方，来者大约都是喝"柜台酒"的。

滂卑人是会享福的，他们浴场造得很好，冷浴、热浴、蒸汽浴都有；场中设施也很齐全。浴场宽阔高大，墙上屋顶都画满了画，屋顶正中还开了个大圆窗口，光和雨都是从这里下来。有一处浴场对门便是饭店，洗完澡就可以到这里来吃点儿喝点儿，真是舒服极了。

滂卑城不算大，却有三个戏园子，大剧场为最，可以容纳两万人。街市中除了酒店外，别种店铺遗迹也不少。朱自清他们曾走过一家药店，架子上零乱地放着些玻璃瓶儿，又走过一家饼店，五个烘饼的小砖炉，也还是好好的。街道是直的，与后世取曲势不同。虽然一望到头，可是衬着两旁一排排的、距离相似的、高低相仿的颓垣断户，倒也仿佛是无穷无尽的。

最后，他们到达意大利东北角的威尼斯，这里是闻名遐迩的"水中的城"，水天相接，一片茫茫，空气清新，在温和的阳光中，一切都像是透明的。在朱自清眼中，这里有点像中国江南水乡，水是那么绿，那么酽，简直要把人带到梦中去。

7月7日，朱自清告别了如梦般的威尼斯，和柳无忌夫妇乘意大利罗索伯爵号轮船，经红海印度洋返回祖国。

# 第八章　抨击黑暗

# 给 "狼" 的无情鞭挞

1919 年，在年关即将到来的时候，他突然听到安庆蚕桑女校学生被军阀蹂躏，心中无限悲愤，他驾驭着想象的翅膀，构思出一个羊与狼的故事：

> 如银的月光里，
> 一张碧油油的毡上，
> 羊群静静地睡了。

划时代的五四运动，拉开了中国革命的序幕。民主斗争激流风起云涌。作为一名将要毕业的大学生朱自清，严酷现实对他教育很深，他开始突破个人生活的天地，转向广阔的社会现实，用诗来抨击反动派的罪恶统治，揭露豪门贵族残酷剥削人民的真相，歌颂人民群众集体斗争的力量。

朱自清认为应 "努力认识现在，暴露现在，批评现在，抗议现在"（朱自清《论只顾眼前》）。他就是在暴露、批评、抗议现在中进一步认识了现在。"提倡血与泪的文学，主张人们必须和时代的呼号相应答，必须敏感着苦难的社会而为之写作"（郑振铎《五四以来文学上的争论》），朱自清实践的正是这一主张。因此，他用诗来揭露黑暗人生的惨象，发出不平的呼声。

那位遭遇不幸的蚕桑女校学生，就是那静静睡着了的羊群中的一只，诗的开头，朱自清便先为人们展开了一个和平恬静的景象：美丽的羊群，在充满"如银的月光里"，在绿油油的草地上睡着，月夜是那么恬静，那么温馨，那么美丽。突然：

> 狼们悄悄地从山上下来，
>
> 羊儿在梦中惊醒，
>
> 瑟瑟地浑身乱颤：
>
> 腿软了，
>
> 不能立起，只得跪着了，
>
> 眼里含着满眶亮晶晶的泪，
>
> 口中不住地咩咩哀鸣。

狼的到来，便要张开血盆大口，尽管羊苦苦地哀求，但狼却无动于衷，使和平与恬静的美丽画面变成令人心悸的惨景：狼把羊吞噬了，它发出可怕的胜利笑声，呼啸而去，而月光下只剩下鲜红的血和洁白的毛。

这便是朱自清发表于 1919 年 12 月 18 日《时事新报》副刊《学灯》上，题为《羊群》的诗。他在这里，似乎写的是动物世界弱肉强食的现象，但实际上却是对现实社会人吃人的声讨。在表现形式上，他没有去作令人生厌的抽象表述，而是借助想象的翅膀，把自己的感观幻化成活动的画面，把理性的认识蕴蓄在具体形象之中，血泪人生的惨状就在恶狼扑羊的图景中暴露无遗了。

在他的这首诗中，狼就是军阀，羊就是民众，以狼的"享乐"和羊的

"宛转"，狼的"胜利笑声"和羊的"咩咩哀鸣"，形成了强烈对比，以"如银的月光下"与"斑斑鲜红的血迹"，构成鲜明的对照，更加突现了狼的凶残与强暴，表达了对半封建半殖民地社会的诅咒。朱自清满怀悲愤地用诗来揭露和抨击人生黑暗，发出不平的呼声，从而抒发了他对被害者的深切同情。

当时，文学研究会的某些人虽然也重视对现实社会的反映，极力主张"诗是人生的表现"，却忽视了艺术性，以为"是诗不是诗，都与我无关"，闻一多曾批评他们的诗作"缺乏幻想力"，很少"具体的意象"（闻一多《冬夜评论》）。朱自清显然和他们不同，他是十分重视艺术想象的，他认为"想象在创作中第一重要"（朱自清《文艺的真实性》）。他在《羊群》的这首诗里，显现的就是罪恶社会里人与人的残忍关系。

不仅如此，朱自清在《羊群》里，还把现实生活所激起的情感，微妙地附加于可感的形象中。请看，作为目击血腥暴行全程的"月"的表情，当羊群静静地在草地上睡着时，那"如银的月光"显得是那样安详，可羊在受到狼的威胁时，她就"暗澹"了，最后当她看到"他们如雪的毛上，都涂满了泥和血"的可怕情景时，便"又羞又怒又怯，掩面躲入云里去了"。这样，性格化的"月"，时明、时晦、又羞又怒的种种状况，都是朱自清对现实感触深重的情感具体表现，对被损害者的真切同情，对吃人者强烈的愤恨。

朱自清说："初期的作者似乎只是在大自然和人生的悲剧里去寻找诗的感觉。大自然和人生的悲剧是诗的丰富泉源。"（朱自清《诗与感觉》）如果说，朱自清在《羊群》里，他是借助自然界的现象，来表现对受害者的同情，那么，在《小舱中的现代》，则完全是取材于现实，以揭露人生的悲剧。诗一开头便生动地描绘了轮船未开之前，小贩竞相叫卖的景象：

　　"洋糖百合稀饭，三个铜板一碗，那个吃的？"

　　"竹耳扒，破费你老人家一个板；只当空手要的！"

　　"吃面吧，那个吃饺子吧？"

　　"潮糕要吧？开船早嘿！"


　　船上这些卖零食的，兜售小玩意的，招徕旅馆生意的，卖报卖水果的以及要饭的，个个争先恐后，喧嚣挣扎，小贩竞卖的场面一片杂乱，确实是生活中"平淡"的现象，但朱自清以敏锐的触角，透过表面，深入底里，概括、提炼，创造出生动的艺术形象，揭示了生活中本质的东西。他笔下的各种贩卖叫嚣声，描绘了各色各样的表情：


　　　　灰与汗涂着张张黄面孔，

　　　　炯炯的有饥饿的眼光；

　　　　笑的两颊，

　　　　叫的口，

　　　　检点的手，

　　　　更都有着异样的展开的曲线，

　　　　显出努力的痕迹。


　　脸上的"灰与汗"，眼里闪着"饥饿"的光芒，口与手都"显出努力的痕迹"，这些精练的语言，把小贩兜售自己货物的形态准确地描写得栩栩如生，从而挖掘这些"奇异的人形"的"奇异"心理，他们为了夺取些"黯淡铜板"，而像"野兽"那样的残酷对待。于是，在诗人在想象力的驾驭下，

"尺来宽"的轮船过道，陡然化成一片战场：

> 从他们的叫嚣里，
>
> 我听出杀杀的喊呼；
>
> 从他们的顾盼里，
>
> 我觉出索索的颤抖；
>
> 从他们的招徕里，
>
> 我看出他们受伤似的挣扎。

这些生动的诗句，可见诗人是多么敏锐地接触生活，简直是撕开了人们所熟悉的生活现象，揭露了阶级社会中人与人丑恶的关系。这样，一幅可怜的为生存而相互无情掠夺的血泪人生图景，在航船的一隅豁然展开了，让人们于那混浊而紧张的气氛中，显示出触目惊心的情景。他在这个小镜头中展露出了广阔的社会内容。

1922年暑假前，朱自清佳作不断。5月18日，作《读〈湖畔〉诗集》，于6月11日在《文学旬刊》上发表，接着，6月，文学研究会丛书《雪朝》由上海商务印书馆出版，内收他的诗17首。7月30日，作《小舱中的现代》，于本年9月在《小说月报》上发表。

而他在这年，把妻子留在杭州，为了生活，只身来到台州，其困苦生活，与诗中的那些小贩们一样，也是在挣扎着求得生存。特别是这个时期，正处在五四后的低潮，朱自清正是在极力寻找"路"，寻求"光明"的时刻，性格内向而追求执着的他，尽管心中充满了剧烈痛苦，然而对黑暗的抨击并没有停止，"对旧现实的诅咒和对新世界的赞颂，恰是构成了朱自清的诗歌的重要特色"（《朱自清作品欣赏》）。

《羊群》和《小舱中的现代》，是对黑暗现实的鞭挞。朱自清用诗来抒发追求光明的心境，便用诗来揭露人生的惨景，发出对人生的愤愤不平的呼声。

# 反帝斗争的号歌

朱自清喜欢白马湖，喜欢春晖中学，可是，1924年的冬季，学生黄源戴帽做早操的事引起了一场风波，丰子恺和匡互生他们难以接受，于12月的一个早晨，踏着深深的积雪辞职而去，而朱自清虽然对春晖感到失望，但却不能离开。朋友相继尽散，让他留在白马湖兴味索然。

白马湖的风波在社会上倒是无关大局，然而，1925年5月，爆发了震惊中外的"五卅"惨案，激起了全国人民的无比愤怒。原来，从这年的2月起，上海22家日商纱厂近4万名工人，为反对日本资本家打人和无理开除工人，并要求增加工资而先后举行罢工。5月15日，上海内外棉七厂的日本资本家枪杀工人代表，打伤工人10多人。日本帝国主义的暴行，激起上海工人、学生和广大民众的极大愤怒。

在中共的领导下，5月30日上午，上海工人、学生2000多人，分组在公共租界各马路散发反帝传单，进行讲演，揭露帝国主义枪杀工人代表、共产党员顾正红、抓捕学生的罪行，反对"四提案"。租界当局大肆拘捕爱国学生。

当天下午，仅南京路的老闸捕房就拘捕了100多人，万余名愤怒的群众聚集在老闸捕房门口，高呼"上海是中国人的上海！""打倒帝国主

义！""收回外国租界！"等口号，要求立即释放被捕学生。英国捕头爱
伏生竟调集通班巡捕，公然开枪屠杀手无寸铁的群众，打死13人，重伤数
10人，逮捕150余人。其中捕去学生40余人，击毙学生4名，击伤学生
6名，路人受伤者17名，已死3名。6月1日复枪毙3人，伤18人，制造
了震惊中外的五卅惨案。

　　惨案的消息传到白马湖，朱自清正在小山坳里写书评《山野缀拾》，
于6月1日回到学校，才得知日本帝国主义竟悍然向手无寸铁的群众开枪
射击，血染南京路。他怒火中烧，似乎满眼看到的尽是红彤彤的热血，如
熔炉的铁水，如火山喷发出来的岩浆。6月10日，他满怀义愤地拿起笔，
抒写战斗的诗篇《血歌》。这首诗《血歌》抒发了他不可遏制的悲愤之情，
控诉帝国主义强盗的野蛮行径，一开篇就以悲愤的音调把我们带入那血染
的情境之中：


　　　　　　　血是红的！

　　　　　　　血是红的，

　　　　　　　狂人在疾走，

　　　　　　　太阳在发抖！

　　　　　　　血是热的！

　　　　　　　血是热的！

　　　　　　　熔炉里的铁，

　　　　　　　火山的崩裂！

　　　　　　　血是长流的！

　　　　　　　血是长流的！

烈士的血光，犹如漆黑太空中的一道闪电，一瞬间把一切照亮，有力地震慑着人们的心魄。《血歌》就是为五卅惨案而愤怒呐喊，悲壮慷慨高呼！

朱自清运用激越情语、紧凑短句倾吐愤怒，其感情奔放，如火山爆发，江河决口，具有强烈的感情冲击力。既写出了中国人民敢洒热血、不畏强暴的气概，也勾画出了激烈残酷、令人发抖的血腥场面。

被五四浪潮鼓动起来的朱自清，曾决意以诗歌这种艺术形式来表达自己对社会的观感，抒发时代的新声，反对封建势力，同情被压迫的人民，"关心人生、大自然，以及被损害的人"（《论无话可说》）。所以，他在这个时期创作的诗，有对祖国光明的热切向往，对十月革命由衷的赞唱，对进步知识分子生动的赞扬，有对学生和工人群众反帝斗争的热情歌颂；有对血泪人生的坦言，也有对封建统治势力和黑暗世界的激烈抨击。这些洋溢着积极进取、勇往向前精神的诗篇，充分地表现了他的觉醒，说明他的心潮和着时代浪潮的节律，使我们可以清晰地听到反帝反封建的涛声。

> 血的口！
>
> 血的口！
>
> 申申詈，
>
> 唾着他我你！
>
> 中国人的血！
>
> 中国人的血！

诗中的这些迸发式抒情，沉郁、奔突、炽烈，通贯着全篇，有如烈火中烧，如熔岩翻滚。接下去，他连用"血的手""血的眼""血的口"三个意象化排比短语，像打连珠炮似的，抨击了英帝国主义屠杀民众、凶残掠夺的罪恶行径，富有极强烈的鼓动性和战斗性，生发出一种铿锵有力的强烈节奏和不可抗拒的气势，字里行间闪烁着仇恨的火焰，放射着鲜红的血光，似乎紧执"讨还血债"的武器，擎着反抗掠夺和屠杀的战旗，呼喊着向帝国主义强盗进击。诗人对帝国主义的愤怒也随之越来越烈，得到了淋漓尽致的抒发。特别是最后又连用"都是"：都是兄弟们／都是好兄弟们／破了天灵盖／断了肚肠子；接着又连用"还是"：还是兄弟们／还是好兄弟们；紧接着的是连用的"还在"：我们的头还在颈上／我们的心还在腔里。这三个递进式短语，使感情的波涛迭起，推向了高峰。在诗的最后，他振臂狂呼：

> 我们的血呢？
>
> 我们的血呢？
>
> "起哟！起哟！"

这有力的高呼，鼓舞人们奔向反帝斗争的前列。过了几天，他又写了一首《给死者》，以丰富的想象，沸腾的激情，表达了自己为"五卅"死难烈士无限悲恸的心情，表露了全民族的哀痛的怒忿。

五卅惨案犹如一块石头，击碎了朱自清本已平静了的心境，热血又在血管里奔突，思绪万千，坐卧不宁。

《血歌》于当年7月，发表在《小说月报》十六卷七号上。

# 电车上的愤怒

1924年暑假期间，朱自清到上海参加中华教育改进会第三次年会。一天，他在一路电车里，看到一个西洋人带着一个小西洋人，相并地坐着。他猜不出他们是英国人还是美国人，但猜出他们是父与子。那小西洋人，即那个白种孩子，看上去不过十一二岁，但一副机灵的神情，让人觉得很可爱，引起了他长久的注意。那孩子戴着平顶硬草帽，帽檐下露出张圆圆的脸，白中透红的面颊，眼眉上金黄色的睫毛长长的，显出天真与秀美。

朱自清向来喜欢孩子，见了有趣的小孩，总想和他亲热，或者随时亲近亲近。他在高小时附设的初等年里，有个长着乌黑头发的刘君，牵着手和他说话时，真是小鸟依人一般，静静地仰着头，脸上老是那么幽静而真诚。这回在电车上，朱自清又发了老癖气，三番两次地看那白种孩子——小西洋人！

那小西洋人坐在朱自清对面，初时看他，他并不在意，或者没有理会，但过了一会儿，那父亲站起来，儿子也站起来了——他们快到站了。当他走近时，突然将脸伸过来，两只蓝眼睛睁得大大的，表情粗俗而凶恶。他眼里有话。"咄！黄种人，黄种的支那人，你，你看吧！你配看我！"他说这话时，顿时失去了天真的稚气，脸上布满着横秋老气，他那向朱自清伸过来的脸，足有两秒钟。电车停了，这才胜利地掉过头去，牵着那大西洋人走了。大西洋人这时正注目车窗外，不曾看见下面的事，儿子也不去告诉他，只是伸了伸脸，若无其事的，在沉默中凯旋了。

不用说，这是一种"出其不意，攻其不备"的袭击！特别是想到那小西洋人两颗枪弹似的眼光，茫然地感觉着有被吞食的危险。他被这突然的一击，顿时张皇失措，感到空虚而压迫，连呼吸都不自由了。

他在马路上开步走着，那小西洋人竟未回头，断然地去了。猛然间脑际里萌发一种迫切的国家之感，自己是黄种人，而现在还是白种人的世界！而这个骄傲地践踏自己的，竟是一个十来岁的白种"孩子"！

他向来觉得孩子应该是世界的，不应该是一种，一国，一乡，一家的。而这个十来岁的白种孩子，竟已被嵌入人种与国家的两种定型里了，并懂得凭着人种的优势和国家的强力伸着脸袭击自己，顿时觉得自己的脸上缩印着一部中国的外交史！

这件事过去了好些日子。朱自清写完《血歌》后，仍是心潮难平，深深地思索着。过了几天，即在1925年6月19日这个寂静晚上，他又陷入了沉思。忽然间，他想起了去年参加第三届年会时所发生的那件事。眼下，《血歌》的墨迹未干，那个白人小孩子的脸又跳到眼前，似乎与"五卅"血案中的帝国主义撞在一起，心里便有很多话要说出来。

夜静了，初夏的夜晚暑气渐消，苍茫的白马湖，在晚风的吹拂下，微微地呻吟着，沉沉地睡去。朱自清毫无倦意，他慢慢地在房间里踱着步，抽着烟，拨开记忆的浓雾，继续思索着，他抓住在电车上的那一次偶然的遭遇，运用理智的利刃，层层剖析，从小孩那轻蔑的目光，想到他为什么小小年纪，竟敢如此骄傲地践踏中国人。他终于发现其原因了。那孩子不仅知道自己是白种人——上帝的骄子，而且"已懂得凭着自己人种的优势和国家的强力"来欺侮他国人民,他所读的书里,无疑是"将中国编排得一无是处"。他从这一次"袭击"想到"许多次袭击",这就是帝国主义者对中国的侵略和奴役的惯性。因此,这一次袭击绝非偶然,而是"许多次袭击的小影"。

认识的脉络厘清了,于是,铺开稿纸,在荧荧的灯光下,他的笔在纸面上疾速地飞舞着,他要通过这一有限现象的描写,展现中国灾难深重的现实情景,挖掘民族被欺侮的历史根源。

初夏的白马湖,水还是那样绿,湖边的山还是那样青,大自然把它装扮得像是刚刚出浴的少女,是那样妩媚,那样动人。

但此时的朱自清无心打量窗外月光下"刚刚出浴的少女",他全部身心都凝聚在笔尖上。他的思绪正激烈地起伏着,飞越着,呐喊着,为伸张民族正义而澎湃。

他满怀曾被践踏的愤怒,写完这部散文名篇《白种人——上帝的骄子!》。

朱自清在文章中,寓大于小,启示人们,在中国的土地上,仍是白种人的世界。要使国家免于"被吞食的危险",就要"看看自己",奋发自强,振兴中华。

朱自清向来以灵敏的眼光观察事物,细心把握,以小见大,写出振聋发聩的作品。现在,他深思和反省中,敏锐地在偶然中发现了必然,透过那个看似一闪即逝的现象,展示了一个十分尖锐的问题,即帝国主义种族歧视。他要用自己的笔抨击帝国主义以强欺弱的本质。

抨击当时社会的黑暗和腐朽没落,朱自清以犀利的笔触,战斗不止。如《航船中的文明》,写的是他有一次从绍兴府桥到西兴渡口的夜航船中,看到船中"女人坐在前面,男人坐在后面"所谓的规矩,通过缜密的考察,"拆穿"现实黑暗的实质,抨击了封建粗俗与落后。而《白种人——上帝的骄子!》也不过是"一言一动之微",他抓住这言动之微,发生联想,觉悟到民族被践踏的现实与历史的根源。

朱自清反帝反封建的作品,取材都是来源于生活。在生活中观察事物,朱自清"于一言一动之微,一沙一石之细都不轻易放过","于每事每物,必要拆开来看,拆穿来看","总要看出而后已,正如显微镜一样"(朱自清《山野掇拾》)。《白种人——上帝的骄子!》一文中,那白人小孩,只不过两秒钟的眼光的"袭击",本是生活中常见的小事,而朱自清把这"小事",犹如抽丝剥茧,层层拆开:开始是感受到目光像是"两颗枪弹",从而联想到小孩的目光,为什么敢如此"骄傲"地"践踏"着中国人?进而发现其原因是,由于他"已经懂得凭着人种的优势和国家的强力"来欺侮他国人民。从他为什么会有这种思想,考虑到是家庭、学校、环境长期以来对他深深地影响的结果,继而他又发现这是因为他的父亲、戚友、老师,乃至同国同种的人,一贯是"以骄傲践踏对付中国人",从而揭示了"缩印着一部中国外交史"。他就这样层层深入,一拆到底,他从个人的遭遇想到国家的命运,从眼前现实追思过去历史,从抽象到具体,从感性升华到理性,通过那一瞬间即过的偶然现象的剖析,挖出一个白人小孩之所以欺侮他国人民的根源。

"暴露现在,批评现在,抗议现在"(朱自清《论只顾眼前》),抓住典型事件,一拆到底地予以抨击,这就是朱自清"眼里容不得沙子"的个性。他在另一篇散文《航船中的文明》中,抓住两个女人乘船的事例,对旧风俗予以有力的抨击。第一个女人是乡下人,她不满船家所规定男女分坐的规矩,即要女人在后面坐。明知不公,但在船家的"宏论"的压制下,她只能服从。第二个是"带着五六分城市气"的女人,是和男人一路来的,尽管她也不服，不愿和自己的男人分开，可最后还是被那个"规矩"，把他们一对生刺刺地分开。显而易见，前后两例，并不是事情简单地重复，而是事态的深入展现和补充，且不说前面是一个女人，后面来的是对夫妻，重要的是朱自清生动地把船家掌握了"规矩"言行语气的变化写得入木三分。他们对第一个女人，虽然提到了那些"批评家"们的"议论繁然"，但没有具体描述，而在后一例中，他集中地表现了乘客们的反应：船家嚷道："我们有我们的规矩，不管你'一堆生'不'一堆生'的！"这时乘客们都笑了，"有的沉吟说：'一堆生？'有的惊奇地说：一'堆'生的！有的嘲讽地说：'哼，一堆生的！'"

这生动的描写，真是闻其声如见其人，从这些"沉吟""惊奇""嘲讽"等各种各样声调里，不难想象，他们都不屑于女人的抗议，一致赞同船家的规矩。于是，一个严峻的事实显现出来了，其男女分坐的"规矩"之所以能够实行，绝非偶然，在它的背后，有着庞大的社会上的精神支柱，这就是旧思想、旧道德、旧风俗、旧习惯。人们所看到的，远远不是小船上的陋习，而是整个社会的积弊！

可见，面对电车上的白人小孩和船上的两个女人的不同情景，他层层深入，一挖到底地对封建思想道德、对帝国主义本性的揭露和抨击是多么犀利，多么深刻啊。

不仅如此，朱自清在艺术上，可以说是到了炉火纯青的境地。他在文章中，一切都是紧扣"袭击"这一中心而伸展开来，也由"袭击"触发回忆，诉说感受，行文线索分明，十分和谐紧凑。

他十分讲究辩证艺术。文章开头，便巧妙地以西洋小孩开始时的"和平与秀美"，来反衬他后来的"粗俗、凶恶"；又以中国小孩之"幽静和真诚"，与西洋小孩的"力"和"强"作鲜明的对比，同时又以开始对小孩的喜爱来烘托后面的因"袭击"而产生憎恶，以后来的认识来否定以前的看法，以美显丑，以弱比强，以爱衬憎，不仅使作品文气跌宕、生动活泼，而且也使作品的思想在对立现象的对比和衬托中强化，增强了作品的抨击力度。

《白种人——上帝的骄子！》，写于"五卅"惨案爆发之时，是配合当时反帝斗争而写的。"五卅"事件暴露了帝国主义凶残的面目，也显示出了中国人民的巨大力量。与《血歌》一样，这一篇猛烈地控诉了帝国主义的血腥罪行，歌颂中国工人的英勇斗争精神，鼓励人们起来向帝国主义者讨还血债。

郁达夫论到五四时期朱自清散文的特征时曾说："作者处处不忘自我，也是处处不忘社会"，常于作品里"点出人与人的关系，或人与社会的关系，以抒抱怀"，而这一特征的形成，则由于"时代潮流与社会的影响"，"这一种倾向，尤其是在'五卅'事件以后的中国散文上，表现得最为显著"（郁达夫《现代散文导论》）。这不仅是对朱自清的这篇散文给予的充分肯定，也是全国知识分子反帝反封建的共同心声。朱自清的《白种人——上帝的骄子！》等文章，和《航船中的文明》一样，都是对帝国主义和封建主义最有力的抨击。

# 喋血"三一八"

1926 年 2 月，他写了一首长诗《战争》，从行为心理学角度揭露人类为了生存竞争，使人间变为充满"呐喊、厮杀"之声的战场。他希望的是人间充满和平快乐。他写完这首诗后，给北京大学同学汪敬熙看。

恰在此时，一场血腥的政治风暴，震撼了古老的北平城。1926 年 3 月，奉系军阀张作霖，在日本帝国主义的支持下，进兵关内，爱国将领冯玉祥，率国民军封锁大沽口。日本帝国主义者为了维护在华殖民利益，公然出兵干涉，12 日，两艘日本护卫奉系军军舰驶入大沽口，并炮击国民军，守军死伤数十名，国民军开炮自卫还击，将日本军舰逐出大沽口。16 日，日本又纠合英、美、法、意、荷、比、西等八国，以保护《辛丑条约》为借口，向北洋军阀段祺瑞政府发出"最后通牒"，蛮横地提出拆除天津和大沽口炮台等国防设施要求，并限令 48 小时内答复，否则以武力解决。同时各国派军舰云集大沽口，用武力威胁北洋政府。

帝国主义的侵略行径激起了全国人民的愤怒，1926 年 3 月 16 日、17 日，在北京的国共两党开会，徐谦以国民党执行委员会代表的身份，同李大钊领导的中国共产党北方区委，决定组织各学校和群众团体在天安门集会。

3 月 18 日，北平 200 多个社会团体，10 万多群众，在天安门举行"反对八国最后通牒的国民大会"，广场北面临时搭建的主席台上，悬挂着孙中山先生的遗像和他撰写的对联"革命尚未成功，同志仍须努力"。台前横幅上写着"北京各界坚决反对八国最后通牒示威大会"。

当日，朱自清从天安门向执政府出发时，曾将游行队从头至尾看了一回，除了不多的工人、市民等群众外，其余都是北京的学生，其中手里拿着木棍的学生并不多，但他们和一些民众一样，将木棍上贴着书有口号的纸，做成旗帜样。他后来和清华的学生队伍一起同行，在大队的最后。他们来到执政府前空场上时，大队满场散开了。这时门前约有200个政府卫兵分立两排，领章一律红地，上有"府卫"两个黄铜字，他们都背着枪。政府大楼前的广场上挤满了人，大约是五代表被拒以后，广场上没有听到群众的嚷声，只有一两处嚷道："大家不要走，没有什么事！"清华队的指挥也扬手叫道："清华的同学不要走，没有事的！"刚喊完第二遍时，朱自清看到众人纷纷逃避，卫队士兵已在枪膛装完子弹，似乎要向他们放，于是赶忙向前跑了几步，在躺在地上的一堆人旁趴下，大家紧紧挨在一起，他们不能动了，只好蜷曲着。

这时，朱自清已经听到噼噼啪啪的枪声了，这是他第一次听到枪声，但在一两分钟后，有鲜红的热血滴到他的手背上和马褂上了，这是在他上面的人流的血。他立即明白，大屠杀已在进行！他这时并不害怕，但不知自己在屠杀中将是怎样的命运。

全场除了噼啪的枪声外，也是一大片沉默，绝无人声。枪声稍歇，人们便爬起来逃奔。朱自清才爬起来，茫茫然地随着人群奔逃出去。在逃跑的时候，他发现掉在地上的帽子和头上都滴了很多那个人的血。枪声约过去了五分钟，响一次警笛，接着是一排枪声，共放了好几排枪，警笛一声接着一声，枪声也跟着密集了。

　　他茫然地随着众人奔逃出去，刚发脚的时候，见旁边有两个同伴已经躺下！他来不及看他们的相貌，只见前面一个，右乳部有一大块殷红的伤痕，同时还听到低缓的呻吟，那殷红的血和低缓的呻吟，他是难以忘记的！他不忍从他们的身上跨过，便绕道弯着腰向前跑，又被人撞了一跤，爬起来仍是弯着腰跑，看到路上有一副金边眼镜，两架自行车，但他难以顾及这些，不由自主地跟着众人向北奔跑。见有个马号，便躲了进去，偃卧在东墙角的马粪堆上。过了两分钟，他看到有一个府卫正在往枪里装子弹，似乎要向他们放枪，便立刻起来，弯着腰逃走，这时场里还有疏散的枪声，于是什么也顾不得了，走到马路，来到东门口。

　　因枪声未歇，东门口拥塞得水泄不通，他隐约见底下蜷曲地蹲着许多人。人们推推搡搡地拥挤着，挣扎着从那些人身上踏上去，

　　那时因理性失去了作用，这样竟恬然不以为怪。因为东门是平安与危险的界线，也是生死之门，故大家都不敢放松一步。在他的努力下，终于从人堆上滚了下来，那时门口有两个卫队在那儿闲谈，手枪队不见了，门口人堆里有些是死尸，是被手枪队打死的。

　　他和两个女学生出门，出东门沿着墙往南而行，因还有枪声，他想躲进胡同里以免危险，走了没几步，便来到了一个胡同，正想拐进去，墙角上立着一个穿短衣看闲的人，他轻声地说："别进这个胡同！"

　　慌乱之中，他想也没想便听从了他，转身走到了第二个胡同，这才算脱险了！事后他还得知，街上曾发生过抢劫的事，大兵们用枪柄、大刀、木棍打人砍人，而且还剥死人的衣服，无论男女，往往剥得只剩一条短裤。

　　据统计，这一天当场被杀死47人，受伤200多人，这就是震惊中外的"三一八"惨案，后来鲁迅得知消息，也愤怒地指责这是"民国以来最黑暗的一天"。也是在这一天，朱自清历尽艰险，死里逃生。

段祺瑞政府为了掩饰血腥罪行，便在 21 日的《申报》上发表一个"指令"，玷污共产党人"假借共产学说，啸聚群众，屡肇事端"。

朱自清见报纸勃然大怒，觉得"除一二家报纸外，各报记载多有与事实不符之处"。他点燃香烟在房里踱着，3 月 18 日那天的情景历历呈现在眼前：所谓"进攻"，他清楚地记得，最后的嚷声距开枪只有一分余钟，这时候群众散而稍聚，稍聚而又复分散，枪声便开始了。特别是群众散后观望的心情颇多，并趑趄不前，所谓"进攻"的事绝没有的。

所谓群众与卫队有何冲突，朱自清自己没有看见，但后来据一个受伤的说，他看见一部分人——有的是拿木棍的——想冲进府去。但这绝不是卫队开枪的理由！

他们既屠杀于前，又复污蔑于后，人间竟有如此卑鄙之事。"这究竟是访闻失实，还是安着别的心眼儿呢？"

最令他感到伤心的是，清华学校的一个学生韦杰三当场被枪击倒在地，是同学们冒着生死把他抬出来的。朱自清认识韦杰三，有一天，他正坐在房里看书，忽然有人敲门，进来的正是韦杰三，一个温文尔雅的少年，他和自己闲谈了一会儿，便很有礼貌地告辞了。韦杰三虽然很年轻，但他很有骨气，朱自清觉得他十分可爱，对他也很有好感。就在 3 月 18 日那天，朱自清还碰到他，和平常一样，他微笑着向老师点头问好。在游行回来的那天晚上，朱自清得到消息，说他很危险，第二天早上，传闻他已死，朱自清很是痛惜，但走去看学生会布告时，知他还在人世，觉得被鼓励似的，忙着将这一消息告诉别人。

20 日，朱自清进城往协和医院看他，因不知道医院探视的规则，迟了一个钟点，进不去了。他怅惘地在门外徘徊了一会儿，试问门房道："你知道清华学校，有个韦杰三，死了没有？"

“不知道！”门房回答道。

朱自清徘徊到傍晚，无法可想，只好怏怏而归。21 日，得知消息，韦杰三不幸于早上 1 时 48 分去世，就在 20 日夜里。他十分后悔，那天若是早去一个钟点，还可以见着一面！

同学们于 23 日入城为韦杰三迎灵，朱自清在城里 12 点才在报上得到消息，已赶不及了。他下午回来，到古月堂一问，知道棺柩安放在旧礼堂里。他赶去的时候正在重殓。他走到棺旁，只见韦杰三的脸已经变了样，两颧突出，颊肉瘪下，掀唇露齿，完全不是平日见到的温雅模样了。仪式之后，棺盖合上，礼堂里一片唏嘘声，朱自清对着棺柩默念道：“唉，韦君，这真是最后一面了！我们从此真无见面之期了！生死之理，我不能懂得，但不能再见是实，韦君，我们失掉了你，更将何处觅你呢？”送走韦杰三，朱自清拖着沉重的步子回到家里。

直到晚上，朱自清的满腹挂念变为满腹义愤，他又点燃一支香烟，对近两天报纸上不实的报道考虑了一会儿，乃决意写一篇自己“当场眼见和后来耳闻的情形，请大家看看这阴惨惨的 20 世纪 1926 年 3 月 18 日的中国！”

寂静的夜，略带凉意，但朱自清全身热血沸腾，他铺开纸，稍沉思一会儿，便提笔直抒：

　　3 月 18 日是一个怎样可怕的日子！我们永远不应该忘记这个日子！

　　这一日，执政府卫队，大举屠杀北京市民——十分之九是学生！死者 40 余人，伤者约 200 人！这在北京是第一回大屠杀！

他奋笔疾书，以愤慨的心情揭露了惨案发生的经过，控诉段祺瑞政府屠杀爱国群众的罪行。对当时群众请愿游行的情景，用大量的事实，作了细致的描写，并着重强调其绝大多数是学生，没有什么拿着"钉有铁钉木棍"。秩序也很好，连"嚷嚷"声也没有，这充分说明了群众完全是徒手请愿、和平示威的。他举出了一个个事例，有力地批驳了反动当局说他们携带武器闯袭国务院的谎言。他在文章中，愤怒地严斥执政府卫队惨无人性地屠杀行径。"区区一条生命，在他们眼里，正和一根草，一堆马粪一般，是满不在乎的！"

府卫队不但在场内屠杀群众，而且还"拦路邀击"，学生虽幸免于枪杀，也难逃木棍大刀的追击。他还十分细致地描写了这种"邀击"的惨景：魏士毅女士"逃出门时被一个卫兵，从后面用一个有棱的粗木棍儿兜头一下，打得脑浆迸裂而死"，一个高工学生"左臂打好几次，已不能动弹了"，一位同事的儿子，"后脑被打平了，现在已全然失了记忆"。

他把自己所见所闻与感想连在一起，情景交融，扣人心弦。特别是把充分的叙事揭理，相互穿插其间，或抨击，或反驳，或揭露，或诘问，用事实来直接驳斥反动派的造谣诬蔑，加强对反动执政府抨击的力度，具有一种震撼人心的力量。

不仅如此，他抨击的目标旗帜鲜明，直接点名责问："段祺瑞你自己想想吧！听说事后执政府乘人不知，已将死尸掩埋了些，以图遮掩耳目。……但一手岂能遮天下耳目呢？我不知道现在，那天去执政府的人还有失踪的没有，若有，这个消息真是很可怕的！"这种无情的揭露，有力的鞭挞，彻底揭露了段祺瑞政府的狰狞面目。

他对血腥的大屠杀，并不就事论事，他要揭穿执政府的谎言，抓住要害进行驳斥，并把议论穿插其间："这回的屠杀，死伤之多，过于五卅事件！

而是'同胞的枪弹'，我们将何以间执别人之口，而在首都的堂堂执政府之前，光天化日之下，屠杀之不足，继而抢劫，剥尸，这种种兽行，段祺瑞等固可行之而不恤，但我们民国有此无脸的政府，又何以自容于世界！——这是世界的耻辱呀！"

这种诘问，字字千斤，针针见血，有力地揭露了段祺瑞反动政府的实质。

时代的风雨强烈地冲击着朱自清的心弦，"三一八"风暴使朱自清本已平静了的心境被打乱。在寂寞的古月堂里，他时常凭窗眺望，仍然在默默地思索着"最黑暗的一天"令他难以忘怀的"血腥经历"。

## 生命价值的控诉

　　温州的永嘉山，虽说山水景色秀美，社会现实却相当丑恶，它时时给朱自清带来强烈的愤慨，使他的心情难以平静。

　　朱自清在温州十中教书时住在四营，靠近瓯江码头。住在这里的多是小贩、搬夫、店员、小手工业者，他们都是靠自己的劳力挣扎生活着，日子非常艰辛，所以，这里没有深宅大院，多是平房瓦屋。

　　一天，朱自清和孩子们正在吃饭，妻子武钟谦进来，说刚才看见一件奇事：房东家里有人只花了七毛钱，便买来一个 5 岁的女孩子！七毛钱买了一个 5 岁的孩子！朱自清很震惊，忍不住过去看看。那孩子端端正正地坐在条凳上，面孔黄黑色，但还丰润，衣帽也还整洁可看。他看了几眼，觉得这孩子与自己的孩子也没有什么差异，也看不出她低贱的生命符记——低贱的货色的符记。

　　朱自清回到自己饭桌旁，看看阿九和阿采，始终觉得和那孩子没有什么不同！他发现这里头的一个真正原因是，自己的孩子之所以贵重，因不曾要把他们卖出去，而那孩子之所以贱，因她是被卖出去的！

　　这件事引起了他的深刻思考，七毛钱，这也许是自己亲眼所见的最低贱的生命。按理，生命本来不应该有价格的，但偏偏出现了！特别是在"灾荒"时，一个 5 岁的女孩子卖七毛钱，也许还不是最贱，这是什么世道！

妻子还告诉他，这女孩子的哥嫂，将她卖给房东家姑爷开的银匠铺里的伙计，便是带着她吃饭的那个人。他似乎没有老婆，手头很窘的，而且喜欢喝酒，是一个糊涂的人！

朱自清听了妻子的这番话，更是感慨万千。假如这女孩子的父母还在世，即使想卖，至少要迟几年，毕竟她是个可怜的小羔羊。可在哥嫂手里情况就不同了，家里总不宽裕，多一张嘴吃饭，多费一些布做衣，是显而易见的。将来长大了，由哥嫂卖出，说不定还要找些补儿，你说这多么冤呀！不如趁小时候卖，谁也不注意，做个人情，送了干净！

这笔交易的将来，自然是在命运手里；女儿本是个"碰"的命，即使是再虔诚地去"碰"，命运决不会加惠于她！照妻诉说，那伙计必无这样的耐心地抚养她长大。就算日后像小猪一样把她豢养大了，便卖给屠夫，任他宰割去。

朱自清越往下想，越是觉得这女孩子的命运让人非常心寒。即使是往好处想，将来卖给人家做丫头，"仁慈的"主人只宰割她相当的劳力，如养羊为的是剪它的毛一样。到了相当年纪，便将她配人。但在目下被金钱统治世界里，如此大方的人毕竟是少的，十有六七是钱刻薄人！她若在这种人手里，必搾榨她过量的劳力，等她在打骂中成熟时，再卖给大户人家做妾，又容易遭到大妇凌虐，将会消磨于眼泪中了，空断送了她一生。——更危险的是，她若是被那伙计卖给妓院里，那如同屠夫一般的老鸨，督责她承欢卖笑，她的悲剧将是终身的了。

想到这些，朱自清心中十分纳闷，人相卖，原是人类处于迷蒙状态时产生的罪恶，理应随着人类文明的进程而灭绝，谁知在 20 世纪初的今天，居然还堂而皇之地存在着。面对罪恶事实，他不由自主地沉浸在对现实社会的思索，对民族文明的反省。

1924 年 4 月，朱自清与叶圣陶、俞平伯等商议，再度合作出版刊物，传播文学。经商定，第一期由俞平伯负责，大家分头撰文、约稿。于是朱自清便埋头创作，他对温州的生活已经写了两篇，但时刻萦绕在他心头，引起他灵魂震动的，还是那一幕 5 岁女孩价值只有七毛钱的惨景。一天，他展开稿纸，写下了文章题目：《生命的价格——七毛钱》。

深夜，万籁俱寂，空气清凉。他伏在一盏孤灯下沉思，利用思辨的利刃，剖析自己亲眼见到的那件"奇事"，于是，他紧扣这"人货"交易的"第一幕"，即从那 5 岁的女孩子卖给伙计开始，联想到她接下来的命运，继而追索这一悲剧的最后结局，他这样一层层地剖析下去，思维顿时流畅，伏案挥笔，挖掘悲剧的罪恶实质。

思路一经打开，无数感受如海潮一般涌来。他结合自己生活积累，推测这一悲剧的过程。开始有两种可能，一是"掀在丫头坯里"，被残酷地拷榨劳动力，在打骂中打发日子，长大后沦为婢妾，受尽欺凌，悲苦无告；二是堕落风尘，成为被人玩弄的娼妓，每日承欢卖笑，任人蹂躏，最后染上毒疮，在痛苦中死去。区区七毛钱，便决定了一个 5 岁女孩子一生的命运，七毛断送了她的一生，这是多么悲惨！

不仅如此，他还要透过这一幕幕悲剧进一步"深剥"，追究它的根源，追究其社会责任。他在文章中尖锐指出，这种罪恶现象之所以产生，原因就在于金钱世界里存在着"生命市场"，只要它存在一天，所有的孩子就有被卖的"危险"。

写到这里，虽然他还不能用阶级观点，对女孩子被贱卖的事来进行剖析，找到正确的答案，这是由于他的思想局限性，但他对自己感受到的生活现象，层层"剥开"，透过表面深入内里，在一定程度上揭示了生活本质。

为了有力地鞭挞社会上的丑恶现象，他开门见山就提出，"生命本来就不应该有价格，而竟有了价格！"这样单刀直入，可谓是一语惊人，一箭中的，其原因就是存在着人贩子、老鸨和绑票土匪。这些人类渣滓，他们以人的生命为物，标上价格进行贩卖。最高的是绑票，"少则成千"，"多则上万"，其次是妓女，"由百元到上千元"，最低是丫头，三五块钱就可以买一个，还有更低的，甚至比这最低更贱的，这就是他眼所见的一条最贱的生命，只有七毛钱。在这里，朱自清紧扣这"生命的价格"，从最高到最低，层层递进，让人触目惊心，产生了震撼人心的力量。

紧接下来，朱自清又把眼光凝聚在生命价格七毛钱这一悲惨的事件上，细致描写了人货交易的情景，也叙说了变卖的原因，夹叙夹议，触发感想，他从那 5 岁的女孩想到自己的儿女，两相比较，觉得"没有什么不同"，所以有贵贱之分，就在一个"不曾出卖"，一个是"被出卖"。为什么要出卖，其原因较多，但追索着女孩不仅要出卖，还为什么如此低贱的原因，这样一来，加深了作品的思想深度。

朱自清并没有就此停笔，他凭着自己的想象进行推理。即从买主情况来断定，他将来必定是卖给新的"屠户"，于是他那富有感情色彩的笔触，描写她未来的悲惨遭遇：挨打骂、受凌辱以至被藤筋抽，被针刺……这又是何等惨绝人寰的图景！他所写的这些惨景，绝非臆测和设想，而是他依据自己对当时黑暗现实的深刻认识推论出来的，因此显得合情合理，富有说服力。七毛钱竟卖了一个女孩的"全生命"，"生命真的太贱了！"这"贱"，就是对半封建半殖民地的黑暗世界最有力的抨击，无不让人感到愤恨！

他最后愤怒地写道："这是谁之罪？这是谁之责？"答案似乎没有，但矛头所指却是十分清楚的。

贫穷家的女儿，面对全家生存的挑战，往往以她们的命运作代价，女人的生命因此被践踏，自由也被剥夺，朱自清为此奋笔呐喊。在他的作品《阿河》中，阿河的命运与这 5 岁的小姑娘的命运，虽说所取的角度不同，但结果一样，无不让人"感时花溅泪"。

用人阿河，"她的头发乱蓬蓬的，像冬天的枯草一样，身上穿着镶边的黑布棉袄和夹裤，黑里已泛出黄色"，"她是个可怜的人"。

但是，"别看她阿河土，她的志气很好"，而且非常漂亮，一经打扮，楚楚动人。"她的头发早刷得光光的，覆额的刘海也梳得十分服帖。一张小小的圆脸，如正开的桃李花，脸上并没有笑，却隐隐地含着春日的光辉，像花里充满了蜜一般。"可是，提到她的命运，就让人们伤心起来。她"嫁了个男人，倒有三十多岁，土头土脑的，脸上满是疱！"男女双方，一个年轻美丽，一个又土又老，这倒让人想起《巴黎圣母院》里的爱丝梅达拉和卡西莫多，但与《巴黎圣母院》中不同的是，一个是保护美，一个是糟蹋美。"这个男人又不好，尽爱赌钱"。然而，阿河的反抗，只有离婚，但这让她想也不敢想！

也许是天作美，阿河的男人死了，阿河应该得到解脱，可是婆家不让她白白回去，要 80 块钱。

这笔钱对于她家，是个天文数字，于是她爹帮她找了一个新主儿，虽然得到了 80 元钱，但可以说是她又被卖了一次。

在那封建社会里，女人的命运何等悲惨，男人不在世了，而女人仍得不到自由。即使要想解脱，得用金钱来换，这与 5 岁的小女孩被卖的遭遇是一样的。不同的是，阿河后来成了老板娘，这倒是个美好的结局，那么，这个悲惨的小女孩呢？

朱自清对现实生活细致观察，并进行深入的分析，紧扣细微，层层剥开，"把读者的思想引向更高的境界，启发他去做更深一层的思索"。

# 第九章　走出象牙塔

# 到人民中间去

1942年，朱自清生活越来越苦，且又身体一直不好，但他仍然努力著作。在这些日子里，他集中精力撰写了《新诗杂谈》《抗战与诗》，把抗战期间的诗作详细的评点。他认为，抗战以来新诗的趋势是胜利的展望。这种观点非常独到。

抗日烽火在全国熊熊燃烧，朱自清受到抗战烽火的感染，心灵得到净化，思想有了进步，观察事物的能力和水平也有了很大的提高。他怀着一颗火热的心，热爱祖国，拥护抗战，文艺思想也有很大的转变，已由"为人生而艺术"发展到"为抗战而艺术"了。

但是他对抗战的实际情况缺乏深入了解，对轰轰烈烈的表面现象，对统治当局的真实面目认识不清。谁是爱国，谁是卖国，谁是抗战，谁是投降，他的思想中还比较模糊。他只看到"统一"和"完整"，而洞察不到"矛盾"与"分裂"，不知道抗战的到来是需要靠斗争才能实现的。正是如此，他虽然对现实不满，但又"不能勇往直前，迷恋思想而忽视真相，其思想状态，始处于彷徨迷惘之中，而难跨出具有决定性的步伐，时常感触到现实而苦恼不堪"（《名家朱自清》）。

闻一多的《庄子校释》，朱自清拿到手后便认真翻阅。1943年1月2日，他在房间里集中精力翻阅了整个上午，感到精力不支而闷得慌，但又舍不得放下，于是在下午约浦江青、闻一多同游离司家营不远的鸣凤山，以此让绷紧的心弦得到缓解。

鸣凤山上有一座金殿，始建于明万历三十年（1602），仿照湖北武当山真武殿式样建成的，为一道观，原名太和宫，又称铜瓦寺，后被迁往宾川鸡足山。

这天正好是个大晴天，他们一行来到山上的金殿前，见金殿是用青铜铸造的，非常著名。清初，吴三桂率兵进驻昆明后将金殿重建，因此大梁上有"大清康熙十年，岁次癸亥，大吕月十有六日之吉，平西王吴三桂敬筑"的铜字。

这里的文化底蕴较为丰富。朱自清他们见金殿里面还有用铜铸成的匾联、梁柱、门窗等，殿外还有一座铜铸的小亭，一面号称"七星旗"的铜旗，重有 22 公斤的铜剑和大刀。

金殿外还有栏杆、石级，是用大理石砌成的。在殿后有一株老山茶树，树干逾围，树枝盖过殿顶，旁这还有两株紫薇。在山茶、紫薇的映衬下，宏伟壮丽的殿宇古色古香，雅致轩朗。朱自清和闻一多他们细读金殿碑文，考究其建筑历史。他们这天算是偷闲半日，也算是苦中作乐吧。

工作再繁忙，朱自清从未放下手中的笔。在整个春天里，朱自清十分认真地给自己的《伦敦杂记》、王力的《中国现代语法》、马君玠的诗集《北望集》三部书写序。特别是给王力和马君玠的著作写序，先要认真阅读，仔细领会，工作量很大。

4月，《伦敦杂记》在开明书店印行，共收了9篇作品。这本书的印行也是一波三折。他自1935年开始起笔，在抗战后搁了一阵，断断续续经历了9年。后来开明印刷厂被日寇炮火轰毁，排版被葬在火堆里了。直到前些日子，他翻旧书时，忽然发现这些旧稿，其中还残缺的一篇，又请叶圣陶设法抄补，费了不少精力才把稿子寄给开明印刷。想到这些，让他心中无限感慨。

《伦敦杂记》是《欧游杂记》的姐妹篇，其内容主要是当年在伦敦留学 7 月的所见所闻。两本书的风格略有差异，但共同的是，描写伦敦的风土人情，极富人情味。他写信给远在北平的俞平伯请他代售此书，并将书款分批寄回老家。

1944 年是抗日战争的关键年头，形势较为严峻。眼看"五四"又要到了，联大进步师生忙于准备举行庆祝活动。闻一多参加了组织筹备工作，并邀请了朱自清出席。5 月 3 日晚上，在联大校舍南区十号教室，纪念"五四"35 周年纪念座谈会如期召开。4 日，联大中文系在这里举行文艺晚会，会议由闻一多和罗常培主持，原定一些教授讲话，朱自清是其中之一，谁知会议进行一半时特务又出来捣乱，还切断了电线，电灯灭了，会议难以继续，只好停下来。

特务的破坏不仅没有吓倒师生，而且还激起了学生的更大反抗。他们于 5 月 8 日在联大图书馆前的草坪上举行了更大规模的讲演会，参加会议的学生达 3000 多人。大会准备充分，由闻一多和罗常培主持。会议一开始，台上高悬的两盏汽灯雪亮，周围安排了学生加强戒备，以制止捣乱分子又来捣乱。

会议进行得很顺利，朱自清、闻一多、杨振声、孙毓棠、冯至、李广田、罗常培、沈从文等人先后做了讲演。朱自清的讲题是《新文艺中的散文收获》。

最后是闻一多发言，他说："我们的会开得很成功，朋友们，你们看！"他指着从云中钻出来的月亮说："月亮升起来了，黑暗过去了，光明在望了。但是，乌云还在旁边，随时都会把月亮遮住！我们要特别注意，记住我们这个晚会是怎样被敌人的阴谋破坏的！"闻一多讲完后，会场就响起了雷鸣般的掌声。

这次纪念大会，虽经历了前后两次，但全校师生不畏强暴，坚持把拟定的会议开完，这是进步与反动两种势力的较量，给朱自清的启发很大。

1944年暑假结束后，朱自清准备回到昆明。9月28日，他从成都飞往重庆，在重庆南岸的一个朋友家里住了三天。因房子的走廊对着市区，江面上一清早便是雾蒙蒙的，隐约中的城市好像只是个影子。他对重庆印象最深的是雾大，南北狭而东西长，好像一幅扇面上淡墨轻描的山水画。只有雾渐渐散了，城市的轮廓才渐渐清楚，像是扇面有了颜色，但也是淡淡的。

转了重庆的一些地方后，他突然问自己，重庆到底有多大？从前他只知道重庆只是一个岛，似乎总觉得大不到哪里去。两年前他听一个朋友谈起，才知道不然。抗战前两年走进夔门一看，感觉重庆简直跟上海差不多。去年7月他到重庆住了一个礼拜，带着地图跑了不少地方。尽管作了这些努力，重庆到底多大？他还是说不出。

重庆热闹，重庆虽经过那么多回轰炸，景象该说是很惨了。但他看了不少的街，想不到炸痕虽有，瓦砾场也到处皆是，但整个重庆还是堂皇伟丽的！放眼街市，车子和行人川流不息的，但一个垂头丧气的也没有，个个眼里都是充满了安慰和希望。

重庆热，为了对付高温，重庆人穿着各式各样的短衣，摇着各式各样的扇子。一些穿着成套西服的人，在大太阳下等汽车。不管气温有多高，人们却绷着劲儿，保持着那副绅士派头。车等到了，便迫不及待地钻进车里挤着，直到实在热得受不住，才脱了上装，摺起挂在膀子上。为什么偏要白白地将上衣挂在膀子上，甚至还要勉强穿上呢？也许为的是绷着的那一手儿了。

重庆夏天的风景还有很多。比如，重庆的防空洞是很有名的，死心眼儿的，以为防空洞只能防空，一点没想到也能防热。沿街的防空洞大半开着，洞口横七竖八地安些床铺，躺着各式各样的男人、女人；还有些人在马扎子、椅子、凳子上，横七竖八地坐着，一副懒散的样子，似乎他们的精气神全让热给赶跑了。

他于 10 月 1 日飞回昆明，正好赶上开学。这时，他从司家营搬到昆明北门街 71 号单身教员宿舍里。

连日来，他接连开了好几个会议，19 日，在云大至公堂召开鲁迅逝世八周年纪念晚会，会议由云南大学生自治会、昆明文协、联大"冬青"等社团联合发起，云大、联大、中法、中学学生及昆明文化界人士 4000 余人。朱自清在场并发表了讲演，对鲁迅生平、创作等作了系统的介绍，并希望人们学习和发扬鲁迅的革命精神。闻一多等人也出席了晚会。

接着，五华中学在一个星期六的下午召开诗歌朗诵会。他还在朗诵会上，用略带江北口音朗声诵道：

我的国啊，

对也罢，

不对也罢，

我的国啊。

与会的人们，看到台上朗诵诗的中年教师面庞白皙清瘦，身材不高，戴着一副玳瑁眼镜，便知道是朱自清。

他朗诵了一首由他刚刚翻译的诗歌《我的国》，这是一个美国诗人写的。朱自清对这首诗的解释是：我的国对也罢，不对也罢，我总不忍不爱它。

他要以这种国家意念来诱发学生们的爱国热情。

1945年4月6日，朱自清和闻一多参加了联大中文系和外语系合办的诗歌晚会。

这时，他接到父亲去世的噩耗，便以悲痛的心情，安排了父亲后事所需资金。他还接到开明书店寄来一包书，拆开一看，原来是他和叶绍钧合著的《国文教学》，心中十分欢喜。

这是他近来写的关于国文教学的论文和随笔，分上下两辑，下辑八篇系朱自清所作，他们都做了多年的国文教师，也曾为青年们编过一些国文读物，这本书可以说是他们的工作经验的结晶。

这本书的出版，对提高大、中学生的国文教学水平均有很大的帮助。《国文月刊》编者曾明确指出成功原因："他兼有中学及大学的教学经验，根据他的经验制定语文教学的方案，自然不会好高骛远、闭门造车而不合于辙。他兼有新旧文学的修养，凭借他的修养讨论语文教学的内容，自然能够深知甘苦，不会畸轻畸重，局于一端而不切实际。除了文学造诣之外，他又富于研究的精神，于是解析语文教学的问题，更能够深中肯綮，剖析入微，不至于空疏迂阔，类于戏论。除了本国的语文修养之外，他又有外国语文的精深的造诣，对于语文教学的研究，更能够多所比较，相互贯通，不至于抱残守缺，拘墟短视。"（《国文月刊》：《悼念朱自清先生》）

5月5日，昆明文协、联大国文学会、外国语文学会、文艺社、冬青社、云大文史学会、中法文史学会等学术团体，在联大图书馆前的草坪上举行五四文艺晚会，朱自清和闻一多不但受到邀请，而且还被邀请做了讲演。在会上讲话的还有楚图南、卞之琳、冯至等人。5月一过，学期就要结束了。5月29日，他参加了联大国文学会欢送毕业同学会，出席的人不多，主席致辞时强调民主与文学的功利性，朱自清发言，就历史与现实之矛盾加以说明，强调文学不能脱离历史。

学期一结束，他就决定回成都休假。

6月25日上午，他去登记往成都的飞机票。下午他参加了威远街29号的文化沙龙，又参加全国文艺界抗敌协会昆明分会为庆祝茅盾50寿辰和创作25周年纪念活动。在会上，他遇到了田汉、安娥、韩北屏等人。主持人请他当主席，他婉言谢绝，但后来讲了话。会后，全体与会者吃了寿面，并发函向茅盾道贺。

后来，朱自清写了一篇《始终如一的茅盾先生》的文章，颂扬茅盾25年如一日，为中国新文学所作出的杰出贡献。

这段时间，朱自清走出了他的书房，参加社会活动渐渐多了起来。

1946年6月，联大正式结束，奉命解散。朱自清从重庆飞回北平，不久，积极从事《新生报》副刊《语言与文学》的创刊筹备工作。因为闻一多曾于战前办过同名刊物，为了纪念闻一多，他把副刊取这个刊名。

由于工作繁忙，给副刊每周写一篇"周话"，他只能忙里偷闲了。

朱自清自从经历了闻一多这"一团火"的洗礼，他的思想又发生了很大变化。在进步浪潮的冲刷下，他的思想擦出了进步的火花。特别是长期以来，萦绕在他脑际"哪里走？""那里走！"的阴影开始消散，并得到基本解决。他在10月13日《大公报》副刊《星期文艺》上，看到杨振声的一篇题为《我们打开了一条生路》的文章，谈到知识分子的时代命运，他感到"这篇文章里可没有说到怎样打开一条生路"，于是便特地写了一篇《什么是文学的"生路"》在《新生报》上发表，他直言不讳地告诉人们，知识分子的"生路"，就是"做一个时代人"。那么，这是怎样的一个时代呢？他说："这是一个动乱的时代，是一个矛盾的时代。但这是平民世纪。"

因而他大声疾呼，知识分子要冲出象牙塔，走到人民中去！

到人民中去，这简单的一句话，是他揣着"哪里走"的疑惑，闯荡了二十多年，探索了二十多年后，才找到了自己一直想走的路，也是他的思想认识得到升华的真心话。

他现在已经明确地意识到，"文人得作为平民而活着，然后将那在生活的经验表现，传达出来"。

他也深刻地体会到，时代要求知识分子要"站在平民的立场上来说话"。因此，他特别强调立场的重要性：

> 立场其实就是生活的态度；谁生活着总有一个对于生活的态
> 度，自觉或不自觉的。（朱自清《现代人眼中的古代——介绍郭
> 沫若〈十批判书〉》）

现在，可以说他的思想已经结束了中间状态，从学者向民主战士迈出了坚实的一步。

他开始喜爱杂文这一文体，因为这是抨击黑暗现实的利器，是开辟时代的"开路先锋"。他在《什么是文学》一文中写道：

> 杂文和小品文的不同之处就在它的明快，不大绕弯儿，甚至
> 简直不绕弯儿。

但是，杂文最重要的是，在于它符合时代的需要，是"春天第一只燕子"！他又在《历史在战斗中》继续谈到杂文的时代特点：

它在这 20 多年中，由明快而达到精确，发展着理智的分析机能。

在写文章推荐杂文的同时，他还结合在实践中，向社会极力推荐冯雪峰的杂文集《乡风与市风》。他十分喜爱鲁迅的杂文，"百读不厌"。他从鲁迅的杂文中，深深地体会到语言的精辟与犀利。其"'简单'而'凝练'，还能够'尖锐'得像'匕首'和'投枪'一样；主要的是在用'匕首'和'投枪'战斗着"。鲁迅是用杂文"一面否定，一面希望，一面战斗着"；他"希望"革命的烈火烧尽过去的一切，"希望"的是新中国的新生。他要像鲁迅那样，面向黑暗现实，高举锐利的投枪！

打这以后，朱自清的精神状态和以往大不一样了，创作欲望十分高昂，他说：

> 复员以来，事情忙了，心情也变了，我得多写，写得快些，随便些，容易懂些。（朱自清《标准与尺度·序》）

由于文艺观开始改变，以至创作视野也开阔了。他把眼光从个人小天地转向广阔的社会背景，严肃地观察、分析着现实社会矛盾，认真地思考人生。

1947 年 3 月 8 日，北京大学文艺社与清华文艺社，在清华园 304 教室召开主题为"一年来我与文艺"的联欢会。朱自清穿着一件黑呢大衣，安逸地坐在椅子上，右腿架在左腿上，专心地谛听着大家的发言。

会上，关于文学创作的问题，与会的同学有的说创作的苦闷，有的诉说发表的困难，有的要求恢复在昆明时期，文艺社经常讨论和批评的风气，还有的抱怨自己眼高手低的痛苦。他们的这些发言中，夹杂着许多"主观主义""客观存在""矛盾""统一""创作原动力""政治性""知识分子能不能写工农大众作品"等新名词和新问题，引起了朱自清的思考。

待主席请他讲话时，他谦逊地发表自己的看法。后来，大家又谈起京派和海派的问题，晚会结束时，主席又请他讲话，他语重心长地向大家建议："要多写，可以从通讯练习起，要多观察，要多听，一位外国作家常常到街道去记听到的语言，这种做法对我们很有帮助。"（杨汇《一个聚会》）

三年前的 1944 年初，由联大学生肖荻、何孝达发起创办的一个群众性文艺团体"新诗社"，会员均以联大学生为主，也吸引部分校外和爱好文艺的青年学生参加。新诗社还聘请闻一多为导师。在闻一多的关怀与指导下，新诗社坚持革命现实主义创作方向，并以文艺为人民大众、为民族服务为方针开展各种活动，取得很大的成绩。

今年的 4 月 9 日，正好是新华新诗社庆祝联大新诗社成立三周年，于是举办了"诗与歌"纪念晚会。特别让人们痛心的是，在大家欢聚一堂时却少了闻一多。他们请朱自清出席了晚会，他在晚会上讲演《闻一多先生与诗》，显然是为纪念这位为民主事业壮烈牺牲的战士，并较为详细地介绍了闻一多对诗歌创作的成就和理论主张。

近来，他对知识分子的问题考虑很多，工作之余便到图书馆搜集资料，撰写这方面的文章。

4 月 11 日，他进城参加国语推行会，晚上应新华通识学社的邀请，在清华法文讲讨室做"谈气节"的讲演。他一开始便指出："气节是我国固有的道德标准，现代还用着这个标准来衡量人们的行为，主要的是所谓读书人或士人的立身处世之道。"他联系历史情况，对传统知识分子的处世之道，即气节的标准，进行分析批判，着重肯定了现代知识青年大无畏的精神。他把这次的讲话内容整理成文章，发表于5月1日出版的《知识与生活》上。

关于知识分子的问题，他又写了《论书生的酸气》和《论不满现状》两篇文章。严重地批判了历代知识分子的清高意识。从而肯定了"五四"以后的知识分子"脚踏实地向前走去"的精神。尤其在《论不满现状》一文中指出："老百姓本能的不顾一切地起来了，他们要打破现状"，并直截了当地指出，知识分子应从象牙塔走向十字街头。

他回想30年前，自己是背着小资产阶级思想，走上了生活道路，并总结"我懒惰地躲在自己的阶级里，以懒惰的同情自足"（朱自清《那里走》）。并曾以创作热情地表现"我的阶级"，而现在，他却以锋利的笔锋，来批判"我的阶级"，这一变化表明了他的思想有了长足的进步。

这是他又一次提到，知识分子要走出象牙塔，这是他历经三十余年的探索与思考作出的最真诚、最深刻的总结。

# 新中国在望中

1944 年，世界反法西斯战争风起云涌并逐步取得胜利。苏联收复了部分国土，并把战争推向德国及占领国的土地。6 月 6 日，英美军队在诺曼底成功登陆，开辟了第二战场；美军已占领了马绍尔群岛，开始威胁日本本土。

这一年，也是日本加速进攻中国的一年。他们为了挽救其海上的交通线被切除的危险，便急于打通中国东北到广州和南宁的大陆通道，以救援入侵南洋的孤军，于是 3 月间，发动了对湘、鄂、桂地区的进攻。

然而，关在斗室的朱自清，对抗日抱有坚定的信心和希望，但对全国的真实状况不了解。家庭的生活也非常艰苦，这些他都毫无怨言。尽管时局相当危险，他的信心绝不动摇。他认定，抗战胜利之日，就是中国新生之时，他渴望抗战烽火能够锻炼出一个独立、强大的中国来。

是时，朱自清虽然在成都休假，但他的心从没闲着。一天，在自己的小屋，就是在那座报恩寺的平房里，他怀着兴奋的心情准备撰写文章。他熟练地铺开雪白的稿纸，提起羊毫，先写上题目：《新中国在望中》，接着，他手中灵巧的笔在纸上飞跃起来：

　　抗战的中国在我们手中，胜利的中国在我们面前，新生的中国在我们望中。

　　文章一开头，便道出了他的心声：抗日战争肯定会取得胜利！他超前想到，赶走日寇后，便希望要建设一个和平、发达的新中国。那么，怎样才能实现这一愿望呢？他提出了三个"新生"，第一个新生便是"中国要从工业化中新生"：

　　我们要自己造飞机、坦克、军舰；我们要有自己的天，自己的地，自己的海，我们要无数的"机器的奴隶"给我们工作；穿的、吃的、住的、代步的，都教它们做出来。我们用机器制造幸福，不靠神圣以及不可知的力量。

　　这是多么美好的理想的蓝图啊，接下来还有"中国要从民主化中新生""新中国要从集纳化中新生"，这反映了一个正直的、爱国的知识分子的善良愿望和赤诚的心，但这也是一个脱离现实而产生的不切实际的幻想。但他的感情是真实的纯洁的，是对祖国的一分真情。要使祖国成为一个文明富裕的强国，在文章末尾，仍在不断地告诫，"可是非得我们再接再厉的硬干，苦干，实干"。

　　然而，现实的状况却与朱自清的愿望恰恰相反，随着统治政权的反动腐败，他的这些祝愿只是像海市蜃楼一样，虽然美丽，但毕竟是个虚影。

　　1944年，抗日战争进入第七个年头，全国抗日局势开始发生变化，日本帝国主义日渐走下坡路，胜利似乎在望了。但是，国民党政府的腐朽，使广大民众仍处在水深火热之中。最让人心寒的是，文化人的状况非常凄凉，许多作家在贫病中困苦挣扎。

又到了假期，朱自清离昆飞渝后，正好遇上全国文协为援助贫病交加作家发起募捐，开展创建援助基金运动。对此义举，朱自清自然大力支持。8月19日这天，他特地到大学生活动社访问有关人员，商讨成都文协如何草拟援助贫病作家计划。

由于教书、写作还有不间断的社会活动，使他极度劳累，到了1945年，朱自清的身体日渐消瘦。但他关心抗战，把所有的精力投入到抗战的有关工作上，把所有的希望都寄托在取得抗战胜利上。他天真地认为，"只要抗战胜利，什么问题都可以解决"。因此，他以惊人的毅力，忍受病痛的折磨和饥寒交迫的生活，努力埋首研读。"胜利在望""胜利在望"，他是多么热切地盼望这个令人兴奋的时刻早日到来啊！

两个月后，这个历史的转折关头终于来临。

1945年8月14日，日本政府宣布无条件投降，中国人民艰苦奋战了14年，终于取得最后的胜利，消息传开，举国欢腾。备尝辛酸的人民，一下子沉醉于欢乐的海洋之中。

胜利的到来，给在报恩寺那破旧的房子里的朱自清增加了活力。朱自清激动地开始思考，赶走了日寇，中国再怎么走？对此，他想得很多，很远，也很深。他仰望苍穹，在祖国的上空，战争的乌云能够消散吗？

日子长了，纠结在他胸中的问题，他终于憋不住了。一天夜里，他忧心忡忡地对陈竹隐说："胜利了，可是千万不能内战呵。不起内战，国家的经济可以恢复得快一些，老百姓可以少受些罪。"是的，如果内战发生，人民又要遭殃了！

8月底，朱自清从成都飞回昆明。

朱自清对即将开始的新学期，在教学内容上作了缜密的安排。他设立新学科"中国文学史",并由自己开讲。为了有个好的开头,他整天忙于备课。

9月2日,日本无条件在投降书上签字,3日晚,昆明学联联合会青年和社会人士,为庆祝抗战胜利举行"从胜利到和平"的联欢晚会,朱自清也和大家一夜狂欢。

可是,抗战胜利后,国民党政府却在美国的支持下,集中力量抢夺胜利果实。他们以收缴日伪武器为名向解放区发动进攻。与此同时,又以"和平"姿态电邀中共代表赴重庆谈判。虽然达成了《双十协定》,待毛泽东主席一回延安,蒋介石就马上向各战区颁发《剿匪手本》,下达剿匪密令,各路军队纷纷向解放区进攻。

在11月期间,昆明各大院校的师生主张和平,反对内战。全城群情激奋,不顾天寒地冻,人们纷纷举行游行集会,并举行声势浩大的罢课斗争。这样一来,让反动政府惊慌失措,派出了不少军警、特务,四处殴打学生,毁坏罢委会办公室。

面对反动政府的血腥镇压,学生们的反抗意志毫不动摇。他们以《罢委会通讯》为载体,驳斥谎言,公布真相,使各界人士得以及时了解真实情况。

情况越来越严峻,于是,在12月9日,终于发生了"一二·九"惨案。

自抗战胜利以来,朱自清一直关心着时局的变化,注视着这场斗争的发展,他在11月15日、28日、30日的《日记》中,都记叙了学生的运动情况,12月1日,当他看到反动军队向学生施暴时,十分愤怒,特地在《日记》中记录了他们的暴行。

2日,教授会派周栖林等三位教授,向"一二·九"被害的"四烈士"致悼。朱自清虽没有去,他在宿舍里情绪异常激动,肃穆静坐在椅子上,慢慢地细剥着自己的灵魂,"谴责自我之错误不良习惯,悲愤不已"(朱自清《日记》)。

9 日，他前往灵堂向四烈士哀悼致敬。

12 月 27 日，罢联宣布"停灵复课"，朱自清又准备上讲台了，可是他近来心绪不宁，不禁思绪纷乱，而且还经常失眠。

新一年的 1 月 9 日星期二，由于夜里通宵未睡，天亮时刚打个盹，见天已大亮，突然想起是他排定考试时间，觉得给延误了，忙起来穿衣服，可有两个学生已上楼来找他，见时间已过，只好将考试移到星期五举行。他从未发生过这样的事，心中十分懊恼。

次日，全省政治协商会议在重庆国民政府礼堂开幕。12 日星期六，朱自清正在批阅学生的考试卷，钱瑞升来找他，递给他一份宣言书，征求意见。朱自清看后，知道是《昆明教育界致政治协商会议代电》，提出了两项主张，朱自清完全同意，欣然提笔在上面签上了自己的名字。代电于 20 日见报，签名者达 194 名。"一二·九"惨案善后事情尚在进行。为了平息民愤，行政院免去李宗黄云南省省长及所兼各职，而国民党最高国防委员会又任命他为党政工作考核委员会秘书长。

这种令人啼笑皆非的"免职"，激起了人民强烈愤慨。这天，一位老师来到朱自清的寝室，告诉他学联决定罢课一日以示抗议，朱自清立即表示赞同。

1946 年 6 月，当朱自清因妻子住院离开昆明，在他到达成都之日，正是昆明政治形势更为严峻之时。

6 月 26 日，蒋介石悍然发动了内战，以 20 余万兵力向中原解放区发起了围攻，并妄言宣称，要在三个月内消灭中共力量。

蒋介石一手挑起的内战终于爆发了，全国阴云密布，风暴雨狂，美丽的春城昆明已被白色恐怖的浓雾笼罩了。

令他没有想到的是，抗战的胜利，不是"各级政府都建设在民众的声

音和力量之上"（朱自清《新中国在望中》），而是"加剧了法西斯统治，
迫害进步团体，破坏民主生活"（陈孝全《名家朱自清》）。

茫茫神州，仍在遭受铁蹄的肆虐，巍巍山河，何日得以升平。朱自清
那美好的愿望，被战火化为灰烬。他在给肖公权的一首长诗中，倾吐了他
对时势的忧伤：

> 凯歌旋踵仍据乱，极目升平杳无畔。
> 几番雨横复风狂，破碎山河天四暗。
> 同室操戈血漂杵，奔走惊呼交喘汗。
> 流离琐尾历九秋，灾星到头还贯串。
> 异乡久客如蚁旋，敝服饥肠何日赡？
> 灾星宁独照吾徒，西亚东欧人人见。
> ……

虽说是"雨横复风狂"，但昆明斗争的火焰没有熄灭。

他虽然身在成都，但知道斗争的残酷性，非常担心师生的安全。7月，
接二连三地向成都传来噩耗，他为之提心吊胆的事终于发生了，反动政府
以残暴的手段先后谋害了李公朴和闻一多。他为闻一多写了一首激情澎湃
的诗《你是一团火》，并参加了成都各界举行的闻一多追悼会，他慷慨激
昂地在追悼会上发了言，控诉了反动当局的罪行！

第二天，他带着家属离开了成都，到了重庆，在那里他仍然到处讲演
闻一多的功绩，宣扬他"不怕烧毁"的革命精神。

26日，全国文协重庆分会为欢迎他和李广田的到来举行聚餐会，沈起
予做主席，在会上，他遇到了艾芜、力扬、邵子南、聂绀弩、柳倩等人，

畅谈甚欢。在重庆，他连日会晤朋友，讨论胜利复员的感想，又抽空到沙坪坝去参观了南开大学，并在学生公社做了《现代散文》的讲演。10月7日，他和全家乘飞机，从重庆直接飞往北平。

飞机飞抵北平上空时，朱自清忍不住从舷窗向外看去，只见棋盘似的房屋，丛丛绿树，特别是紫禁城一片黄色琉璃瓦，在深秋的夕阳下闪闪发亮，分外美丽。他从未在飞机上看北平城，这是第一次，也是在他阔别八年后重回北平，那纵横交错的马路，如同棋盘上的方格，看在眼里，激动在心里。

他想起走出北京时的那句话，现在果然回来了，眼里北平显得格外亲切，不由想起北平许多好处来。

回到清华园，他一家先住在国会街北京大学四院，22日迁回清华北院16号旧居。这时，他身体更不如以前，明显地现出老态。虽说身体不好，但他仍然关心现实，看到经历八年动乱后的北平，他心情十分沉重。特别是看到"物价像潮水般涨，整个北平也像在潮水里晃荡着"，感到"这是一个浓重的阴影，罩着北平的将来"（朱自清《回来杂记》）。

有一天，他到故宫去玩，看到那里的地摊真多，小东西不少，任凭挑选。另外，在他的感觉中，北平像以前那样"有闲"，公共汽车温吞吞的。这和重庆不一样，那里的汽车虽说不漂亮，但很快，就连上车、买票、下车都很快。

特别让朱自清费心琢磨的是，中山公园和北海等名胜地方都较为萧条。在一个星期日，他带着孩子们去逛北海，在漪澜堂的茶座上，喝茶的人寥寥无几，也没有点心卖，便问店家，说是客人少不敢备。从这一点他敏锐地感觉到，即使中等收入的人家手头也不宽裕了。

北平的治安状况也使他不安，一个星期六的晚上，他们一家到西洋商场去买东西，陈竹隐和两个孩子回来时，在宣武门刚进一个小胡同口不远，突然听到一声"站住"！她向前一看，十步外站着一个人，手里拿着一把明晃晃的尖刀！陈竹隐尖叫一声，拉着小孩往胡同口跑，绊了石头，母子三人都摔倒了，爬起来回头望去，那个人转身已向另一头的胡同口跑了，看那样子，是个刚走这道的新手。报纸上也常有路劫的记载，从前虽也有，但没有现在这么多。朱自清由此感觉到，"北平是不一样了"。

北平的交通管理也让朱自清不满。他刚回一个礼拜，由于交通混乱和美军横冲直撞，车祸接二连三，一次就伤了五六个人。那些警察虽怕军车，不敢惹他们，但对三轮车就不客气了，一不顺眼便拳脚一齐来。一天，他和妻子陈竹隐上街，在宣武门附近，看见一个三轮车停在胡同口跟人讲价钱，一个警察走来，不问好坏，抓住车夫便拳打脚踢。朱自清勃然大怒，上前和警察讲理，高声直问道："你打他做什么！他是为了生活呀！"

在回来的路上，他和陈竹隐说："八年沦陷，难道他们还没有受尽敌人的苦头吗？现在胜利了，为了生活抢生意，凭什么挨打？真可恶！"回到家里，他还愤愤不平，一连几小时闷闷不语。

刚胜利时，他日夜盼着回来，可现在看到这些情形，心都冷了。

转眼便是1947年，国民党的腐朽统治把广大人民逼到饥饿线了，为了生存，北平市民们奋起反抗，自今年以来，城市贫民约有17万人，参加"吃大户"等抢米热潮，5月19日，上海七个国立大学7000名学生，举行了"反饥饿，反内战"游行示威。紧接着，北平的大中学校3万余学生，于20日也举行了同样的示威活动，他们的口号是："要吃饭，要民主！"

这些在死亡线上挣扎的贫民，朱自清非常同情。他日日夜夜思考着，抗战的胜利究竟给中国人民带来了多少光明？带来了多少温暖？

26日，他签名呼吁和平宣言，反内战。他又到新林院访问同事，请他们参加签名，接着又写了一篇《论吃饭》的文章，为千百万贫民鼓与呼。

文章从具体事实出发，深刻地揭露，由于统治者"多吃多喝，就有了少吃少喝的人，少吃少喝的自然是被统治的广大民众"。人民吃大户的原因是"被逼得无路可走"。他把握住整个时代潮流，配合当时"反饥饿、反迫害、争民主、求解放"斗争。

在这场斗争中，十分流行诗朗诵，清华学生也经常召开诗歌朗诵会。朱自清对朗诵有点怀疑，觉得它不是诗，至少不像诗。他在参加了几次朗诵会后，渐渐感觉到它和有些诗比来不觉得好，他想起 1945 年在昆明联大的一次晚会上，听到闻一多朗诵艾青的《大堰河——我的保姆》，闻一多抑扬顿挫的声调，切实展现出这首诗的深刻内涵和情调，听众报以热烈的掌声。因此，他对诗歌悟出一个新的看法，有些诗适应朗诵，它在朗诵里才能显现出好处来，这就是一种听的诗。它有"说出大家要说的话，听的是有话要说的一群人"（朱自清《论朗诵诗》）的特点。有了认识，他还积极实践。他在课堂上朗诵何达的诗给学生们听，效果很好。

他在北京大学的一个晚会上，听到朗诵《米啊，你在哪里》的诗歌，感觉很好，通过听诗朗诵和与同事们商讨，从实践中认识到朗诵诗的价值：

> 朗诵诗是群众的诗，是集体的诗。写作者虽然是个人，可是他的出发点是群众，他只是群众的代言人。（朱自清《论朗诵诗》）

对朗诵诗的支持，他并没有就此停步，还委托人设法在星群出版社出版何达的诗集《我们开会》，并特地写了一篇《今天的诗》，热情地做了评价。

这时，在他和"整理闻一多先生遗著委员会"12 位同事的共同努力下，闻一多全集整理已近竣工，接着又写了题为《闻一多先生怎样走着中国文学的道路》的《闻一多全集序》，已进 8 月了。

很快，又一个新学期开始了，10 月 24 日，中文系举办了一个迎新大会，文娱中最热闹的是扭秧歌，师生们一起进三步退一步地扭了起来，瘦弱的朱自清像一个小老头子似的，迈着不自然的步子，扭得非常起劲，惹得男女师生们止不住哈哈大笑。晚上，他在《日记》中写道：

晚参加中国文学系迎新大会，随学生扭秧歌，颇有趣。

扭秧歌这样的事，在当时是十分新鲜而又时髦的，朱自清的参加引起一些闲言碎语，有的觉得偌大年纪跟青年一起扭秧歌很可笑，但学生们却对此认为是一种"向一个新时代学习态度"，是"对人生负责的严肃态度"（周华《由哀悼死者想起》）。

11 月 22 日是朱自清 50 大寿，晚上，陈竹隐烧几碗菜，阖家为他祝寿，他非常高兴。第二天，学生王瑶等来到他家，提议为他举办 50 诞辰庆祝会，他感谢他们的好意而婉言谢绝。

# 第十章　沉疴积重

# 不倒的病躯

1941 年 12 月 8 日，住在司家营的朱自清，在与别人谈话时得知日本于 12 月 7 日清晨偷袭珍珠港，他非常高兴。这是继 19 世纪的墨西哥战争后，美国领土第一次遭别的国家攻击。特别是这将会使太平洋战争爆发，日本将成为众矢之的了。他心里憋不住个好消息，逢人便告知这一消息。

为了好好分享这个激动人心的消息，晚上，在他和朋友们饮酒庆祝时，酒菜上他控制不住自己，以致夜里引起胃病发作。他不知怎样躺着才舒服，便索性倚在床上。夜，万籁俱寂，窗外传来渐渐沥沥的雨声，使朱自清思绪万千，彻夜未眠。

22 日，朱自清看到重庆《大公报》上，发表了《拥护修明政治案》的文章，揭露了财政部长孔祥熙的丑行。重庆的"倒孔"浪潮很快传到北京。30 日，朱自清经过走廊，看到联大的民主墙上也贴出了"倒孔"为口号的标语。朱自清眼睛不好，走近细看，内容是揭露孔祥熙的种种罪恶，并联系到他的反动政权的腐败。孔祥熙反动政府的罪恶昭彰，引起群情激愤，翌年元月 6 日，千余学生开始上街游行，高呼"打倒操纵金融的孔祥熙""打倒内贼、外奸的孔祥熙"等口号。游行队伍从正义路经过近日楼，到了拓东路后，与工农学院的学生会合，使游行的规模再一次扩大。

这是抗战以来昆明学生第一次举行这样大规模的抗议运动，朱自清非常感动，不顾自己虚弱的身子，抱病上街观看。他很支持学生的正义行动。朱自清回来后很有感触。晚上便在《日记》中郑重地写道："游行秩序良好，人数甚多。"

经过这些日子在家休养，朱自清的胃病仍未见好转。好在2月9日，妻子陈竹隐给他写信，报说家庭大小平安。平常，他虽未过多地提到远隔千里的妻子，但想到自己没有做到尽一个丈夫的责任，觉得非常惭愧和不安。使自己的那份惦念，像块巨大的石头压在心上，有时让他喘不过气来。现在，看到了妻子的平安信，好像卸下了压在心里的石头，感觉整个身子一下轻松起来。因心里高兴，晚餐忍不住稍多吃了一点，没想到饭后立即吐起酸水来。

他在备受胃痛的折磨时，正巧学校安排他作《诗的语言》的报告，他想都没想，便一口答应。他忍住胃的不舒服，连夜为报告做准备。可是，由于那天吃的是胡豆饭，饭后又喝了几杯茶，整个晚上感到腹胀，还不停地呕水，以致整夜未眠。但他仍没有推辞，早上起来，收拾好作报告时要用的东西，走出家门。

胃病像魔鬼一样不停地对他的身子进行骚扰，以致使他不能正常吃饭。尽管他十分注意，但总是防不胜防。一天，中餐他特别小心，可是晚饭后便感到胃中不适，睡下后，在床上辗转反侧，难以入睡，只得到楼下呕吐。胃病日益加剧，朱自清很紧张，他在《日记》中写道：

此景象乃曩所未经，戒之戒之！

因胃病的折磨，使他不能正常进食，身体日渐衰弱，思想负担加重，感到非常痛苦。

9月20日，时近中秋，一直与朱自清要好的校长梅贻琦，特地邀请朱自清和另外两位教师到高峣小住旅游，想让他轻松一下。朱自清虽身体不好，但盛情难却，只好同意了。他们在晚上又饮酒赏月，看到明月在浮云中穿行，十分感慨。晚上，非常宁静，朱自清睡在西边一间房子里。直到深夜，他的那颗激动的心还未平静下来，湖边的水波拍岸声，声声敲在他的心头。

第二天，他们一起游览了西山龙王庙附近"倒石头"。特别是看到这里挺拔峭立的奇峰怪石，又使朱自清想起去年游石林的情景，顿时诗兴勃勃，便一口气写了长诗《游倒石头因忆石林》。全诗共40句，生动传神。他在诗中对"倒石头"大发感慨，以"到眼危欹森逼人，磅礴直欲无天植"的妙句描写了它的壮观，用"登览奇峰郁不开，枯木槎枒刀剑植"佳句，形象地勾勒出石林的奇景。诗稿在同游者中传阅的同时，他又誊抄了一份给梅贻琦以作纪念。由于劳累，回家后，他又感到胃非常不适，他以顽强的毅力度过了这漫长的一夜。他虽就这样熬过了抗战最艰难的岁月，但付出的代价是沉重的，那就是他的健康状况急剧下降。

1945年暑期，朱自清回成都休假，没想到在重庆与老友丰子恺相逢，两人相互赠诗，回忆白马湖的生活。分别时，两人依依难舍。

回到成都后，朱自清时常胃疼，口吐酸水，身体日益虚弱。7月22日，吴组缃路过成都，从叶圣陶那里打听到朱自清的住处，便特地到报恩寺来看他，当朱自清出现在他眼前时，见他衰败得这副模样，非常吃惊。直到朱自清逝世后，他在悼词中这样写道：

　　　　等朱先生从屋里走出来，霎时人要愣住了。他忽然变得那样憔悴和萎弱，皮肤苍白松弛，眼睛也失去了光彩，穿着白色的西裤和衬衫，格外显出了瘦削劳倦之态，11 年没见面，又逢着这艰苦的抗战时期，变，谁也要变的，但朱先生怎么变成这样啊！我没有料到，骤然吃了一惊，心下不禁沉甸甸的。我看到他多么疲乏，他的眼睛可怜地眨动着，黑珠作灰晦暗色，白珠黄黝黝的，眼角的红肉球凸露了出来；他在凳上正襟危坐着，一言一动都使人觉得他很吃力。

见吴组缃来访，朱自清十分高兴，刻意留他吃午饭。饭后他连午觉也不睡了，在书房与吴组缃长谈，并勉励他要多"囤积"生活经验，写出好的作品来，不知不觉谈了两个小时，后又和他一起去参观丰子恺的画展。

他在成都休假，由于休息不好，胃病又严重发作，本想去成都四圣祠医院治疗，但要花一大笔费用，按他眼下的经济能力是难以承受的。便和妻子陈竹隐商量，现在抗战胜利了，等学校回北平后，再在那里做治疗。

1946 年 4 月 4 日，朱自清重新就任清华中文系主任职务。就在这一天，他的女儿采芷与未婚夫王永良举行订婚礼，他祝他们"相爱似蜜而相敬如宾"。讲完后但又感到内容陈旧，愧感"殊不是现代型之家长"。

就任中文系主任后会议非常多，还要讨论关于复员和联大结束工作，安排各校迁回北平的有关事宜，十分繁忙，以致胃病复发，身体更加衰弱。5 月 3 日晚，竟夜间呕吐。早晨起来，又吐了许多酸水，疲惫不堪。但他仍坚持工作，上午参加国文学会，下午参加大一国文会与清华系主任会议。晚上，昆明文协与昆明文联在云大至公堂举行的"五四"文艺晚会，朱自清又出席了会议。同乐会举行演唱解放区歌曲和具有民族风格的歌舞"插秧苗"、云南地方歌曲"茶歌小调"，内容与形式均很生动。操场外营火熊熊，与会的男女们扭着秧歌，还上演了风靡一时的"兄妹开荒"，朱自清也在人群中扭起了秧歌。因夏丏尊在上海去世快一周年了，还在大会上做了题为《关于丏尊先生》的讲演，表彰他对文化事业所做的卓著贡献。

1946 年 6 月，因联大正式结束，北京大学、清华、南开三校分别恢复。朱自清正准备回北平时，突然接到陈竹隐从成都寄来的信，信中说她生病住进了医院。朱自清二话没说，放下手头的工作，乘飞机飞到重庆后，再转乘汽车赶到成都。没想到又碰上了大雨，在距内江只有 10 公里处，汽车的轮胎又破裂了，不能行驶，他只好宿于旅馆。夜里胃病复发，呕吐不止，困顿非常，但第二天，还是拖着病体，于 18 日才回到家里。

他得知陈竹隐住在刘云波医院养病，立刻赶到医院看望，又向医生询问妻子的病情。当他从医生那里得知妻子的心脏病已有好转，连日几天疲惫不堪的他这才放下心来。

可是，他自己的胃病没有及时得到医治，随着时间的推移，病情仍在继续加重，令人担忧。

1948 年元旦到来，朱自清上午在工字厅参加学校的新年团拜会，晚上又参加文学系师生在余冠英家门前举行的新年同乐会。同乐会的主要节目是扭秧歌，同学们还给他化了妆，穿着红红绿绿的衣裳，头戴大红花，兴奋地和同学们扭着，气氛非常热烈。他虽然身体不好，但受到气氛的影响，他扭得很认真。睡觉前，他在《日记》中写道："晚，参加中国文学系新年晚会，颇愉快。"

他和青年打成一片的精神，虽然让许多人大为感动。但因过于劳累，第二天胃病复发，尽吐酸水，不能进食。由于身体非常虚弱，无奈之下，他只好待在家中静养。

静养，即不能工作，什么事也不用做，可按他的性格，怎么能闲得下来？闷时只好翻翻书。好在他收到了作家书屋寄来自己的新书《新诗杂谈》，心中不禁大喜。这本书是去年 12 月才出版的，全书共收录文章 15 篇，另有一篇译文，多作于抗战期间。就这本书的特色，他在"序"中写道：

> 我们的"诗话"向来是信笔所至，片片段段的，甚至琐琐屑屑的，成系统的极少。本书虽然每篇可以自成一个单元，但就全篇而论，也不是系统的著作。因为原来只打算写些随笔。

其实，这本集子早在 1945 年 10 月编就，谁知书稿寄出去后便石沉大海，杳无音讯。几经打听，说是为了回避日军的骚扰，作家书屋几经迁移，书店在辗转中将书稿失落了，让他伤心异常。没料到三年后竟然出版了，让他喜出望外。他将散发着油墨香的新书，不停地摩挲，翻阅不已，高兴之下，在目录后的空页上挥笔写道："盼望了三年了，担心三年了，今天总算见了这本书！辛辛苦苦地写出这些随笔，总算没有丢向东海大洋！真是高兴！一天里翻了十来遍，改了一些错字。我不讳言我'爱不释手'。'邂逅相遇，适我愿兮！'说是'敝帚自珍'也罢，'舐犊情深'也罢，我认了。1948 年 1 月 23 日晚记。"

写好后，他又在第一行上边盖了一个闲印，最后一行下边，盖了一个"佩弦藏书之钤"。由于太兴奋了，手忙脚乱，第二个图章竟然倒置了。

因身体不好，他的心境也不如以前，有时无端地变得多愁善感。去年 12 月，清华大学吴景超教授的夫人，在天津《益世报》副刊《星期小品》上，发表了一篇《老境》的散文，谈到子女们长大后，如乳燕般离巢远飞时，正中自己凄哀酸楚的心境，他看了后，引起了强烈的共鸣。1 月 29 日夜里，他辗转反侧，没有一点睡意。他想到自己的状况，千情万绪，于是披衣提笔写下诗一首：

中年便易伤哀乐，老境何当计短长。

衰疾常防儿辈觉，童真岂识我生忙。

室人相敬水同味，亲友时看星坠光。

笔妙启予宵不寐，美君行健尚南强。

正巧，梁实秋是《益世报》副刊主编，他将这首诗抄寄给他，还抄了两份，分别寄给了俞平伯和叶圣陶。

在病中，朱自清也十分关注社会问题。他在 1 月间写了一篇《论且顾眼前》的杂文，扣住现实，用犀利的笔触剖析国民党发动内战深层次的弊端，并将"战祸"起在自己家里所造成的后患一层层地剥开。认为"动乱比抗战时期更甚，并且好像个没完似的"，继后，是猛烈抨击"这些享乐的人"，"他们巧取豪夺得到财富，得来的快，花去的也快"。他把矛头直指豪门贵族，直言不讳地指出，他们"现在享用娱乐也是史无前例的"。

刚正不阿的性格，决定了他对社会现象的认识、对人生的态度。因此，这篇文章观点明确，语气尖锐，分析犀利，爱憎分明，其内容之深刻为以往所未有的。

1948 年 3 月间，国民党政府又演了一场"行宪法国大"的闹剧，一时间，伪国大的活动紧锣密鼓地开演了。因清华大学有个别教授参加竞选，请他帮忙投票。朱自清对这样的闹剧十分厌恶，当请他投票时，便坦言相告："胡适是我的老师，我都不投他的票，别的人我也不投。"

3 月 19 日，是北京大学的同学杨晦的 50 寿辰，李广田来访并告诉他，第二天，朱自清进城参加杨晦的寿辰纪念会。老同学们相聚在一起，拉开话匣子，无意间多吃一点，回来后胃病复发，剧烈呕吐，痛苦非常，身体比以前更为衰弱，只得在家休养。

休养，对他来说，是最害怕的。他当然难以静下心来，只要略感到好一点，便起床清理自己多年来写的稿子。这些多是有关语言和人情世态的短文，他用心地一件件地收集好，分类整理，意欲编成《语言文影及其他》，并分为两辑："语言文影之辑"，共 10 篇文章，"人生的一角之辑"，共收 9 篇。

他对此本来有一个强大的写作计划，一是写关于语言意义的文章，除编成"语文影"外，还要出"语文续影""语文三影"，后又觉得这些文章多少带有点玩世气味，写了几篇便渐渐做不下去了。

但他不因此而停笔。后来计划写些关于日常生活的短文，书名也取了，为"话的话"，打算以严肃的态度来写，才写了两篇，又觉得不满意，还是写不下去了。

至于"人生的一角"，这是他计划了而没有完成的一部书。开始，他本想写一本"世情书"，又想到"世情"又有"世故人情"之嫌，怕人误解。而且"世情书"的名字，觉得太大太泛，故又改为"人生的一角"。他在"序"中写道："'一角'就是'一斑'。"这本书是他手订的最后一个集子，没来得及出版，他却去世了，直至 1985 年，才由中国文联出版公司印行。

不仅如此，他还带病与叶圣陶、吕叔湘合作，编辑了《高级国文读本》。他认为，现代青年学文言，应该从基础学起，其目的在阅读，不在练习写作。之后，他又和他们合作，编了《文言读本》。

在这 4 月、5 月两个月中，他连续出版了三本书：《语文零拾》，由名山出版印行，主要是一些书评和译文，共 14 篇。《标准与尺度》，由文光书店出版，收集的是抗战胜利后写的一些文章，共计 22 篇，内容均为评论、杂记、书评、序跋等。《论雅俗共赏》，上海观察社出版，收集了文艺论文 14 篇。这些文章均具有深入浅出、明白晓畅，古今融会，观点新颖的特点，并有独到见解，是他多年心血的结晶。他在病中，这些成果，给他带来莫大的安慰。

在他休病中的 3 月间，国民党政府又发布《特种刑事法庭组织条例》，引起学生和市民的反对，有些高校学生上街游行，导致发生反抗与镇压的激烈冲突。12 日，清华教授开会，决定发表宣言，再罢课一日予以声援。朱自清被推为起草人之一。22 日，他又签名抗议国民党北平党部吴铸人谈话宣言。

俞平伯父亲的生日到了，25 日星期日，他进城来到俞家，祝贺俞平伯父亲的生日，晚上又被朋友约到东兴楼聚餐。夜里，胃病复发，疼痛不止。计划好的写作不能进行，他只好在床上休息。

眼看朱自清的 50 大寿也快到了，有一天，王瑶和李广田、范叔平一起到家里来探望他，谈话中又提到为他祝寿，主张由北平文艺界开茶话会，并且出一期特刊，纪念他 30 年来在创作方面的成就，并不惊动清华同人。朱自清谦逊推辞，并主张到时由他请客小聚为好。王瑶和李广田从他家出来后商议，等到 11 月不通知他，按原计划准备。

## 最后的嘱咐

1947 年开春以后，按照梅校长梅贻琦的安排，朱自清挑起了整理闻一多遗著的重担。他知道闻一多遗著的价值很高，更清楚自己肩上担子的分量。他周密地布置了全集拟目录工作后，自己也埋头撰写有关文章。有一天，吴晗突然来访。他带来一份抗议北平当局任意逮捕人民书的草稿，将草稿递给他征求意见。

原来，去年 12 月 20 日，北京大学女生沈崇被两名美军绑架强奸。京城发生了这样严重的事件，而当局却视若无睹，引起北京大学学生的无比愤慨。12 月 27 日，北京大学千余名学生举行抗暴集会。30 日，北京大学、清华、燕大等校 5000 余人举行游行示威，抗议美军暴行。抗暴斗争打破了沉寂的古城，也掀起了全国抗暴斗争怒潮。国民党政府为了扑灭这场爱国斗争的火焰，便从学生下手，以查户口为名逮捕了 2000 多人

朱自清早就对反动当局深恶痛绝。他看了抗议稿后，二话不说便在上面签下了自己的名字。这就是后来著名的《十三教授宣言》。

《十三教授宣言》见报后，引起社会很大反响。由于朱自清名字列在第一，国民党特务曾三次到他家来。情况十分严峻，一位好友对陈竹隐说，他在燕京大学看到了国民党的黑名单，排在第一的便是朱自清。

陈竹隐听了很着急，忙将这个消息告诉了朱自清，要他多加小心。然而，朱自清却不屑一顾："不用管它！"

陈竹隐急了，吃惊地问道："怎么？你不怕坐牢？"

"坐就坐！"朱自清回答的语气十分坚定。

他之所以这样，既是对反动政府的痛恨，也是对青年的无比热爱。特别是对学生的安危更加关心。有一天，由于胃病复发，他正躺在床上休息，听说外边又在抓人，他首先想到的是学生，忙对陈竹隐说："你要注意听门，怕有学生来躲。"

果然，没过一会儿，就响起了敲门声。陈竹隐忙打开门，一位女生仓皇地进来要求躲避。

还有一次，曾有个学生要去解放区，找他借路费，当时他虽说手头正紧，便想方设法筹措，终于在保姆那里凑足了钱。

朱自清在《论青年》一文中曾说过："这是青年时代"，"他们跟传统斗争，跟社会争，不断地在争取自己的领导权甚至社会领导权，要名副其实的做新中国的主人"。他喜欢青年，并虚心向他们学习，每当他写完一篇文章，便让青年教师先看，一定要他们提出意见。

转眼又到了新的一年，他的胃病越来越严重，不论吃什么都吐。5月15日，他在妻子陈竹隐的陪同下，进城到中和医院检查，诊断结果为胃梗阻，须手术治疗。可是，高额的费用令他难以承受。尽管妻子陈竹隐劝他做手术，但他还是作罢。

由于不能正常进食，又闲不下来，使身体超负荷运转，他连续几日，不但胃痛不止，而且呕吐不已，身体越来越瘦，体重直线下降。虽然如此，他的精神却不萎靡，仍然坚持读书看报，关心时局。近人吴兆江，将唐朝诗人李商隐的两句诗"夕阳无限好，只是近黄昏"，反其意而用之，他非常喜欢，便抄了下来：

但得夕阳无限好，何须惆怅近黄昏！

他把这两句诗抄好后，压在书桌上的玻璃板下用以自策。有一位同学看后不甚理解，问他这样做是否觉得自己已经老了。他摇头笑道："这两句诗只是表示积极、乐观、执着于现实的意思。"

历史的车轮滚滚向前，国内形势发生极大的变化。从 1946 年 6 月至 1947 年 7 月起，人民解放军由战略防御转入战略进攻，以主力打到外线去，将战争引向国民党统治区，在外线大量歼敌，迅速改变了敌我力量的对比。与此同时，在解放区彻底实行了土地改革，又出现了重大历史意义的转折。一个半殖民地半封建社会，历经了长达数千年的腥风血雨，惊心动魄的洗礼，预示着一个新时代的开始，一个崭新的中国，将像喷薄而出的太阳，升起在东方。

胜利的曙光在望，朱自清非常兴奋。虽然自己的人生濒临于黄昏，已是夕阳残照，为时无多了，但决不让病躯永远倒下。他并不落寞，仍以乐观的心情，去迎接这个新时代的到来。

愿望是美好的，而他的健康状况却每况愈下。但他凭着坚忍不拔的精神，活动仍然不止。6 月 1 日，他参加了一个会议，散会后感到极其疲乏，结果差点走不回来，回到家里便立即躺在床上。翌日，开始大量呕吐，连续几天，连走动一下都感到吃力，体重从 45 公斤降到 38.8 公斤。尽管身体到了这样衰弱的程度，他却仍然坚持上课。结果，他在课堂上大吐不止，不能站立，同学们连忙把他搀扶回家。

同事王瑶得知情况，特地赶到家中探望。他躺在床上，尽管身子极度虚弱，但仍放不下上课的事。他用微弱的声音向王瑶交代："如果过三四天还不能起床，'中国文学史'和'中国文学批评'这两门课，就请你代上。"

可是，他休息两天后，身体稍有康复，又坚持去上课。每周四小时的"中国文学史"，他讲了三年，怎么也放不下。为了增加这些课的内容，最近，他又把所缺的部分关于戏曲、小说的书籍买好，准备写一部深入浅出的《中国文学史》。现在虽然材料已备齐，可身体极度衰弱而难以动笔。

5月22日，上海发起了反美扶日的签名运动。原来，美国为了自己的利益，不顾世界人民的谴责，把日本作为在远东的反共、反苏、反人民的基地。这样明目张胆地扶植日本军国主义，全国人民无不愤慨。日本是战败国，如果让他的侵略势力再起，这无疑是对中国极大的威胁。尽管国民党政府软弱无能，但中国人民是不会答应的，于是反美扶日的签名运动很快波及全国。

国民党政府一直把希望寄托于美国，他们害怕反美扶日签名运动，于是趁通货膨胀之机，收买知识分子，便发了一种配购证，能够低价买到"美援面粉"。无疑，这对知识分子是一个严峻的考验。

6月18日，正坐在藤椅上闭目养神的朱自清，见吴晗匆匆给他送来一份《抗议美国扶日政策并拒绝领取美援面粉宣言》。朱自清看完后，尽管他知道，这一签名对自己家庭生活会带来很大影响，但他毅然拿起笔来，默不作声地签上了自己的名字。晚上他在《日记》中写道：

> 在拒绝美援和美国面粉的宣言上签名，这意味着每月的生活费用要减少六百万法币。下午认真思索了一阵子，坚信我的签名之举是正确的。因为我们反对美国扶持日本的政策，要采取直接的行动，就不应该逃避这个责任。

21 日，他让孩子乔森把本月的面粉配给证退回去。第二天，又让他把面粉票退回。

转眼便到了夏天，朱自清的胃疼与日俱增，身体极为衰弱，但他仍不肯静心养病，只要病情稍有好转，便伏案继续编写《国文读本》，看自己喜欢的书，他还为自己制订了一个读书计划，晚上练习书法。

这时，闻一多全集的编辑已经完成，可着手结束工作。7月，他又开始整理闻一多的手稿。这项工作相当繁重，虽然他那衰弱的身体难以支持，但他仍不放弃。妻子陈竹隐苦劝无效，只好在他的书房里支起一个行军床，桌边放上痰盂，好让他要吐时方便一些。如果身体实在撑不住了，就躺在行军床上休息一下。

他把闻一多的手稿进行分类编目，共有 254 册二包，均存在清华中文系里。闻一多的《全唐诗人小传》的工作还未完成，他计划下学期组织清华中文系同人集体编写，扩充内容，并改名为《全唐诗人事迹汇编》。

7 月 15 日，他抱病召集了闻一多编辑委员会，他报告了遗著整理和出版经过，并做了相关事项的处理决定，宣告解散这个委员会。

下午，出席中文系教授会，复审毕业生学分及交代系务。晚上 9 时，又出席了清华学生自治会在同方部召开纪念闻一多遇害两周年纪念会。朱自清站在台上，用低沉的声音报告了闻一多全集的编纂经过，最后告诉人们说："又找到了两篇佚文，没来得及收进去，很遗憾。"对闻一多全集的编辑工作，朱自清出力最多。

由于天气闷热，没有一丝风，许多人脱去外衣，朱自清没有脱衣，也没有出汗，一直坚持到终场。

一天开了三个会，劳累过度，胃痛更是频繁，身体极度衰弱的他一直竭力支持，不让自己倒下。

23日，吴晗邀请他参加《中建》半月刊杂志，在清华大学工字厅召开"知识分子今天应该做什么"的座谈会，他身子特别衰弱，走一会儿便要歇一会儿，来到会场，他坐在一旁静听别人的发言。待了一会儿，他才用沙哑的声音发表意见：

> 知识分子的道路有两条：一条是帮闲帮凶，向上爬的，封建社会和资本主义社会都有这种人；一条是向下的。

他的声音虽弱，但很清楚，也很生动，博得与会者共鸣，大家都笑了起来。座谈会下午继续进行，朱自清身体实在难以支持，只好放弃。

胃疼仍然没有减轻，残酷折磨，使他的身体继续衰败。尽管这样，他不仅执着地继续编写《国文读本》，还准备写一篇《论白话》的文章，因体力实在难以承受，写了2000字不得不放下笔来。

一天，有个学生带着弟弟来看望他，他们从书房窗口，见他半躺在帆布床上休息。书房靠墙是书架，还摆放着一张用木板钉的破沙发，旁边凳上整齐地放着刚出版的《观察》和《知识与生活》等期刊。朱自清让客人坐在沙发上。学生见他身体疲惫不堪，建议他休年假，换换环境，出去走走。

朱自清从一个盒子里拿些药粉倒在口里，用开水送下后，叹了一声，沉重地说："走不动啊。再说，环境也不许可。"

像他这样一个贫困至极而又重病在身的知识分子，还谈什么到哪里去休息呢？他说的确实是个大实话，让学生默然了，一时宾主无话，房里一片寂静。

8月5日，吴晗领着南方的朋友，带着一件大衣和雨靴来看他，因他病重，不好会客，便将东西交给陈竹隐。他听到妻子在跟客人说话时，出于礼貌，他拄着一根拐杖来到客厅，恳切地对客人说："请原谅，我不能多说话，只能出来与你认识认识。"

吴晗见他两颊瘦得只剩下骨头，脸色苍白，声音细弱，穿着的睡衣显得空荡荡的，知道他的病不轻了，顿时双眼含满泪水，眼前的朱自清使他不敢面对……

啊，朱自清！你在生活极度清贫困顿、身体极度衰弱的环境下，以惊人的毅力，对事业一直是那样执着。难道生命之舟，真的就这样无情，非要向人生的终点驶去？

吴晗迈着沉重的步子从朱家走出来，他感到朱自清的时日不多了，无声地抹着脸上的泪水，悲痛万分。

# 后　记

## 戊子悲歌

1948 年 8 月 6 日清晨，朱自清胃部突然剧烈疼痛，病情紧急。立即组织人手，10 分钟将他送到北京大学医院。经医生诊断为胃穿孔，需要立即手术。下午 2 点，手术顺利完成。朋友们来看望，他精神较好，淡淡地笑着向他们说，一个星期拆线，出院后便可以接着工作了。

过了两天，他的病情基本稳定，清华的同事们纷纷来医院探望。他鼻子里插着管子，虽然说话不很方便，但他心情比较平静。此时，他脑子里考虑的不是自己的病情，仍是工作。惦念新生入学后的安排是否全面，又嘱咐请江浦清评阅研究院试卷。大家听了都很感动，千叮咛，万嘱咐，劝他安心养病，不要再考虑工作上的事了。

女作家冰心来医院看望，他很高兴。冰心非常关心他的身体，他却关心她的工作，并问她《黄河》是否还在继续出版，病好后，一定给她写文章。

过了两天，没想到较为平静的病情突然恶化，由胃病转为肾炎，肚子膨胀，出现尿毒症症状，便插管导尿。中午，经过观察，医院通知清华大学，给朱自清下达病危通知书。

经过抢救，朱自清暂时平定，他安卧在病床上，闭着双眼，神志也较清醒，但感到很难受。他静静地躺在病床上，感受着殷红的夕阳透过纱窗，给他苍白的脸染上一层淡淡的红色。

朱自清强睁开眼睛，看着环守在病床边的妻子陈竹隐和三个孩子，他们眼里含满了泪水。他用颤抖的手抓住坐在床头的陈竹隐，似乎有话要说。他们立即向病床边倾过身来，朱自清吃力地张开嘴，一字一句，断断续续地说："要记住，我是在拒绝美援面粉的文件上签过名的，我们家以后不买国民党的美援面粉。"

他身体极度衰弱，说完后吁了口气，似乎了却一件心中的大事，平静地睡去。

11 日，胃部虽是少量出血，但肺部有发炎迹象，开始喘气了，病情愈加严重。夜幕慢慢垂下，轻风吹拂着雪白的窗帘，给闷热的病房送来一丝清凉。窗外，半轮清月静悄悄地在云中穿行，青白色的月光从窗口洒进病房，落在朱自清奄奄一息的病躯上。使静静的病房笼罩在哀婉的氛围中，死神的阴影已经悄无声息地向他走来。

当新的朝阳又一次爬出地平线，新的一天开始了。然而，朱自清却不能感受这充满活力的日出，他处于昏迷状态中了。

眼看着他的病情极度恶化，病床边，围满了心情十分沉重的医生和亲人，期盼病床上能够出现奇迹，让他走下病床。

然而，奇迹没有出现。没过多久，他那颗微弱的心，越跳越慢，越跳越轻，直到停止了跳动，时为 1948 年 8 月 12 日 11 时 40 分，一代文宗与世长辞了，享年 51 岁。

他永远地闭上了眼睛，永远地离开了他执着的文坛和教坛，离开了清贫而温暖的家，离开了他的亲人和朋友。

12 日下午 3 时，遗体移到太平房。躺在床上的朱自清脸色灰白，双眼紧闭，神态安详，像是在熟睡中一样。

13 日，朱自清的遗体在白塔寺以东的广济寺火化。北平城阴雾蒙蒙，细雨霏霏，倍增几分凄凉。火葬的原因是灵柩太贵，也不便于运输迁葬。

8 时刚过，清华和北京大学的学生、教师以及同事们都来了，他们怀着崇敬和悲痛的心情，默默地依次瞻仰遗容后，便用一具薄棺草草入殓。棺木用卡车送到阜成门外的广济寺下院，在这里举行火葬。由冯友兰主祭，他简单致辞后，立即举火，一缕缕轻烟从塔龛袅袅上升，在人们啜泣中随风融入广漠的太空中。

15 日，朱自清的骨灰从寺里运回，供奉在他勤于笔耕的书房里。清冷的书房还是像他活着时一样，摆放有序，条理分明。文具、烟嘴等，看起来房小物多，但一点不凌乱。还未写完的《论白话》稿，规整地放在抽屉里；竹篓里有包扎得齐整的书，上题有"自荐本，著作十四本，缺《雪朝》和《语文影》"。

他的书桌上放有一纸条，上写："闻集补遗：（一）现代英国诗人序。（二）匡斋谈艺。（三）岭嘉州交游事辑。（四）论羊枣的死。"

由此可见，自己到了生命最后一息，他还忘不了《闻一多全集》的编纂事宜，在场的人们见了这张纸条，都忍不住小声抽泣。

那书架上摆放齐整的书，多数是作家送给他的，写字台的玻璃下，还压着他写的手书："但得夕阳无限好，何须惆怅近黄昏。"

见物思人，让人无不凄然，人们痛失导师，痛失良友，无不悲恸至极，有的仍在抽泣着。

当他逝世的消息传开后，文坛广为震惊，远在香港的郭沫若、茅盾、夏衍等拍来唁电，深表哀悼，许多刊物的报纸相继发文，痛悼他的逝世。

26 日，清华大学在同方部举行追悼会。扎着柏枝和纸花的翠架为哀悼门，门前两副木牌，分别为自治会编辑的纪念专刊和全国拍来的唁电。灵堂高悬朱自清的大幅画像，墙壁上挂满挽词和挽联，紧挨遗像两侧，是夫人陈竹隐作的挽联：

> 十七年患难夫妻，何期是道崩颓，撒手人寰成永诀。
>
> 八九岁可怜儿女，岂意髫龄失怙，伤心此日恨长流。

会场旁边第 100 号教室里，放着他的遗物和遗作。8 时，开始是朱自清的家属为他举行了家祭。9 时至 12 时，清华大学师生为他举行了公祭。

清华各学会各系会及来宾，以及生前诸友也纷纷赶来，相继为他祭奠。11 时，追悼会开始，挽歌声中，闻亭里传来"当当"钟声，那缓慢的钟声沉重肃穆。冯友兰任治丧委员会主席，他悲痛地说："数十年来，朱先生对中国文艺的贡献，对学术的贡献太大了！他的死，直接为生活的不良，间接受时局的影响。他一直在做研究工作，从不休息，下半年本该轮到他休假，可是他竟未及休假遽尔长逝了！"

追悼会由江浦清报告朱自清的生平，接着是校长梅贻琦致辞："朱先生不仅是一位好教授，也是我们的好同事。他为学校努力工作，不计身体，不考虑困难。为学校，忘了健康，忘了自己。我不愿想这些，想起了会更增加我不能补偿的悲痛。"

梅校长致完辞后，北京大学教职员工代表罗常培讲话。最后是清华的学生代表致悼词。

上海、重庆文协等地也相继举行了追悼会，叶圣陶、李健吾、鲁迅的夫人许广平、顾一樵等人均致了悼词。

"朱自清以他一生艰苦的脚步，证实了自己的生命价值。他曾被生活的浪头击退过，但从未被击败过；他彷徨徘徊过，但从未颓废绝望过。他终于历经长期探索，从为人生走向为人民，从写血泪文学到为人民生存而斗争，从表现'我的阶级'到歌颂群众的集体力量，从赞颂光明到用自己的双手和人民一起创造光明，从'狷者'变为民主斗士，为争取'红云'和'天国'的实现，作出了应有的贡献。他临死不屈的硬骨头精神，更为人们立下了不朽的楷模。"（陈孝全《名家朱自清》）

毛泽东主席在 1949 年 8 月撰写的《别了，司徒雷登》一文中，表彰朱自清一身重病，宁可饿死，不领美国的"救济粮"，表现了我们民族的英雄气概。

在这一个时代即将结束、另一个时代即将到来、新的国家新的社会新的生活的帷幕即将拉开、光明即将取代黑暗的关键时刻，而他，却匆匆地走了。

留下的，是他永恒的精神财富！